Arena Taschenbuch
Band 1999

Ellen Wittlinger
arbeitete als Bibliothekarin
und lebt heute mit ihrer Familie in
Massachusetts / USA. Sie hat einen
Gedichtband und einen weiteren
Jugendroman veröffentlicht.

Ellen Wittlinger

Mond über Galapagos

Aus dem Amerikanischen
von Anne Braun

Arena

Für David, der mich das Sehen lehrte,
und für Kate und Morgan, die hierin Naturtalente sind

In neuer Rechtschreibung
1. Auflage als Arena-Taschenbuch 1999

Titel der Originalausgabe: »Noticing Paradise«
Originalverlag: Houghton Mifflin Company, Boston
Aus dem Amerikanischen von Anne Braun

Umschlaggestaltung: Joachim Knappe
Gesamtherstellung: Westermann Druck Zwickau GmbH
ISSN 0518-4002
ISBN 3-401-01999-6

Die Inseln Casanova und Lorenzo sind erfunden, die Geschichte der verwaisten Schildkröten ebenso. Vier der ursprünglich fünfzehn Unterarten der Galapagos-Schildkröten sind inzwischen ausgestorben. Alle anderen biologischen und geologischen Informationen über die Galapagos-Inseln sind meines Erachtens nach zutreffend; die Entfernungen zwischen einzelnen Örtlichkeiten können leicht verändert sein, damit sie besser in die Geschichte passen.

1 | NOAH

Da stand ich nun, inmitten von Nirgendwo. Nur ich, mein Bruder Henry und etwa zweihundert Touristen aus aller Herren Länder, die in etwa einem Dutzend verschiedener Sprachen redeten und dämlich dreinblickten. Ich war umgeben von glücklichen Touristen, bewaffnet mit Strohhüten und Sonnenbrillen, die ungeduldig darauf warteten, dass ihre Pässe gestempelt wurden, damit sie ihre Kameras und Schnorchelausrüstungen zur nächsten Station ihres Abenteuerurlaubs schleppen konnten, während ich mich verzweifelt fragte, was ich hier zu suchen hatte.

Wir hatten die Nacht in einem Luxushotel in Quito, Ecuador, verbracht – nur vom Feinsten, wenn Dad bezahlt –, das aussah wie die riesigen amerikanischen Hotels, in denen man nie gezwungen ist die Bewohner der Stadt zu sehen, die man gerade besucht. Am frühen Morgen waren wir nach Baltra geflogen, einer der vielen Inseln der Galapagos-Inselgruppe, sechshundert Meilen vor dem Festland Ecuadors und Heimat abertausender merkwürdiger Vögel, die man nur hier und an keinem anderen Ort der Welt zu sehen bekommt.

Echt großartig! Ich meine, auf Vögel stehe ich nun wirklich nicht. Aber mit mir hat die ganze Reise im Grunde genommen ohnehin verdammt wenig zu tun. Sie passte meinen Eltern einfach gerade in den Kram und ich war schon immer ein folgsamer Sohn gewesen. Machte nie Probleme. Ich war sechzehn und ehrlich gesagt war es mir egal, wie ich den Sommer hinter mich brachte. Echt, mir war wirklich alles total egal. Ich hing in der Luft.

Henry haute mir seinen Ellbogen in die Rippen, er hatte eine wirklich coole Art einen aus seinen Tagträumen zu schrecken.

»Hey, wäre das nichts für dich, Noah?«, flüsterte er und deutete mit dem Kopf auf die kleine Gruppe, die gerade durch die Passkontrolle geschleust wurde. Ein unscheinbares, leicht angegrautes Elternpaar lächelte den Zollbeamten an. Jeder hatte eine Hand auf dem Rücken eines jungen Mädchens mit glänzenden schwarzen Haaren liegen, als hätten sie Angst, die Kleine könne jeden Augenblick wegfliegen, wenn sie sie nicht festhielten.

»Wie meinst du das?«, fragte ich irritiert, obwohl mir natürlich klar war, worauf Henry anspielte. Henrys Gespräche beschränkten sich auf Frauen und die weite Welt des Sports, normalerweise genau in dieser Reihenfolge. Er war gerade mit dem College fertig geworden, wo er im Hauptfach Skilaufen und Lifestyle der Reichen und Braungebrannten studiert hatte.

»Die Kleine. Könnte etwa in deinem Alter sein. Keine üblen Aussichten, hm?«, sagte er und taxierte sie von hinten.

Das Mädchen drehte den Kopf, sodass ich ihr Gesicht sehen konnte. Nichts Besonderes, abgesehen von den großen Augen.

»Sieht aus wie zwölf«, sagte ich cool. »Außerdem steht mir der Sinn derzeit nicht nach Mädchen.«

»Ach ja?«, sagte er mit einem Grinsen. »Bist kürzlich bei 'ner süßen kleinen Cheerleaderin abgeblitzt, hm?«

»Henry, ich hatte noch nie was mit 'ner Cheerleaderin. Und abgeblitzt bin ich nur bei meiner süßen kleinen Mutter, die mich den Wellen des Pazifiks ausgesetzt hat. Zusammen mit dir.«

»Hey, hör mal, deine Mutter ist gar nicht so übel. Ich mag sie.«

»Ich weiß.«

»Zumindest darfst du dich bei euch auf die Möbel setzen. Nicht wie bei Clara, dem Putzteufel. Außerdem kann deine Mutter nichts für die Scheidung. Es war Dad – er kann einfach nicht bei einer Frau bleiben«, erklärte mir Henry, während wir den Beamten unsere Pässe und ein Bündel Geldscheine aushändigten. »Deine Mutter hat länger gehalten als meine. Und beide länger als Evelyn.«

Ich muss vielleicht noch etwas erklären. Henry und ich sind Halbbrüder. Wir haben denselben Vater, aber verschiedene Mütter. Vor Henrys Mutter war Dad schon einmal verheiratet gewesen, mit Evelyn, die jedoch clever genug gewesen war keine Kinder in die Welt zu setzen, sodass sie nicht wirklich zu unserer ausgedehnten Großfamilie gehört. Ich kenne sie nur, weil sie uns jedes Jahr zu Weihnachten eine Karte schickt mit einem Foto von sich, ihrem zweiten Ehemann und ihren fünf reizenden blonden Kindern. Letztes Jahr schrieb sie etwas von einem zwanzigsten Hochzeitstag und davon, dass ihre älteste Tochter, eine geradezu geniale Flötenspielerin, demnächst nach Julliard ginge.

Als Dad meine Mutter kennen lernte, war er noch mit Clara verheiratet. Ich weiß, dass Mutter deswegen immer ein schlechtes Gewissen hatte, als ob sie schuld daran wäre, dass er sich kurz darauf scheiden ließ. Dass sie deswegen so in Henry vernarrt ist, war mir schon immer klar.

Henry schien nie etwas gegen meine Mutter gehabt zu haben. Er war immer gern bei uns zu Besuch, obwohl es meist nur ein paar Wochen im Jahr waren. Deswegen kenne ich ihn auch kaum. Als er dreizehn und ich sieben war, sagte Henry zu mir, meine Mutter sei eine tolle Puppe, was mich restlos entsetzt hat.

Und wenn das noch nicht gereicht haben sollte, dann würde mir diese Reise mit ihm vermutlich den Rest geben. »Ich gebe ihr keine Schuld an der Scheidung«, sagte ich. »Ich bin nur sauer, weil sie mich angelogen hat. Weil sie lange so getan hat, als sei alles in bester Ordnung. Null Problemo! Wir waren eine glückliche Familie. Wie aus dem Bilderbuch! Und dann plötzlich – peng! zieht Dad aus, sie will nicht darüber reden, zumindest nicht mit mir, und als Entschädigung darf ich mit dir in das verlorene Paradies reisen.«

Deswegen war ich sauer, das stimmt. Und wenn es nach mir gegangen wäre, wäre Dad für sein fieses Verhalten ohne Bewährung in den Knast gewandert.

War ich wirklich bis vor knapp sechs Wochen ein naiver, zufriedener Junge gewesen? Bis zu dem Tag, an dem ich das Baseballtraining sausen ließ, um auf die nächste Chemiearbeit zu lernen. Ich war früher als erwartet von der Schule gekommen, als ich Mom und Dad in der Küche reden hörte. Ich stand draußen vor der Fliegengittertür, sah und hörte die ganze Szene mit an und die ganze Zeit ging mir nichts anderes durch den Kopf als »meinen Eltern würde so etwas nie passieren«. Mom saß auf einem Stuhl an der Küchentheke, während Dad in einem Halbkreis vor ihr hin und her schritt.

»Du weißt genauso gut wie ich, dass diese Ehe nicht mehr das ist, was sie einst war«, erklärte Dad geduldig. »Ich habe schon lange nicht mehr das Gefühl, dass du mich noch liebst.«

»Kläre mich bitte nicht über meine Gefühle auf, Hank«, sagte Mom mit zusammengebissenen Zähnen. Ich stützte mich auf die Lehne eines Gartenstuhls. Bestimmt ging es hier nicht um etwas wirklich Wichtiges. Wir waren eine ideale Familie. Waren wir nicht erst letztes Wochenende zusammen segeln gewesen?!

»Sieh mal, Carol, du brauchst mich nicht wirklich«, sagte Dad.

Mom starrte ihn finster an. »Wie meinst du das? Ich brauche dich nicht?« Die Haut über ihren »slawischen Wangenknochen«, wie Dad gerne sagte, sah plötzlich müde und abgespannt aus.

Dad wandte ihr den Rücken zu und fuhr sich mit beiden Händen durchs Haar. »Ich meine, finanziell läuft deine Galerie bestens. Du hast inzwischen einen guten Ruf. Und so viel zu tun, dass ich dich kaum noch zu sehen bekomme.«

»Hank, du bist derjenige, der nie zu Hause ist! Und im Übrigen brauche ich meinen Ehemann nicht nur in finanzieller Hinsicht!« Sie hatte Tränen in den Augen und ich spürte, dass auch meine Wangen feucht waren.

»Natürlich nicht. Du weißt, dass ich das nicht sagen wollte, Carol.« Dad ging zu ihr und legte ihr eine Hand auf die Schulter. Mom schüttelte sie ab, als sei sie eine lästige Fliege.

»Es ist immer eine jüngere Frau, die dich dringend braucht, Hank, stimmt's? Wie konnte ich nur so naiv sein zu glauben, bei mir wäre es anders als bei meinen Vorgängerinnen? Seit ich die ersten Falten um die Augen habe, sehe ich in einem tief dekolletierten Minikleid natürlich nicht mehr so umwerfend aus.«

Jedes Mal, wenn Dad in ihre Nähe kam, wich Mom zurück. Ich spürte, dass sie sich in dieser Rolle, der Rolle einer bemitleidenswerten Frau, die ihre Gefühle nicht unter Kontrolle hat, nicht sehr wohl fühlte. Sie versuchte sich zusammenzureißen und warf meinen Vater mit letzter Kraft aus dem Haus.
Seitdem schien immer ein Anflug von Hass auf ihrem Gesicht zu liegen. Selbst wenn sie mich anschaute, verschwand dieser Ausdruck nicht. Ich kam mir vor, als sei ich nicht mehr nur ihr Sohn. Sie sah mich zugleich auch als Mann, als jemand, der einer Frau sehr wehtun konnte.
Am liebsten hätte ich zu ihr gesagt: »Es ist nicht meine Schuld, Mom. Ich liebe dich doch!« Aber ich schaffte es nicht. Diese Worte hatte ich noch zu niemandem gesagt, nicht einmal zu ihr, und ich hatte das Gefühl, als wüsste ich gar nicht, wie man sie ausspricht.
»Kopf hoch, Junge.« Henrys Worte brachten mich in die Gegenwart zurück. »Selbst wenn keine tollen Bräute auf dem Schiff sind – man soll hier phantastisch tauchen können.«
Fast unheimlich, wie ähnlich Henry Dad war. Wirf deine Sorgen über Bord, be happy – dann ist alles in Butter. Kein Problem der Welt ist so groß, dass man es mit einem guten Tennis- oder Squashmatch nicht in die richtige Perspektive rücken könnte. Oder mit einer neuen Freundin.
Henry stopfte unsere Pässe in seine Gürteltasche und stürmte davon. »Komm! Wir müssen nach unserem Kahn Ausschau halten!«
Vor der winzigen Flughafenhalle stand ein halbes Dutzend junge Männer und Frauen mit Schildern, auf denen die Namen der Schiffe standen. »Isabela«, »Fernandina«, »Encantada«,

»M/V Santa Cruz«. Der Name, nach dem wir suchten, »M/V Santiago«, stand auf einem Schild, das von einer gut aussehenden jungen Frau hochgehalten wurde. Sie trug ein khakifarbenes Kostüm wie ein amerikanischer Ranger, hatte eine wunderschöne dunkelbraune Lockenpracht, die ihr fast bis zur Taille reichte, und nackte, sonnengebräunte Füße, denen man ansah, dass sie behände über jeden Felsen klettern konnten.

Henry war hin und weg. Aber da er jeden Tag mindestens dreimal von einer Frau hin und weg ist, schenkte ich dieser Tatsache keine große Bedeutung.

»›M/V Santiago‹? Dieser Bus bitte«, rief die Frau auf Englisch mit einem unüberhörbar rhythmischen spanischen Akzent.

Henry schaffte es nicht, wortlos an ihr vorbeizugehen. »Sind Sie Reiseleiterin auf dem Schiff?«, erkundigte er sich mit einem breiten Lächeln.

»Ja, bin ich. Wenn Sie die ›M/V Santiago‹ gebucht haben, steigen Sie bitte in diesen Bus.«

Ich ging in die angegebene Richtung, Henry blieb wie angewurzelt stehen. Er lächelte die Schöne einfach weiter an. Ich muss zugeben, dass sein Lächeln tatsächlich meist die gewünschte Wirkung hat.

»Sind Sie schon länger Reiseleiterin?«, fragte er.

»Schon ewig.« Sie wandte sich ab.

»Allzu lange kann es noch nicht sein. Sie sind doch höchstens fünfundzwanzig«, versuchte er ein Gespräch anzuknüpfen, doch die Frau bedachte ihn mit einem finsteren Blick.

»Ich glaube nicht, dass mein Alter für Sie von Wichtigkeit ist, Sir«, sagte sie schnippisch. »Welches Schiff haben Sie gebucht?«

Henry war schockiert, dass sein Charme keinen Eindruck auf sie machte. »Hm, das hier. Die ›Santiago‹.«
»Dann steigen Sie bitte in diesen Bus, Sir.«
»Ja, Ma'am!« Henry salutierte wie ein gehorsamer Soldat und zwinkerte ihr zu, aber sie beachtete ihn bereits nicht mehr.
Als wir unser Gepäck hinten im Bus verstauten, brummte Henry: »Jetzt wissen wir wenigstens, wofür M/V steht: Massenhaft Virgins – Jungfrauen.«
Ich grinste, obwohl mir kurz der Gedanke durch den Kopf schoss, dass Mom dieser Witz bestimmt absolut nicht gefallen hätte. »Vielleicht heißt es auch ›Massenhaft Vegetarier‹«, schlug ich vor. Oder, dachte ich im Stillen, vielleicht heißt es einfach nur »mordsmäßiger Verdruss«.
»Massenhaft Vergnügen«, brummte Henry, während er es sich bequem machte und seine langen Beine im Gang ausstreckte. »Wenn ich dir einen Rat geben darf, Noah, dann amüsier dich! Hey, vergiss nicht: Daddy bezahlt. Wenn du schon nicht auf wild lebende Tiere stehst, dann genieß wenigstens die Sonne. Und außerdem soll das Essen auf diesen Kähnen nicht übel sein.«
Ich blickte aus dem Fenster, während sich der alte Bus keuchend und qualmend über die ausgedörrte Insel zum Hafen schleppte. Hie und da wuchsen ein paar dünne Kaktusbäume und spärliche Grasflecken. In der Ferne schimmerte ein Stück blaues Meer. Es war heiß, wahnsinnig heiß, und der Bus wirbelte Staubwolken auf, deren Schwaden durch die halb offenen Fenster ins Innere drangen und meine Nasenhöhlen verstopften. In einem Paradies hätte ich eher mit Palmen und Wasserfällen gerechnet. Und Henry war bestimmt davon ausgegangen,

dass hier überall junge Mädchen in Bikinis und mit Blumenkränzen um den Hals herumliefen. Hawaii war dies mit Sicherheit nicht!
Ich betrachtete meine Mitreisenden, die im Schnitt zwischen vierzig und sechzig waren, mit Ausnahme eines etwa achtjährigen Jungen, der sich die Seele aus dem Leib brüllte, weil er das tolle T-Shirt am Flughafen nicht bekommen hatte. Ein älteres Pärchen stritt, wer die Regenmäntel getragen hatte, als sie aus dem Flugzeug gestiegen waren, und eine Frau mittleren Alters erzählte jedem, der es hören wollte, wie gefährlich Stürme auf hoher See waren. Wie es schien, hatte sie noch nie eine Kreuzfahrt mitgemacht, ohne in einen Sturm geraten zu sein.
Na ausgezeichnet! Vielleicht hätte ich doch Tabletten gegen Seekrankheit mitnehmen sollen. Nicht wegen der Bewegungen des Schiffs, aber diese Typen hier würden mich garantiert krank machen. Was hätte ich dafür gegeben, endlich allein sein zu können! Stattdessen befand ich mich inmitten von etwa sechzig Leuten, die sich auf einen aufregenden Urlaub freuten.

2 | CAT

Okay – ich gebe zu, dass diese Reise auf meiner Wunschliste nicht gerade ganz oben stand. Ich spreche von der Liste, wie wir das Geld ausgeben wollten. Aber schließlich habe nicht ich gewonnen, sondern Mom. Ich, Cat Mancini, wäre längst auf dem Weg nach Paris oder Venedig. Weltstädte! Exotische Menschen! Oder wir hätten einen Computer gekauft – vielleicht sogar zwei! Oder ein Pferd, eine tolle Musikanlage oder sonst etwas Aufregendes!

Natürlich hätte mir klar sein müssen, dass Mom und Dad sich mehr für exotische Vögel als für exotische Menschen interessierten. Materielle Güter zu erwerben war noch nie ihr Ding gewesen. Den Kauf einer neuen Couch verschoben wir zugunsten eines Urlaubs von Jahr zu Jahr, obwohl die Decke, unter der die Risse im Polster versteckt wurden, sich allmählich schon in ihre Bestandteile auflöste. Aber dafür hatten wir drei fast den ganzen Nordwesten der Vereinigten Staaten und einen Teil Kanadas bereist und eigentlich stimme ich Mom zu – Erinnerungen sind weitaus wertvoller als neue Möbel.

Die Entscheidung wurde wie immer demokratisch gefällt. Jeder durfte fünf Dinge nennen, für die er die fünftausend Dollar am liebsten ausgeben würde. Das Problem war, dass Mom und Dad beide denselben Wunsch auf Platz eins ihrer Liste hatten: eine Reise zu den Galapagos-Inseln. Natürlich weiß ich alles über diese Inseln; man kann keinen Biologen zum Vater haben, ohne von den Galapagos-Inseln gehört zu haben. Sie sind berühmt. Charles Darwins Theorie über den Ursprung der Arten stützt sich auf Forschungen, die er hier durchführte. Und es hörte sich auch wie ein cooler Urlaubsort an, aber bestimmt nicht cooler als Paris.

Ich beklage mich nicht – ich habe meine Kamera bekommen. Da die Reise nicht den ganzen Gewinn kostete, beschlossen meine Eltern, dass ich die Kamera bekam, von der ich seit einer Ewigkeit geträumt habe und die sie sich zu meinem letzten Geburtstag nicht leisten konnten: eine Janus XR15 mit drei verschiedenen Objektiven. Mit dieser Kamera hätte mir sogar ein Urlaub in Sibirien Spaß gemacht.

Und Mom bekam ihre Couch neu bezogen. Nach längerer Überlegung kam sie zu dem Schluss, dass es eine Verschwendung wäre, eine komplett neue Couchgarnitur zu kaufen.

Als wir auf Baltra aus dem Flugzeug stiegen, fand ich das Ganze recht aufregend. Die Leute redeten Spanisch und Englisch, Französisch und Deutsch, sogar Japanisch! Baltra selbst ist flach und trocken, aber überall standen diese herrlichen, knorrigen Kaktusbäume. Ich packte meine Janus aus und begann wie wild zu knipsen.

Mom und Dad waren völlig aus dem Häuschen. Das Erste, was sie sahen, als sie aus dem Flughafen kamen, war ein Haufen kleiner Darwinfinken, die in und aus einem Busch flogen. Ich befürchtete schon, sie würden gleich in Freudentränen ausbrechen, und stieg deshalb schnell in den Bus. Doch als wir dann aus dem Bus kamen und überall Pelikane sahen, die direkt vor uns herabstießen und ins Wasser eintauchten, sah ich tatsächlich eine Träne über Moms Wange kullern. Aber ich mache ihr keinen Vorwurf. Wer von uns hätte sich je träumen lassen, dass wir jemals an einem Ort wie diesem sein würden, weit weg von zu Hause, wo alles so anders und faszinierend war?

In kleinen Gummibooten, so genannten Pangas, wurden wir aufs Meer hinausgefahren, wo die »M/V Santiago« ankerte, ein weißes, wunderschönes Schiff – viel größer, als ich erwartet hatte, mit einem Speisesaal, einer Bar und einer kleinen Boutique, in der man alle möglichen Handarbeiten aus Ecuador kaufen konnte. Und ich hatte eine eigene Kabine! Sie war ziemlich klein wie alle Kabinen, aber zumindest hatte ich meine Privatsphäre.

Und das Tollste war, dass Mom und Dad, sobald wir auf dem Schiff waren, ihren eigenen privaten Himmel betraten und es ihnen gleichgültig war, ob ich auch auf derselben Wolke schwebte. Sie waren so aufgeregt, dass sie praktisch hyperventilierten. Ich schnappte mir mein Buch und zog mich auf das Oberdeck zurück, während sie in aller Ruhe auspackten und sich zum Dinner fertig machten. Aber wie könnte man bei so einer phantastischen Aussicht lesen? Fast hätte ich meine Kamera geholt, aber dann beschloss ich das alles zuerst einfach nur in mir aufzunehmen, irgendwie in mich aufzusaugen, bevor ich mich nur noch auf das Sehen konzentrierte, beziehungsweise auf meine »anderen Augen«, wie ich meine Kamera manchmal bezeichnete. Von hier aus konnte ich drei Inseln sehen, zwei flache, lang gestreckte und eine größere mit einem Berg darauf. Der Landkarte nach musste es Santa Cruz sein, eine Vulkaninsel. Ich saß inmitten von Vulkanen!

Über mir schwebten große schwarze Vögel, wahrscheinlich Fregattvögel. Dad wüsste es sicherlich genau. Und ein paar Möwen, deren Namen ich nicht kannte. Ich saß lange so da, fast hypnotisiert von der Vorstellung an einem so fremdartigen Ort zu sein, als ich plötzlich bemerkte, dass es kühl wurde. Die Sonne senkte sich am Horizont und ich war die Einzige, die noch an Deck war.

Es mag sich nicht unbedingt umwerfend anhören, aber glaubt mir, das hat es in meinem Leben noch nie gegeben: Mom und Dad waren in den Speisesaal gegangen und hatten vergessen mich mitzunehmen! Zu Hause wurde das Abendessen manchmal auf die unmöglichsten Zeiten verschoben, nur damit wir drei gemeinsam am Tisch sitzen konnten. Das war eine von Moms eisernen Regeln. Ihr könnt euch also vorstellen, wie schockiert ich war, als ich feststellen musste, dass sie so sehr darauf brannten, die anderen Passagiere an Bord kennen zu lernen, dass sie mich völlig vergessen hatten.

Auf einem Schiff zu gehen ist gewöhnungsbedürftig! Als ich über die Treppe nach unten ging, klammerte ich mich an das Geländer, damit ich nicht von einer Seite zur anderen geworfen wurde. Wenn man sich nirgendwo festklammern kann, bewegt man sich unweigerlich wie ein zweitklassiger Schauspieler, der krampfhaft versucht wie ein Betrunkener hin und her zu torkeln. Das hätte einem recht peinlich sein können, aber zum Glück erging es allen gleich.

Als ich den Speisesaal betrat, stieß ich mit Dad zusammen. Er wollte schon zu einer längeren Entschuldigung ansetzen, aber ich versicherte ihm, dass ich mich über ihre neue Unabhängigkeit freute. In der Hoffnung, jede Menge interessanter

Leute kennen zu lernen, hatten sie sich an einen großen Tisch gesetzt, was ich allerdings für einen Fehler hielt. Wäre es nicht weniger riskant gewesen, sich erst umzusehen und dann zu entscheiden, bei wem man sitzen möchte?

Die drei jungen Japanerinnen, die wir schon am Flughafen gesehen hatten, saßen neben Mom und unterhielten sich angeregt mit ihr. Ich wusste, wie sehr sie sich darüber freute. Seit Jahren träumte sie davon, eine ausländische Studentin bei uns aufzunehmen, aber leider haben wir nicht genügend Platz. Sie ist eine verhinderte Botschafterin.

Mom stellte mir Sachiko vor, die ihr offensichtlich bereits ihre halbe Lebensgeschichte erzählt hatte.

»Ich ein Jahr in Quito leben«, sagte die größte der drei. »Tomoko auch. Miyoko kommen besuchen für Sommer aus Japan. Gute Freundin.«

»Ich mögen lernen mehr Sprache«, erklärte Miyoko. »Unser Spanisch gut, aber Englisch noch nicht gut. Wir gehen mit englisch Gruppe bei Inseltouren.«

Ich hatte damals noch einige Mühe ihnen zu folgen, aber Mom schien keine Probleme zu haben. »Oh ja, ich habe eure Namen auf der Liste gesehen«, sagte sie. »Wir gehören zu den Albatrossen!«

Ein komisches Gefühl auf einem schaukelnden Schiff Suppe zu löffeln! Hilflos musste ich mit ansehen, wie die Flüssigkeit von einer Seite des Tellers zur anderen schwappte. Ob ich den Löffel jemals zum Mund bekommen würde? Dieser mühsame Vorgang machte mich fast schwindeln und ich beschloss lieber nicht darüber nachzudenken.

Schließlich kamen noch zwei Personen an unseren Tisch, die

beiden Jungen, die mir schon am Flughafen aufgefallen waren. Einer war schon etwas älter. Eigentlich konnte man ihn keinen Jungen mehr nennen. Beide schienen älter als ich zu sein. Sie sahen recht gut aus, was sie aber ganz offensichtlich wussten. Solche Typen interessieren mich nicht. Und, um ehrlich zu sein, solche Typen interessieren sich auch nie für mich.

»Hallo! Dürfen wir uns zu Ihnen setzen?«, fragte der Ältere mit einem breiten Grinsen.

Dad lud sie herzlich dazu ein.

»Ich bin Henry Lowell«, verkündete der junge Mann und schüttelte meinem Vater die Hand, ehe er Platz nahm. Der Jüngere hatte sich bereits auf einen Stuhl fallen lassen, erhob sich dann aber wieder verlegen, um ihm ebenfalls die Hand zu reichen. »Mein Bruder Noah Barker-Lowell«, stellte der Ältere ihn vor. »Er ist mein Halbbruder, aber dafür hat er einen Doppelnamen!« Mom und Dad lachten höflich, aber ich glaube nicht, dass sie wirklich begriffen hatten, was er meinte.

»Haben Sie eben gesagt, Sie gehören zu den Albatrossen?«, plauderte Henry munter weiter. »Wir auch – wenn das kein Zufall ist!«

Ich konnte mich nicht länger zurückhalten. »Wieso Albatrosse? Ich meine, ich weiß, dass ein Albatros ein Vogel ist, aber warum sind wir plötzlich auch welche?«

Mom legte eine Hand auf meinen Arm. »Moment, Catherine, das erkläre ich dir gleich.«

Der Kapitän hatte sich vorne im Saal von seinem Tisch erhoben und klopfte mit einem Löffel an sein Glas, um uns zum Verstummen und Zuhören zu bewegen. Ich konnte nicht ahnen, dass er meine Frage gleich selbst beantworten würde.

»Guten Abend! Good evening! Buenas noches!«, begann er. Der arme Mann musste alles, was er sagte, dreimal in drei verschiedenen Sprachen wiederholen, weshalb er eine halbe Ewigkeit brauchte, bis er endlich zur Sache kam. Und die ganze Zeit mussten wir diesen hageren, fast zwei Meter großen alten Knaben anschauen, der von Kopf bis Fuß weiß gekleidet war und eine der typischen, angeberischen Kapitänsmützen auf dem Kopf trug. Außerdem hatte er enge weiße Shorts und weiße Kniestrümpfe an, die offensichtlich speziell für ihn angefertigt worden waren, da sie ihm tatsächlich bis ans Knie gingen, was in etwa der Oberschenkelhöhe eines normalen Menschen entsprach.

Wie dem auch sei, seinen englischen Erklärungen darüber, wie alles hier an Bord funktionierte, entnahm ich Folgendes: Die Passagiere waren in vier Gruppen unterteilt: Albatrosse, Möwen, Kormorane und Delfine. Ganz schön witzig, hm? Es waren die Namen von Vögeln und Tieren, die wir in den nächsten zwei Wochen zu Gesicht bekommen würden. Die Gruppeneinteilung stand an der Anschlagtafel, deshalb wussten die anderen schon zu welcher Gruppe sie gehörten. Die Albatrosse und Möwen wurden von einem englisch sprechenden Führer betreut, die Kormorane von einem deutschen und die Delfine von einem spanischen. Jede Gruppe bestand aus etwa fünfzehn Personen, die jeweils in einem eigenen Panga zum Landausflug aufbrechen würden.

Danach stellte der Kapitän die Reiseleiter vor. Zuerst kam Annie, die für die Möwen zuständig war, eine Amerikanerin mit einem breiten Lächeln, die allen zuwinkte, als stünde sie im Rampenlicht oder so. Ich hörte Henry schnauben und drehte mich schnell zu ihm, um ihn mit einem entsprechenden Blick einzuschüchtern, falls er eine dumme Bemerkung über die ausladende Oberweite der Reiseleiterin machen wollte. Doch wie durch ein Wunder schaffte er es, seine Gedanken für sich zu behalten.

Als Nächste wurde Sofia vorgestellt, die Reiseleiterin der Delfine, die hübsche Südamerikanerin, die mir schon am Flughafen aufgefallen war. Für die deutschsprachige Gruppe, die Kormorane, war Georg zuständig, ein rothaariger Deutscher. Der Kapitän machte eine kurze Pause, ehe er mit einem Lächeln fortfuhr: »Und nun möchte ich Ihnen den Reiseleiter der Albatrosse vorstellen: Diego Alvarado.« Alle applaudierten höflich, genau wie für die anderen, aber wir spürten, dass der Kapitän über Diego noch mehr zu sagen hatte. Keinen der anderen Reiseleiter hatte er mit Nachnamen vorgestellt.

»Die Albatrosse haben das große Glück einen berühmten Führer zu haben«, fuhr der Kapitän fort. Diego starrte auf seine schneeweißen Schuhspitzen. »Ich möchte noch nicht zu viel verraten, meine Damen und Herren, aber wenn Sie auf der Darwin-Forschungsstation auf Santa Cruz Island ankommen, werden Sie verstehen, warum Diego hier auf den Galapagos-Inseln als Held gilt.« Der Kapitän legte Diego einen Arm um die Schultern und lächelte mit sichtlichem Stolz auf ihn herab. Selbst die anderen Reiseleiter applaudierten.

»Hey, wir haben einen berühmten Reiseleiter! Haltet euch immer nur an mich, Leute – ich bin ein Glückspilz!«, verkündete Henry und grinste mit tadellosen weißen Zähnen in die Runde. Ich habe noch nie jemanden mit einem so positiven Selbstbewusstsein getroffen. Unglaublich, dieser Kerl schaffte es, gleichzeitig sein Roastbeef aufzuschneiden, mit Miyoko zu flirten und meiner Mutter ein Kompliment zu ihrer schönen Halskette zu machen. Sein Bruder hingegen schien nicht auf unserem Planeten zu weilen, was mich natürlich darüber nachdenken ließ, wo er war. Er starrte auf seinen Teller und zerpflückte die dillbestreuten Kartoffeln, die für meinen Geschmack recht gut schmeckten. Erst als er irritiert aufblickte und mich anfunkelte, bemerkte ich, dass ich ihn angestarrt hatte.

»Und wie alt bist du, Catherine?«, fragte Henry.

»Ich bin sechzehn«, antwortete ich kühl. »Man nennt mich übrigens Cat.«

»Sie ist vor kurzem erst sechzehn geworden«, warf Mom ein und legte mir die Hand auf die Schulter, eine beschützende Geste, die mir in diesem Augenblick absolut lästig war. »Wir ziehen ihren Taufnamen vor. Sie wurde nach ihrer Großmutter benannt.«

»Oh, ich kenne die Last von Familiennamen!«, versicherte mir Henry. »Ich bin Henry Pinkham Lowell der Dritte! Was meint ihr, wie schrecklich es ist, mit einem derart bedeutend klingenden Namen herumlaufen zu müssen!« Er lachte kopfschüttelnd, aber ihm war anzusehen, dass er vor Stolz auf seinen dämlichen Namen beinahe platzte.

»Wirklich?«, erkundigte sich Dad neugierig. »Was macht Ihr Vater beruflich, Henry?«

»Schon mal von der Firma Snowbird gehört?«

»Ah, Schiausrüstung oder so etwas?«, sagte Mom.

»Ja, mit Schiern begann es damals. Inzwischen produzieren wir alle möglichen Outdoor-Sportartikel. Das Geschäft boomt.

Einer der Gründe, warum ich hier bin, ist irgendeine neue Schnorchelausrüstung zu testen. Dad beabsichtigt die Firma zu kaufen. Ist langfristig gesehen günstiger.«

»Wie interessant!«, heuchelte mein Vater. Er interessierte sich kein bisschen für die Geschäftswelt und für Sport hatten er und Mom nichts übrig. Der einzige Outdoor-Sportartikel, den er je erstanden hatte, war ein Fernglas gewesen. Nein, genauer gesagt zwei Ferngläser. Damit ihnen ja kein Vogel entging, während sie das Fernglas hin und her reichten.

Nachdem er weitere fünfzehn Minuten von sich erzählt hatte, fiel Henry plötzlich etwas auf. Er wandte sich an seinen Bruder. »Noah, du bist so schweigsam heute Abend.« Dann war ich an der Reihe. »Noah ist auch sechzehn, Cat, genau wie du. Er durfte mitkommen, obwohl er nichts testen muss, falls er keine Lust hat. Das Schicksal hat uns gemeinsam hierher geführt, nicht wahr, Bruderherz?« Henry schlug dem armen Noah kräftig auf die Schulter und lachte lauthals.

Die drei Japanerinnen kicherten.

Noah umklammerte die Gabel in seiner Hand und für einen kurzen Moment befürchtete ich, er würde sie seinem Bruder in den Arm stechen. Ehrlich gesagt, ich hoffte es. Für den Bruchteil einer Sekunde trafen sich unsere Augen und ich sah in seinen eine unverhohlene Wut aufleuchten, was ihn für mich nur noch interessanter machte. Doch dann legte er schweigend die Gabel auf seinen Teller und aß keinen Bissen mehr.

Da Henry zufällig für eine halbe Minute schwieg, ergriff Dad die einmalige Gelegenheit das Thema zu wechseln. »Tja, Firmen besitze ich keine. Ich bin Biologielehrer an der

Highschool, June, meine Frau unterrichtet an der Grundschule. Ich wette, niemand hier am Tisch wird je erraten, wie wir zu dieser Reise gekommen sind.«

Mom schien etwas verlegen. »Will, das tut doch nichts zur Sache . . .«

Aber Henry ging sofort auf das Spiel ein. »Gut, dann raten wir mal. Sie bekamen eine Belohnung, weil Sie den entscheidenden Hinweis zur Ergreifung eines gemeingefährlichen Verbrechers gaben? Nein? Hm, dann haben Sie das Geld irgendwie gewonnen, stimmt's?«

»Richtig«, sagte Dad nickend. »Aber wie?«

Es stimmt, es ist eine lustige Geschichte, aber allmählich nervte es mich, wie begeistert Dad sie immer wieder erzählte.

»In der Lotterie? Nein. Sie haben ein Gedicht geschrieben über – Nein? Hm, eine Tombola oder so?«

»Sie kommen nie darauf«, sagte ich gequält. »Dad, sag's schon!«

»Wir haben das Geld beim Kuhfladen-Bingo gewonnen«, sagte Dad voller Stolz.

Das ließ sogar Noah Barker-Lowell vom Tisch aufblicken. »Was ist denn das?«

»Oh, es ist so albern«, sagte Mom verlegen.

»Aber nein, es war eine geniale Idee!«, sagte Dad strahlend. »Um unser Gemeindehaus renovieren zu können, kam jemand auf die Idee mit dem Bingospiel. Der Sportplatz unserer High School wurde in kleine Quadrate unterteilt und fast jeder Einwohner kaufte ein oder zwei Quadrate zu je zwanzig Dollar. Der Gewinner sollte fünftausend Dollar bekommen und für das Gemeindehaus blieben immer noch fünf-

zehntausend Dollar übrig. Die Quadrate gingen weg wie warme Semmeln.«
»Und weiter?«
»Als der große Tag gekommen war, kam ein Farmer mit einer Kuh an. Er musste die Kuh über alle Quadrate führen, über den ganzen Sportplatz. So lange, bis die Kuh . . . etwas fallen ließ . . . Und der Besitzer dieses Quadrats war der glückliche Gewinner!«
Dad und Henry brüllten fast gleichzeitig los vor Lachen. Die drei Japanerinnen hatten kein Wort verstanden. Noah verzog das Gesicht. Ich nehme an, es war unter seinem Niveau, sich über Kuhmist zu unterhalten.
»Entschuldigt mich«, sagte er und schob seinen Stuhl zurück. »Ich habe Kopfschmerzen. Hat mich gefreut euch kennen zu lernen.« Er hatte es so eilig, wegzukommen, dass er keinen am Tisch eines Blickes würdigte. Interessant. In diesem Knaben ging etwas vor, und wenn mich etwas reizte, dann war es, hinter die Fassaden meiner Mitmenschen zu blicken.
»Er ist kein großartiger Unterhalter«, sagte Henry mit einem Augenzwinkern in Richtung Miyoko. »Hat eines von euch Mädchen Lust auf einen Drink in der Bar?«
»Gerne, ich nehmen Cola, Henry«, sagte Miyoko mit einem reizenden Augenaufschlag. »Tomoko und Sachiko mögen trinken Orangensaft.«
Obwohl ich vermutlich höchstens ein oder zwei Jahre jünger war als die Ko-Sisters, war ich mir sicher, dass die Einladung mich nicht einschloss. Nicht, dass ich Wert darauf gelegt hätte, zum Harem eines Typen mit vier Namen zu gehören, der sich selbst für den Größten hielt. Mir fiel nur auf, dass ich

in meinem Alter noch immer am Schürzenzipfel meiner Eltern hing. Manchmal hatte ich das Gefühl, wir seien mit Bungie-Seilen aneinander gekettet. Ich konnte mich immer nur ein kurzes Stück von ihnen entfernen, bevor ich wieder zu ihnen zurückgeschleudert wurde.

»Nun, ich denke, das kann ich organisieren«, sagte Henry mit einem affektierten Grinsen, ehe er seine Mädchenschar aus dem Speisesaal lotste. Über die Schulter rief er noch zurück: »Wir Albatrosse sehen uns dann ja morgen früh!«

Mom stieß die Luft aus. »Tja, es ist nicht ganz dasselbe, wie alleine zu verreisen, hm?«

Dad legte ihr seinen Arm um die Schulter, eine für ihn in der Öffentlichkeit ungewöhnliche Geste der Zuneigung. »June, es ist die Reise unseres Lebens. Genieß sie!«

Mom lächelte ihn an, als säßen sie allein am Tisch. Oder vielleicht sogar allein im Kosmos. Du lieber Himmel!

Ich persönlich überlegte, ob ich zu den Möwen wechseln sollte. Vielleicht hatten die mehr zu bieten. Bei den Delfinen würde ich wenigstens mein Spanisch verbessern. Vielleicht konnte ich auch einfach tagelang auf dem Deck liegen und mir eine tropische Sonnenbräune zulegen. Die zwei Wochen kamen mir mit einem Mal endlos lang vor.

3 | NOAH

Warum habe ich mich bloß zu dieser Reise überreden lassen? Dad redete ständig von »Reise ins Paradies« und »Chance, deinen Bruder besser kennen zu lernen«. Wenigstens war Mom ehrlich. Sie sagte, es würde uns beiden gut tun, uns eine Weile aus dem Weg zu gehen. Sie wollte mich vom Hals haben. Sie sagte, mein Schmollen und Brüten mache das Ganze noch schlimmer für sie, als es ohnehin schon war. Als ob ihre finsteren Blicke beim Anblick eines männlichen Wesens mich auch nur im Geringsten aus meiner Depression hätten reißen können!

Ich hatte nicht einmal die Reiseunterlagen durchgesehen. Hätte ich es getan, hätte ich gewusst, dass ich mit Henry in eine winzige Kabine gesteckt werden würde, in der immer nur einer von uns stehen konnte. Der andere musste solange auf dem Bett liegen oder sich in das Bad zurückziehen. Und auch darin war so wenig Platz, dass man nur unter großen Verrenkungen den Reißverschluss an der Hose öffnen oder schließen konnte!

Natürlich verbrachten die meisten Leute die wenigste Zeit in ihrer Kabine. Sie fuhren zu einer Insel, saßen im Speisesaal oder an der Bar, sahen sich im Souvenirladen um oder rieben sich mit literweise Sonnenöl ein, ehe sie ihre Blässe an Deck der Sonne aussetzten. Einer der älteren Knaben sah echt schon wie ein Räucherlachs aus. Ohne mich. Ich hatte die Absicht so viel Zeit wie möglich in der Kabine zu verbringen, bis ich wieder nach Hause fahren konnte.

Zum Glück hatte Henry sofort eine Schar von Verehrerinnen gefunden, mit denen er die Zeit verbringen konnte. So hatte ich ihn vom Hals und aus der Kabine. Er war die halbe Nacht mit seinen neuen Freundinnen zusammen. Irgendwie taten mir die drei Japanerinnen Leid. Ich weiß nicht, ob sie schon mal mit jemandem wie Henry zu tun gehabt hatten.

Er war echt aufgedreht, als wir gestern Abend in den Speisesaal gingen. »Schau!«, flüsterte er. »Deine Süße sitzt bei meinen drei Herzchen!« Zielstrebig steuerte er auf die leeren Stühle an ihrem Tisch zu. Manchmal habe ich das Gefühl, nicht er sei der College-Absolvent, sondern ich.

Es stellte sich heraus, dass die Schwarzhaarige genauso alt war wie ich. Eigentlich würde man sie eher auf vierzehn schätzen, sie wirkt kein bisschen hochnäsig, sondern sehr natürlich. Ich hatte das Gefühl, sie starre mich ununterbrochen an, aber sie sagte nicht viel. Ihre Eltern sind merkwürdige Leute. Sie erzählten eine lange Story vom Pferd oder genauer gesagt von Kuhfladen, durch die sie das Geld für die Reise gewonnen hatten. Echte Provinzler.

Es war nicht zu übersehen, dass Sexy-Henry sie umhaute. Henry berichtete mir, dass er alle Mädchen nach dem Abendessen in die Bar eingeladen hatte, aber diese Cat war offenbar zu schüchtern gewesen, um mitzugehen. Weshalb sie in Henrys Augen bestens zu mir passte. Ich sei nicht schüchtern, widersprach ich, sondern depressiv.

Jedenfalls hatte ich nicht die geringste Absicht im Morgengrauen aufzustehen, um irgendeine doofe Insel zu besichtigen, aber Punkt sechs Uhr dreißig ertönte in allen Kabinen eine widerlich laute Musik und wenig später die Stimme des Kapitäns: »Good morning! Buenos días! Guten Morgen!« Das hätte selbst Tote aufgeweckt. Ich beschloss erst mal frühstücken zu gehen und dann weiterzusehen.

In der trügerischen Hoffnung, nicht reden zu müssen, setzte ich mich an einen Tisch mit lauter Deutschen, doch diese wollten natürlich nett sein, und da jeder von ihnen praktisch ebenso gut Englisch sprach wie ich, löcherten sie mich mit Fragen. Aber ich war einfach nicht in Laune und löffelte möglichst schnell mein Müsli aus, um mich mit einer Tasse Kaffee auf das Deck zurückzuziehen.

Dort oben war es ganz okay. Da alle im Speisesaal waren, war ich endlich allein und konnte die Stille und die Umgebung genießen. Das Wasser schimmerte tiefblau. Wäre ich nicht so mies drauf gewesen, hätte ich gesagt, es sei wunderschön. Wir ankerten nicht weit von einer kleinen Insel, die verdörrt und felsig und kein bisschen wie ein Paradies aussah. Es musste sich um North Seymour handeln, da diese Insel für heute auf dem Programm stand. Sogar vom Schiff aus konnte ich jede Menge Vögel über der Insel kreisen sehen, große, schwarze Vögel, die herabstießen und ins Wasser eintauchten. Während ich mich noch umschaute, kam ich zu dem Schluss, dass ich – wenn ich schon einmal hier war – auch mit rüberfahren konnte. Auf dem Schiff war nichts geboten und ich war nicht müde genug, um noch mal in die Federn zu kriechen.

»Hey, da bist du ja!«

Vor Henry gab es kein Entrinnen! Er kam die schmale Treppe

herauf, die drei Japanerinnen im Schlepptau. Ob ihr es glaubt oder nicht, der Typ ist nie mies drauf.

»Komm schon! Die Gruppen sammeln sich und die Albatrosse fahren als Erste los.«

Ich gab auf und folgte ihm und seinem Hofstaat nach unten.

»Es ist eine Trockenlandung, du kannst deine Turnschuhe also anbehalten«, sagte er mir.

»Was ist eine Trockenlandung?«, fragte ich irritiert.

»Noah, lebst du hinterm Mond? Trockenlandung bedeutet, dass man direkt an Land oder auf einem Felsen aussteigt. Wasserlandung hingegen bedeutet, dass man vom Panga aus erst mal durch das Wasser waten muss.«

Henry benutzte diese Begriffe bereits, als hätte er sie mit der Muttermilch aufgesaugt. Unten rannten die Passagiere durcheinander. Sie schleppten Rucksäcke und Kameraausrüstungen mit sich herum. Ich stellte fest, dass ich der Einzige ohne Kappe oder Sonnenbrille war, aber jetzt noch einmal in die Kabine zu gehen und diese Sachen zu holen war mir zu doof. Ich fragte mich, warum diese Leute so viele Mühen und Kosten auf sich nahmen. Wäre es zu Hause im Bett nicht viel schöner?

»Das ist Diego, unser Reiseleiter«, sagte Henry. »Hab ihn gestern Abend in der Bar näher kennen gelernt.«

Zweifellos war Henry inzwischen mit allen an Bord per Du. Diego war ein dunkelhäutiger Typ mit einem stechenden Blick, vermutlich ein Ecuadorianer, eine Art Legende in dieser Gegend oder so. Wahrscheinlich hat er eine Methode entwickelt, wie man angetrockneten Vogelmist aus den piekfeinen weißen Uniformen waschen kann.

Der Kapitän verkündete, die Albatrosse mögen sich bitte hintereinander an der Wand entlang aufstellen, und alle gehorchten brav. Ich kam mir vor wie ein Erstklässler, der nach der großen Pause wieder ins Klassenzimmer geführt wird.
An der schmalen Treppe, die seitlich vom Schiff hinunterführte, wurde jedem von uns eine Schwimmweste der passenden Größe in die Hand gedrückt. Überall standen Leute, die einem hinunterhalfen, damit man nicht ausrutschte und als Haifischfutter endete. Dann musste man nur noch in das Gummi-Panga hüpfen und an einer der aufgeblasenen Seiten Platz nehmen.
Ich nahm die anderen Albatrosse in Augenschein: Außer mir, Henry und den drei Japanerinnen gab es noch ein Pärchen mittleren Alters mit einem kleinen Jungen – oh Gott, der Flegel aus dem Bus, ich hätte es wissen müssen! – und zwei Gruftis mit diesen typischen Schlapphüten für Regenwetter. Außerdem war da noch ein junges Pärchen, das sich offenbar nicht viel zu sagen hatte. Sie waren bestimmt in den Flitterwochen.
Als Letzte stiegen noch unsere Tischnachbarn von gestern Abend zu, diese Cat mit ihren Eltern, die ein bisschen erschöpft wirkten. Das war's dann – mit diesen Leuten würde ich also für die nächsten zwei Wochen zusammengesperrt sein. Großartige Aussichten!
»Die Insel, die wir heute besichtigen werden, North Seymour, entstand infolge einer Erhebung des Ozeanbodens«, begann Diego seinen Vortrag.
Ich hatte nichts dagegen, mir eine Insel oder solches Zeug anzusehen, aber musste ich mir auch noch eine geologische Abhandlung darüber anhören?

»Die Galapagos-Inseln sind eine vulkanische Inselgruppe und folglich bestehen viele von ihnen aus Lavagestein. Es gibt nur wenige Inseln wie diese hier, die sich vom Meeresboden hoben und zu trockenem Land wurden.«
Die Leute begannen bereits »Aaaaah!« und »Oooooh!«, zu rufen. Als Diego alles über die Vegetation erklärte, beschloss ich mich einfach nur auf die Strecke zu konzentrieren, die wir zurücklegten. Deshalb war ich der Erste, der ihn entdeckte.
»Ein Seehund!«, brüllte ich. Ich konnte gar nicht glauben, dass ich so laut gerufen hatte.
»Ja, ein Seelöwe«, korrigierte Diego mich höflich. Er hatte einen hübschen Akzent, der die scharfen Kanten seines Englisch etwas abmilderte. »Genau an dieser Stelle werden wir auf die Felsen klettern, achten Sie bitte darauf, dass Sie nicht versehentlich auf den Seelöwen treten.« Unser Boot näherte sich dem Felsen, aber der Seelöwe rührte keinen Muskel.
»Haben diese Tiere keine Angst vor den Booten?«, fragte die ältere Frau.
»Sie werden feststellen, dass die Tiere und Vögel auf den Galapagos-Inseln keine Angst vor Menschen haben. Bitte achten Sie bei allen Exkursionen darauf, nicht versehentlich auf ein Tier zu treten oder ihm Schaden zuzufügen. Bevor wir das Boot verlassen, möchte ich Sie nochmals daran erinnern, nichts von der Insel mitzunehmen, weder Muscheln noch Federn oder Steine. Die Ökosysteme dieser Inseln sind sehr empfindlich und wir dürfen sie nicht stören.«
Diego blickte jedem von uns tief in die Augen, einem nach dem anderen, um uns klarzumachen, wie ernst es ihm damit war. »Lassen Sie auch nichts auf der Insel liegen, weder

Nahrungsmittel noch Papier oder Abfälle. Zum Mittagessen sind wir wieder auf dem Schiff und im Übrigen sollten wir nie Lebensmittel auf eine unbewohnte Insel mitnehmen. Berühren Sie bitte kein Tier, selbst wenn es zahm zu sein scheint. Ihr Duft, der an einem Seelöwenbaby haften bleibt, verwirrt die Mutter und es kann sein, dass sie ihr Kleines dann nicht mehr annimmt. Im Laufe der letzten Jahrhunderte hat der Mensch auf diesen herrlichen Inseln große Zerstörungen angerichtet. Aber heute ist man zum Glück bemüht sie wieder in ein Paradies zurückzuverwandeln.«

Nach diesem ökologischen Vortrag brach das Volk an Bord fast in Tränen aus. Als hätten sie diese Regeln nicht alle zwei Meter auf Plakaten aushängen sehen, seit wir das Flugzeug in Baltra verlassen hatten!

Diego und der Panga-Fahrer halfen uns aus dem Boot und auf die Felsen. Es stimmt, wir waren tatsächlich höchstens dreißig Zentimeter weg von dem Seelöwen und der verzog keine Miene. Ich fragte mich schon, ob er vielleicht tot sei, als ich aufblickte und ein weiteres Dutzend Seelöwen ausgestreckt auf der feinen Sandschicht, die die Felsen bedeckte, liegen sah.

Haufenweise waren seidig schimmernde braune Babys zu sehen, viele von ihnen nuckelten an ihrer Mutter. Eine Seelöwenmutter kam flossenschlagend und laut bellend über die Felsen angewatschelt, als die Gruppe sich zwischen sie und ihr Baby stellte. Erstaunlich, wie flink sie sich mit ihren komischen Flossen bewegen können. Es sieht irgendwie aus, als würden sie sich auf ihren Knöcheln vorwärts bewegen und ihre Füße zur Seite klappen.

Um mich herum begannen Kameras zu klicken und Videokameras zu surren. Die Flitterwochenfrau sagte ein ums andere Mal »Isses nicht süüüüß?«, während ihr Mann alles um sich herum auf Video verewigte. Sogar der kleine Flegel war fasziniert. Seine Mutter fotografierte ihn, wie er Auge in Auge mit einem Seelöwenbaby im Sand saß. Es war nicht einfach, gegen diese Szenerie immun zu sein, aber ich bemühte mich nach Kräften. Ich war froh, dass ich keine Kamera dabeihatte.
Während die Gruppe ihren Weg fortsetzte, zeigte Diego auf Landleguane, Lavaechsen und schließlich auf eine Seevogelart, die den unschönen Namen »Blaufußtölpel« trägt. Ich muss zugeben, dass ich selten etwas so Merkwürdiges gesehen habe. Wohin man auch schaute – überall waren nur Tölpel, direkt vor einem. Sie tanzten umeinander herum, saßen in ihrem Nest auf den Eiern oder versteckten ihre schmuddelig aussehenden weißen Küken unter ihren Flügeln.
Ihre blauen Füße waren wie große flache Paddel, und wenn sie gingen, nahmen sie sie seitlich hoch, bis sie rechtwinklig vom Boden abstanden, was so aussah, als würden sie einander zuwinken. Unsere Gruppe strebte auseinander, manche hingen weiterhin hingebungsvoll an Diegos Lippen, der über dies und jenes erzählte, andere fotografierten sich gegenseitig mit jeder Tierart, die sie antrafen. Ich beschloss mich kurz auf den Boden zu setzen und zwei Tölpeln zuzuschauen, die einander wie wild umtanzten. Sie machten ein Heidentheater.
Einer der Vögel ließ ständig seine lächerlichen blauen Füße aufblitzen und stieß Pfeiftöne aus, während der andere rasselnd mit den Flügeln schlug, wie ein Truthahn kreischte und auf und

ab hüpfte. Als sie damit fertig waren, amüsierten sie sich damit, sich ein Stöckchen hin und her zu reichen. Und plötzlich begannen sie wieder mit dem Gepfeife und Gekreische. Wie hypnotisiert betrachtete ich diese seltsamen Tiere.

»Du interessierst dich für Vögel?« Diese Frage ließ mich zusammenzucken. Ich hatte nicht gespürt, dass jemand in der Nähe war. Als ich den Kopf wandte, konnte ich nicht gleich auf Anhieb erkennen, wer mich angesprochen hatte. Jemand in Jeans und T-Shirt lag auf der Seite im Sand und blickte durch eine Kamera, auf die ein riesiges Objektiv geschraubt war. Lange schwarze Haare. Aha, es musste Cat sein. Als ich ihr antworten wollte, hob sie warnend die Hand. Offenbar war sie gerade dabei, ein Tölpelfoto zu schießen, mit dem sie den Pulitzerpreis gewinnen wollte.

Nachdem sie etliche Male auf den Auslöser gedrückt hatte, setzte sie sich auf. »Entschuldige, aber ich habe gerade ein paar tolle Motive gesehen, die ich mir auf keinen Fall entgehen lassen wollte.«

Ich nickte. »Klar, war sicher deine letzte Chance einen Blaufußtölpel zu sehen«, sagte ich ironisch. »Es sei denn, du gehst in x-beliebiger Richtung einen Meter weiter.«

»Man weiß nie, welches Bild das beste wird«, sagte sie, nahm den Film aus der Kamera und legte einen neuen ein. »Also, was ist: Kennst du dich mit Vögeln aus?«

Ich schnaubte. »Kein bisschen. Ich meine, die Jungs hier sind ja echt witzig, aber normalerweise kann ich ein Rotkehlchen nicht von einem Eichelhäher unterscheiden.«

»Und darauf bist du stolz?«

»Ich habe nicht gesagt, dass . . .«

»Außerdem sind es keine zwei Jungs, ganz im Vertrauen gesagt. Der Pfeifer da, der mit den kleinen Pupillen, ist ein Männchen. Das Weibchen hat größere Pupillen und kreischt. Sie sind beim Balzspiel. Dieses Ritual kann lange dauern. Sie geben das Stöckchen hin und her, zeigen sich gegenseitig ihre Füße und breiten ihre Flügel aus.«

»Woher weißt du das?«

»Diego hat es gerade erklärt. War mir klar, dass du nicht zugehört hast.«

»Oh.« Etwas betreten sah ich erneut den Tölpeln zu. »Woher willst du wissen, wie groß ihre Pupillen sind? Das sehe ich nicht.«

»Ich beobachte mit meinen Eltern öfters Vögel. Dabei lernt man auf gewisse Dinge zu achten. Allerdings fotografiere ich lieber.«

»Du hast 'ne komische Kamera«, sagte ich.

Diego rief den Nachzüglern zu, sie sollten ihm folgen, und deshalb gingen wir los, wobei wir versuchten möglichst in keines der überall vorhandenen Tölpelnester zu treten.

»Habe ich bekommen«, erklärte Cat. »Mit dem Gewinn vom Kuhfladenbingo. Ich hatte vorher nie 'ne gute Kamera. Es ist noch aufregender, als ich dachte.«

Eine Kamera aufregend? Sie musste eine merkwürdige Type sein.

»Woher kommst du?«, fragte ich aufs Geratewohl.

»Oregon. Aus einer kleinen Stadt namens Benson River, im Tal zwischen dem Kaskadengebirge und den Siskiyoubergen«, erklärte sie stolz. Als ob ich 'ne Ahnung hätte, wo das liegt. »Und du? Woher kommst du?«

»Ich bin aus Brookline«, antwortete ich.
»Brooklyn? Wirklich? Oh, ich würde wahnsinnig gerne mal nach New York fahren.«
»Nicht Brooklyn. Brookline, in Massachusetts. Bei Boston, falls dir das was sagt.«
Sie schüttelte den Kopf. »Nie gehört.«
»Du hast noch nie von Brookline gehört? John F. Kennedy wurde da geboren. Und Michael Dukakis lebt dort!«
»Hast du schon mal von Benson River gehört? Humphrey Wells lebt dort.«
»Natürlich habe ich noch nie von Benson River gehört. Es ist eine Kleinstadt irgendwo im Hinterland. Und Humphrey Wells ist mir auch kein Begriff!«
»Er war sechs Jahre hintereinander Nationalchampion im Bullenreiten.«
Wollte sie mich auf den Arm nehmen? Ich konnte nicht sehen, ob sie grinste, weil sie dauernd ihre dämliche Kamera vor dem Gesicht hatte.
»Fregattvögel!«, rief sie aus und boxte mich vor Aufregung in die Rippen. Bis wir die Gruppe erreichten, war Diego schon mitten in seinem Vortrag.
Ich stellte mich neben den Typ, der seine Videokamera keine Sekunde vom Auge genommen hatte, seit wir unseren Fuß auf die Insel gesetzt hatten. Dieser Typ war echt der Hammer. Wenn Diego etwas sagte, versuchte er das Wesentliche für sein Privatvideo zusammenzufassen, aber meistens faselte er nur dummes Zeug.
»Wir sind hier am größten Fregattvögel-Nistplatz, den Sie auf den Inseln zu sehen bekommen«, sagte Diego.

»Hier nisten diese großen schwarzen Vögel. Wir werden auf dieser Reise keine größeren zu sehen bekommen«, teilte der Typ seinen Leuten in der Heimat mit.
»Achten Sie darauf, wie die Männchen während der Balz ihren leuchtend roten Kehlsack aufblasen und die Köpfe zurücklegen, damit er von oben sichtbar ist. Das tun sie deshalb, weil vorüberfliegende Weibchen ihre Männchen nach dem Kehlsack aussuchen.«
»Das Männchen macht seinen Hals möglichst dick, damit die Weibchen ihn sehen, wenn sie vorüberfliegen. Das heißt, vielleicht machen sie ihn auch rot«, wiederholte der Videofilmer treu-doof.
Du hast keinen Schimmer, Junge!
»Die Entscheidung liegt allein beim Weibchen. Das Männchen hat in dieser Sache nichts zu melden.« Unser Reiseleiter blickte lächelnd in die Runde und ließ sich sogar zu einem kleinen Scherz hinreißen. »Genau wie bei uns Menschen, hm?«
Die meisten Zuhörer lachten amüsiert auf. Ha, ha. Was für ein Witzbold. Selbst Cat grinste ihn dämlich an. Ich persönlich konnte keinen großen Unterschied erkennen zwischen Vögeln, die einander nach einigen prüfenden Blicken aus der Luft auf Grund der Kehlsackgröße aussuchen, und Menschen, die jahrelang versuchen den perfekten Partner zu erobern und ihn dann verstoßen, wenn jemand kommt, der noch perfekter zu sein scheint.
Henry schien diese Theorie ebenfalls wenig zu überzeugen. Er ließ sich zuerst mit Miyoko, dann mit Sachiko und schließlich Tomoko fotografieren. Eine der Japanerinnen bat

Cats Mutter ein Foto von allen vieren zu machen. Mich beschlich der vage Verdacht, dass Henry demnächst in die japanische Geschichte eingehen würde.

»Warum bist du überhaupt hier?« Auf dem Trampelpfad, der uns an sich putzenden Fregattvögeln vorbeiführte, war Cat plötzlich wieder hinter mir. »Ich meine, die Reise ist doch rausgeworfenes Geld, wenn jemand null Bock darauf hat.«

»Woher willst du wissen, dass ich nicht gerne hier bin?«

»Das sieht ein Blinder. Meist schaust du gelangweilt in die Gegend. Falls du nicht gerade sauer bist.«

Wow, die Kleine redete nicht lange um den heißen Brei herum. »Ich bin gerade nicht sauer«, erwiderte ich schmunzelnd. »Die Insel gefällt mir.«

»Tolle Leistung! Sie würde dir noch mehr gefallen, wenn du zuhören würdest, was Diego erzählt, statt dauernd hinterdreinzuschlurfen.« Sie ging in die Knie und fotografierte eine kleine grüne Eidechse, die über einen Stein huschte. »Du hast die Sache mit Darwin und dem Ursprung der Arten verpasst. Aber vermutlich gehört das zum Allgemeinwissen.«

»Mhmmm.« Hörte sich vage bekannt an.

»Du hast doch schon von Darwin gehört oder steht Biologie in Brookline nicht auf dem Lehrplan?«

»Natürlich, doch. Den haben wir mal durchgenommen. Aber bis ins letzte Detail könnte ich es im Moment nicht wiedergeben. Aber was hat Darwin bitte schön mit den Galapagos-Inseln zu tun?«

Sie lachte. »Du bist garantiert der erste Mensch, der diese Reise macht, ohne zu wissen, was Darwin mit den Galapagos-Inseln zu tun hat!«

Die Kleine war wirklich die reinste Nervensäge. »Hör mal, im Grunde genommen ist mir das auch vollkommen egal, klar?«
»Hast du schon mal davon gehört, dass in der Natur immer der Stärkere überlebt?«
Himmel, ich war doch jetzt in den Ferien, nicht in der Schule!
»Ja, davon habe ich schon gehört. Es sind immer die kranken oder schwächeren Tiere, die gefangen und gefressen werden.«
»Richtig! Gratuliere! Der Kandidat hat schon beinahe hundert Punkte! Also, die stärkeren Tiere haben die größten Chancen weiterzuleben und sich zu vermehren und folglich werden auch ihre Nachkommen vermutlich stark und überlebensfähig sein«, fuhr sie fort.
»Wenn ich mich recht erinnere, ist das nicht nur auf den Galapagos-Inseln der Fall«, warf ich sarkastisch ein.
Sie seufzte, als hätte ich sie damit zu einer weiteren Nachhilfestunde herausgefordert. »Natürlich nicht, aber diese Idee ist Darwin zufällig hier gekommen.«
»Ach wirklich? Und wo ist Newton der berühmte Apfel auf den Kopf gefallen? Fahren täglich Touristenbusse dorthin, um den Baum anzuglotzen?«
Sie starrte mich an. »Stellst du dich absichtlich so blöd?«
»Fällt mir nicht besonders schwer«, versicherte ich ihr.
»Es waren die Tiere hier, die Darwin auf seine Idee brachten!«, fauchte sie mich an.
»Wow, was für ein begabtes Völkchen!«, sagte ich.
»Diese Inseln liegen so dicht beieinander, dass sie ein perfektes Labor darstellen.« Sie kam mir vor wie eine Timex-Uhr: wenn sie erst mal tickte, war sie nicht mehr abzustellen. »Die Tiere, die überleben wollten, mussten in der Lage sein sich

ihrer Umgebung anzupassen. Auf der einen Insel haben die Finken zum Beispiel kräftige Schnäbel, weil sie nur Körner zum Fressen finden, auf einer anderen Insel haben sie lange, schmale Schnäbel, um Würmer ausgraben zu können. Aber im Grunde genommen handelt es sich um dieselbe Vogelart.«

»Das weißt du alles von Diego?«

»Nein, mein Vater ist Biologe.«

»Ha, das gibt dir natürlich einen unfairen Vorsprung«, sagte ich mit einem schiefen Grinsen.

»Dafür hast du bestimmt auf anderen Gebieten einen Vorsprung«, erwiderte sie prompt.

Herrje, musste sie immer das letzte Wort haben?

»Darwin hat also nichts anderes getan als sich umzusehen und das zu erkennen? Und deshalb ging er in die Geschichte ein?«

»Ich glaube nicht, dass es eine verbreitete menschliche Fähigkeit ist, etwas zu erkennen, Noah.«

»Hm, vermutlich nicht. Wir sind noch nicht besonders weit entwickelt, oder?«

Zum ersten Mal lächelte Cat. Es war ein ungekünsteltes Lächeln, eines, das von Herzen zu kommen schien. »Sag mal, warum warst du gestern beim Dinner so mies drauf?«

»Was bist du, Detektivin?«

»Nö, aber ich male mir gern aus, was in den Köpfen meiner Mitmenschen vor sich geht.« Der Boden war unebener geworden. Cat hüpfte vor mir von Stein zu Stein.

»Das könnte man auch schlicht als ›neugierig‹ bezeichnen.«

»Und ebenso gut als ›beobachtend‹.«

»Okay, ich gebe zu, dass ich gestern Abend sauer war. Ich

wollte nicht hierher kommen, aber wo ich schon einmal hier bin, kann ich auch versuchen das Beste daraus zu machen.«
Cat drehte sich um und starrte mich fassungslos an. »Nicht zu fassen! Für die meisten hier ist es der absolute Traumurlaub und du versuchst großzügig das Beste daraus zu machen!«
»Du hast mich gefragt und ich habe dir geantwortet.« Verflixt, was hatte sie bloß für ein Problem?
»Aha, ihr seid also reich, nehme ich an. Die Firma deines Vaters, Snowbees oder so . . .«
»Snowbird. Du, ich möchte nicht über meine Eltern reden, okay?« Ich hatte wirklich keine Lust ausgequetscht zu werden. »Warum machst du nicht lieber noch ein paar Aufnahmen?«
Sie blieb wie angewurzelt mitten auf dem Weg stehen und funkelte mich zornig an. »Wage es ja nicht, mich herumzukommandieren! Für wen hältst du dich eigentlich?« Nach diesen Worten drehte sie sich um und stapfte davon. Nach ein paar Metern kam sie noch mal zurück. »Übrigens, ganz schön dumm von dir ohne Hut hier in der Sonne herumzulaufen. Das wirst du noch bereuen.« Damit war ihre Predigt für heute beendet.
Es war natürlich klar, dass Henry in der Nähe gewesen war. »Na, hast du dich mit Cat gestritten?« Er fand es urkomisch.
»Wir haben uns nur kurz unterhalten.«
»Du scheinst trotzdem Eindruck auf sie gemacht zu haben. Na ja, dem Charme eines Lowells kann keine Frau widerstehen.«
Manchmal verspürte ich nicht übel Lust Henry eine zu kleben.
»Verdammt, Henry, ich habe nicht den Charme eines Lowells, was immer das auch sein mag. Ich pfeif darauf. Wenn Dad so ein toller Kerl wäre, würde er dann ständig neue Frauen

auflesen und seine alte Familie im Stich lassen?« Ohne es gewollt zu haben, war ich ausgerastet.

»Okay, ich habe nicht behauptet, dass er ein Heiliger ist. Er tut nur, was er tun muss. Er ist ein moderner Mensch, Noah.«

»Blödsinn. Warum musste er meine Mutter verlassen?«

Henry schaute mich lange an. »Aus demselben Grund, aus dem er meine Mutter verlassen hat.«

»Warum? Weil seine neue Freundin jünger und hübscher ist?«

»Nein. Weil sie schwanger ist.«

4 | CAT

Ich begreife diesen Noah einfach nicht. Er könnte genauso gut an irgendeinem überfüllten Strand in Florida sitzen, das wäre ihm völlig egal.
Die meiste Zeit kommt er mir vor wie ein Schlafwandler. Zuerst fauchte er mich an, ich solle ihn allein lassen, dabei hatte ich doch nur versucht mich mit ihm zu unterhalten. Dann sah ich, wie er mit seinem älteren Bruder stritt, der ein ziemlicher Schnösel ist. Die beiden können mir wirklich gestohlen bleiben!
Aber etwas später saß er allein auf einem Felsen, das Kinn auf eine Hand gestützt, und schaute den Tölpeln zu. Irgendwie schienen sie es ihm angetan zu haben.
»Du hast Kopfweh, stimmt's?«, fragte ich ihn. »Setz dir nächstes Mal lieber eine Schirmmütze auf.«
»Mach ich«, sagte er. Dann, als ich gerade an ihm vorbeigehen wollte, sagte er in Gedanken: »Gott, sehen diese Vögel dämlich aus!«
Okay, das stimmte, aber ich hatte keine Lust gleicher Meinung zu sein wie er. »Das findest du nur, weil sie so zutraulich sind, auf uns Menschen zugehen und sich von uns ins Gesicht lachen lassen.«
»Wieso zum Kuckuck trauen sie den Menschen?«
Eine interessante Frage. »Nun, vermutlich haben sie noch

nicht viele zu Gesicht bekommen. Erst seit etwa zehn Jahren legen hier regelmäßig Kreuzfahrtschiffe an.«

»Und du denkst, zehn Jahre reichen nicht aus, um festzustellen, dass man der Menschheit nicht trauen kann?«

Ich hatte das Gefühl, dass wir nicht mehr über Vögel redeten. Der Junge schleppte offensichtlich etwas mit sich herum, aber was, das wollte er mir nicht verraten.

»Die Tölpel erinnern mich an Comicfiguren«, sagte ich. »Die ganze Insel kommt mir überhaupt vor wie ein Altersheim für pensionierte Schauspieler.«

»Mich erinnert sie an Rilke«, sagte er nach einer Weile.

»Rilke? Was ist das?«

»Rilke, der deutsche Dichter.« Erstaunt blickte er mich an. »Noch nie von Rilke gehört?«

»Nein, ich habe noch nie von Rilke gehört!«, fauchte ich. »Was bist du doch für ein Snob! Nur weil ich zufällig nicht an der Ostküste lebe und . . .«

Abwehrend hob er eine Hand. »Okay, okay! Stimmt, warum solltest du? Wir haben Rilke im Leistungskurs durchgenommen. Meine Mutter hat unseren Chihuahua nach ihm benannt. Er hat genauso runde, leere Augen wie diese Vögel.«

»Wer hat runde, leere Augen, der Dichter oder der Hund?«, fragte ich etwas versöhnlicher. »Ich begreife ohnehin nicht, wie jemand seinen Hund nach einem deutschen Dichter benennen kann!«

»Sie liebt Lyrik. Meine Mutter, nicht der Hund. Früher hatten wir zwei Goldfische. Sie hießen Whitman und Longfellow.«

»Ich wette, sie ist Buchhändlerin oder so, mit einem eigenen

Laden.« Ich versuchte sie mir vorzustellen, mit einem süßen Lächeln und grauen Strähnen im Haar.

»Nein. Sie hat eine Kunstgalerie in der Newbury Street in Boston, in einer sehr feudalen Gegend mit jeder Menge Galerien.«

»Sind das nicht solche Geschäfte, an denen man klingeln muss, bevor man reingelassen wird? Hab ich in San Francisco schon gesehen. Irgendwie fand ich das schrecklich.«

»Ja, das stimmt, man klingelt und dann wird man hereingelassen.«

War wohl nichts mit der freundlichen, weißhaarigen Lady.

»Aber wenn sie vorhätten jeden hereinzulassen, würden sie die Tür doch offen lassen, oder? Daraus schließe ich, dass es auch Personen gibt, die sie nicht haben wollen. Ich persönlich möchte nicht klingeln, um herauszufinden, zu welcher Kategorie ich gehöre.«

»Sie würden dich hineinlassen«, sagte er, als hätte er eine Ahnung davon.

»Na schön, aber wen lassen sie dann nicht hinein?«

»Weiß ich nicht. Echt, du kannst eine Sache ganz schön verkomplizieren.«

Diego rief uns zum Panga, um zum Schiff zurückzufahren. Ich ließ Noah mit seinem Kopfweh sitzen. Irgendwie komme ich mit ihm nicht klar.

Ich bin nicht besonders gut darin, mich mit jemandem zu unterhalten. Meine Freundinnen sagen mir ständig, ich solle mich wieder abregen oder mich um meinen eigenen Kram kümmern. Aber ich begreife offensichtlich nie, wann mich eine Sache etwas angeht und wann nicht. Ich hasse es, wenn

Leute geheimnisvoll tun. Wenn eine meiner Freundinnen ein Geheimnis hat, fühle ich mich wie jemand, der ein riesiges Puzzle zusammengesetzt hat und feststellen muss, dass das letzte Teil fehlt. Dann drehe ich fast durch, bis ich dieses Teil finde.

Vielleicht sollte ich in Frankreich leben. Als ich am Nachmittag oben auf dem Deck saß und einen Krimi las, saß diese Französin im Liegestuhl neben mir. Ich genoss es, mir selbst überlassen zu sein – Mom und Dad nahmen zusammen mit anderen Passagieren, die sich an der Vogelwelt nicht satt sehen konnten, an dem Panga-Ausflug zur anderen Seite von North Seymour teil –, als diese Frau mich plötzlich am Arm berührte.

»Lieben Sie Krimis?«, fragte sie leise.

Ich nickte.

»Schauen Sie mal da drüben. Haben Sie eine Ahnung, was mit den beiden los ist?«

Sie deutete auf das junge Pärchen aus der Albatros-Gruppe, von denen ich annahm, dass sie in den Flitterwochen waren. Sie standen an der Reling und versuchten ihre Auseinandersetzung so leise zu führen, dass die anderen sie nicht hören konnten.

»Ein kleiner Krach zwischen Verliebten«, sagte die Französin lächelnd. »Oder vielleicht sind sie nicht das, was sie vorgeben zu sein.«

»Ich halte sie für Flitterwöchner«, sagte ich. »Aber streitet man sich auf der Hochzeitsreise?«

»Diese beiden ja«, sagte die Frau. »Vielleicht wohnen wir auch einer tragischen Entwicklung bei.«

»Zum Beispiel?«

Wir starrten das junge Paar eine Weile an. »Oh, vermutlich nichts Ernstes. Ein Streit zwischen Verliebten. Bis der Mond aufgeht, wird er längst vergessen sein.« Ich hörte die Französin gern reden; ihr Tonfall klang wie ruhige Musik.

Ich schüttelte den Kopf. »Ich glaube eher, dass die beiden Bruder und Schwester sind und dass sie hierher gekommen sind, um in aller Ruhe den Mord an ihrem Onkel zu planen, weil sie den Tod ihres Vaters rächen wollen. Das Problem ist, dass sie einen Killer engagieren will, während ihr Bruder die Sache lieber selbst erledigen möchte.«

Die Französin schrie vor Lachen. »Oh, Sie sind besser in diesen Dingen als ich. Was für eine Phantasie!«

»Danke. Ich bin älter, als ich aussehe. Woher kommen Sie?«

»Aus Paris. Übrigens, ich bin Monique LaFarge. Ich bin mit meiner Schwester hier. Und Sie?«

»Ich heiße Cat Mancini und komme aus Oregon, USA.«, sagte ich. »Ich bin mit meinen Eltern hier, aber eigentlich wäre ich tausendmal lieber nach Paris geflogen.«

Monique lachte. »Nach Paris können Sie immer noch fahren. Wie wär's, wenn Sie mich dann besuchen? Wir könnten uns tolle Geschichten über all die Leute am Montmartre ausdenken.«

Mir war klar, dass sie das nur aus Höflichkeit gesagt hatte, aber die Möglichkeit, bei einem Parisbesuch eventuell eine richtige Pariserin besuchen zu können, faszinierte mich sehr.

»Da, schauen Sie!« Ich zeigte auf ein älteres Ehepaar, das sich gegenseitig mit Sonnencreme einrieb. »Eine sehr traurige Geschichte. Der Mann leidet an einer unheilbaren Krankheit.

Nach seinem Tod wird die Frau ein Vermögen erben. Ihre Gefühle für ihn sind im Laufe der letzten Jahre erkaltet und seine lange Krankheit frisst das ganze Vermögen auf. Deshalb überlegt sie sich, ob er auf dieser Reise nicht irgendwann einen Unfall haben wird . . .«

»Oh, mein Gott, Cat! Das wollen wir nicht hoffen!« Wieder ließ sie ihr trillerndes Lachen ertönen. »Ich ziehe Geschichten vor, die sich um die Liebe drehen. Besonders um verschmähte, unerfüllte Liebe. Bittersüße Liebe, die keine Hoffnung kennt.« Sie schürzte ihre violettfarben bemalten Lippen und starrte auf das Meer hinaus.

Aus dem Mund eines Erwachsenen habe ich noch nie solche Sachen gehört. »Sind Sie Schauspielerin?«, fragte ich.

»Nein. Ich bin Architektin. Wie kommen Sie auf diese Idee?«

»Die Art, wie Sie reden.«

Sie beugte sich zu mir herüber. »Sind Sie zur Zeit verliebt, kleine Cat?«

Ich hasste es, wenn Leute mich »klein« nannten. Mit sechzehn Jahren hatte ich es endlich geschafft, einen Meter sechsundfünfzig groß zu werden und tatsächlich einen BH tragen zu können, und ich finde, das hätte man sehen müssen. »Nö, ich finde Jungen nicht übermäßig interessant.«

Gut, ich gebe zu, das war eine faustdicke Lüge. Aber ich hatte keine Lust ihr zu erklären, dass die »kleine Cat« noch nie verliebt und sogar nicht einmal in der Lage war einen Jungen dazu zu bringen, in ihr mehr als den guten Kumpel zu sehen. Die kleine Cat hatte in ihrem ganzen Leben noch nie eine richtige Verabredung mit einem Jungen gehabt!

Mein Name passt perfekt zu mir, wie sich inzwischen herausgestellt hat. Cat bedeutet Katze. Ich bin ein kleines Geschöpf mit einer großen Klappe, dem die Leute gerne den Kopf streicheln. Aber das war's dann auch schon!

Monique lachte. »Es kann nicht mehr lange dauern, bis Sie Jungen interessant finden werden. So süß wie mit sechzehn ist die Liebe nie wieder.«

Hilfe, ich hatte es satt, ihren Ausführungen über die Liebe zu lauschen.

Sie erhob sich. »Ich sollte nach meiner Schwester sehen. Sie fühlte sich nicht wohl. Aber wir können sicher später weiterplaudern.« Mit einem Augenzwinkern verabschiedete sie sich und verschwand unter Deck. Ich überlegte mir, ob Monique vielleicht versuchte ihre Schwester zu vergiften oder ob diese möglicherweise aus Liebeskummer dahinvegetierte.

Als ich keine Lust mehr hatte zu lesen, war es zum Glück bereits Zeit fürs Abendessen und ich bereitete mich seelisch darauf vor, mehr dieser seltsamen reisenden Vögel kennen zu lernen – das Schiff war offensichtlich voll davon. Das Glück war auf meiner Seite – Diego saß an unserem Tisch. Diego schien nicht so merkwürdig wie etliche der anderen, die ich bisher kennen gelernt hatte, und jedes Mal, wenn ich ihn sah, fand ich ihn noch attraktiver. Er hatte diese dunkelbraunen Augen, denen man sofort sein Herz ausschütten würde. Natürlich wäre ich auch bereit mein Herz jemandem auszuschütten, der blaue Augen hat, aber das ist eine andere Sache.

Außerdem brannte ich darauf, endlich zu erfahren, warum er so berühmt ist. Vielleicht konnte ich ihm dieses Geheimnis entlocken.

Es muss zu den Aufgaben der Reiseführer gehören, das Abendessen mit den Passagieren zusammen einzunehmen, aber ich gab mich der Illusion hin, dass er nach einem kritischen Blick durch den Speisesaal beschlossen hatte lieber in meiner Nähe zu sitzen als woanders.

Ich blickte mich um, um zu sehen, wo sich die anderen Reiseleiter hingesetzt hatten. Annie saß an einem Tisch mit vielen Möwen mittleren Alters. Von ihrem Tisch drang immer wieder schallendes Gelächter herüber. Georg, der deutsche Reiseleiter, war mit einigen aus seiner Gruppe in ein Gespräch vertieft.

Zuerst konnte ich Sofia, die vierte Reiseleiterin, nirgends entdecken. Doch als ich hinter mir jemanden laut sprechen hörte und den Kopf drehte, sah ich, wie Sofia, die ecuadorianische Reiseleiterin der Delfine, den arroganten Henry den Dritten abfertigte, der sich ihr in den Weg gestellt hatte.

»Mr Lowell, es ist üblich, dass Reiseleiter mit den Mitgliedern ihrer jeweiligen Gruppe zu Abend essen. Wenn Sie mich bitte entschuldigen würden . . .« Sie schob ihn beiseite, aber er heftete sich an ihre Fersen.

»Na schön, aber ich kann mich doch zu den Delfinen setzen, stimmt's? Oder gibt es auch Regeln über die Sitzordnung der Passagiere?«

Sie seufzte. »Nein, natürlich nicht. Sie können essen, wo immer es Ihnen beliebt.« Hoch erhobenen Hauptes stolzierte sie zu dem Tisch der Spanisch sprechenden Passagiere und Old Henry folgte ihr unverdrossen.

Ich konnte mir ein Lachen nicht verkneifen. »Schaut, sie hat ihren eigenen, privaten Albatros am Hals.«

»Catherine, Henry ist doch nur höflich«, sagte Mom mit einem

Seitenblick auf Diego. Sie hat nichts gegen meine spitzen Bemerkungen, aber bitte nur im trauten Kreise der Familie. Vor Fremden ist es ihr peinlich.

Diego lächelte. »Keine Bange, Sofia weiß, wie man sich aufdringliche Verehrer vom Halse hält. Damit hat sie öfter zu tun.«

»Und wenn sie zu aufdringlich werden?«, fragte ich.

»Sie hat den schwarzen Gürtel in Karate«, erklärte Diego. »Gegen Sofia kommt niemand an.« Den Blick, den er ihr zuwarf, hätte man als verliebt deuten können, aber da ich es vorzog, weiterhin meinen Phantasien über Diego nachzuhängen, interpretierte ich ihn als respektvoll. Ja, Sofia sah gut aus, vermutlich konnte man sie auch als schön bezeichnen, aber wahrscheinlich war sie für Diego nicht besonders exotisch. Jemand mit einer hellen Haut und der näselnden amerikanischen Aussprache war bestimmt interessanter für ihn.

»Wo Henrys Bruder wohl bleibt?«, fragte sich Dad.

»Liegt vermutlich mit rasenden Kopfschmerzen in seiner Kabine«, sagte ich. »Der Dummkopf war heute früh ohne Schirmmütze unterwegs. Ich habe ihm gleich gesagt, dass er das noch büßen wird.«

»Ja, man kann nicht genug betonen, wie wichtig ein Kopfschutz hier unter der tropischen Sonne ist. Besonders wenn man ein hellhäutiger Typ ist. Ich hoffe, Sie alle cremen sich jeden Tag gut ein.« Diegos dunkle Augen fixierten mich. Hab ich's mir doch gedacht!

»Selbstverständlich!«, versicherte ich ihm. »Ich habe für diese Reise extra eine Creme mit Sonnenschutzfaktor fünfundzwanzig gekauft.«

Er schenkte mir ein Lächeln, das mir jedoch etwas distanziert vorkam. Während des Essens unterhielt er sich mit Dad, aber tiefere Einblicke in sein Leben als Reiseleiter kamen dabei leider nicht zu Tage.

»Wie lange arbeiten Sie schon als Reiseleiter auf dem Schiff?«, fragte ich ihn.

»Seit drei Jahren.«

»Macht es Ihnen immer noch Spaß, jeden Tag zu den Inseln zu fahren?«

»Aber sicher«, antwortete er. »Früher war ich allerdings in der Charles-Darwin-Forschungsstation auf Santa Cruz tätig. Das war ein Traumjob.«

»Was haben Sie dort getan?« Endlich kamen wir dem Thema näher – dem Geheimnis um Diegos Berühmtheit.

»Ich war mit der Aufzucht von Galapagos-Schildkröten beschäftigt. Eine sehr interessante Aufgabe.« Er schob seinen Teller weg, als sei ihm plötzlich der Appetit vergangen.

»Warum arbeiten Sie dann jetzt auf einem Schiff, wenn Ihnen die Arbeit mit den Schildkröten so viel Spaß gemacht hat?« Mom bedachte mich mit einem Blick, der überdeutlich besagte, dass ich wieder einmal dabei war, meine Nase in fremde Angelegenheiten zu stecken, aber ich wollte es unbedingt wissen.

Er lächelte. »Die Arbeit auf dem Schiff macht natürlich auch Spaß. Ich lerne Menschen aus aller Welt kennen. Das kann sehr interessant sein.« Sein Blick war in weite Ferne gerichtet.

Ich begriff, dass ihm so keine brauchbare Antwort zu entlocken war. Ich meine, einen Sommer lang oder so mag es ja ganz interessant sein, auf einem Schiff zu arbeiten, aber gleich drei Jahre? Alle zwei Wochen neue Menschen kennen zu lernen, dieselben Informationen herunterleiern zu müssen, aufzupassen, dass sie keine Vogelfedern mitgehen lassen oder auf Seelöwen treten – na, ich weiß nicht. Sich um unter Artenschutz stehende Schildkröten zu kümmern stellte ich mir wesentlich interessanter vor.

Vom Tisch der Möwen drang eine erneute Lachsalve herüber. Annie rief: »Eins, zwei, drei!« Und zur Melodie von »You are my sunshine« begann der ganze Tisch zu singen:

»Wir sind die Möwen, die echten Möwen!
Wir fahren Panga Tag und Nacht.
Von Floreana nach Santa Cruz, hey!
Herrje, was haben wir schon durchgemacht!«

Der ganze Speisesaal lachte und klatschte Beifall. Ich wollte Diego vorschlagen, dass die Albatrosse in einen Singwettbewerb treten sollten, aber als ich sein trauriges Gesicht sah, ließ ich diesen Gedanken wieder fallen.

»Annie ist neu auf dem Schiff«, sagte er. »Sie ist noch voller Enthusiasmus. Das ist schön für die Passagiere.« Nach diesen Worten stand er auf und ging.

5 | NOAH

Zuerst hätte ich Henry am liebsten umgebracht, weil er es mir gesagt hatte. Aber nachdem ich eine Weile darüber nachgedacht hatte, kam ich zu dem Schluss, dass ich ihm dankbar sein musste. Mein ganzes Leben lang haben meine Eltern offensichtlich Geheimnisse vor mir gehabt. Es war höchste Zeit, dass jemand mit der Wahrheit herausrückte. Dad hatte Mom geheiratet, weil sie schwanger war – mit mir! Er hatte Clara und Henry sitzen lassen und eine neue Familie gegründet. Klar, er schickte ihnen immer genügend Geld und Henry kam uns besuchen und alles. Aber ich wusste immer, dass ich Dads »richtiger« Sohn war. Ich war der Sohn, bei dem er lebte; Henry war sozusagen ein früherer Irrtum, den Dad begangen hatte, bevor sein richtiges Leben begann.

Nur dass er jetzt ein weiteres neues Leben begann, in dem für Mom und mich kein Platz mehr war. Bald würde er ein neues Kind bekommen, das wieder glauben würde, es gehöre zu seinem richtigen Leben, in dem ich nur als Irrtum existierte.

Gestern Abend war Henry gleich nach dem Dinner in die Kabine zurückgekommen. Ich hatte mich mit Kopfschmerzen ins Bett verkrochen, konnte aber nicht schlafen. Er hatte am Tisch der schönen Reiseleiterin Sofia gespeist, aber offenbar hatte er keine Chancen bei ihr. Außerdem machte er sich Sorgen, dass die Japanerinnen zu besitzergreifend wurden,

besonders Miyoko (wessen Schuld war das wohl?), sodass er lieber früh zu Bett ging.
Einige Zeit lagen wir beide wach im Dunkeln. Ich hatte das Gefühl die Luft würde vor Spannung vibrieren.
»Ich dachte, du magst Miyoko«, sagte ich, einfach um etwas zu sagen.
»Tu ich auch. Sie ist lustig und hübsch. Sogar intelligent, eine Eigenschaft, die ich bei Frauen nicht voraussetze, die aber ganz nett ist zur Abwechslung.«
»Warum solltest du deine Zeit an jemanden verschwenden, der nicht intelligent ist?«
»Noah, wenn ich mit einem Mädchen ausgehe, lege ich keinen gesteigerten Wert darauf, weltpolitische Ereignisse mit ihr zu diskutieren.«
»Solltest du aber vielleicht«, knurrte ich schlecht gelaunt.
»Hey, dir geht es doch nicht um meine Frauengeschichten. Komm, spuck's schon aus!«
Worüber ich wirklich sauer war, war die Tatsache, dass er an eine Wunde gestoßen war, die ich lieber unberührt gelassen hätte. Aber schließlich sagte ich: »Wieso hasst du mich eigentlich nicht?«
Er lachte auf. »Machst du Witze? Ich fand es toll, einen kleinen Bruder zu bekommen. Ich hatte Clara schon des öfteren angebettelt mir einen zu schenken, aber sie erklärte mir bis ins letzte Detail, warum sie keine Lust hatte so etwas wie eine Geburt nochmals durchzumachen. Ich war ganz schön enttäuscht, als ich mitbekam, dass ich mit dir nicht viel zu tun haben würde. Und mit Dad.«
»Hm, tut mir Leid.«

»Hey, Kumpel, ich habe dir das nie vorgeworfen. War doch nicht deine Schuld.«

»Ich weiß noch nicht genau, aber ich glaube, dass ich das neue Baby hassen werde. Ich bin nicht so cool wie du, so unbeschwert.«

»Tja, wahrscheinlich hattest du 'ne engere Beziehung zu Dad als ich. Er hat uns verlassen, als ich fünf war. Danach gehörte er nicht mehr zu meinem Alltag. Du wirst ihn mehr vermissen als ich damals.«

Zum ersten Mal, seit ich von der Scheidung gehört habe, hatte ich das Gefühl gleich loszuheulen. Die Tränen stauten sich in mir an und begannen schließlich lautlos zu fließen. Ich hoffte, dass Henry es nicht mitbekam.

Als ich wieder normal reden konnte, sagte ich: »Henry, ich möchte nicht wie Dad werden.«

Er war schon am Einschlafen, riss sich aber sofort zusammen. »Ich weiß, aber das Problem ist, dass es so viele Frauen gibt. Wie könnte es da nur eine richtige geben?«

Ich dachte darüber nach. »Vielleicht gibt es nicht nur eine richtige. Vielleicht gibt es hundert Frauen, die zu einem passen. Oder tausend. Aber du kannst nicht alle heiraten, eine nach der anderen. Du musst eine Entscheidung treffen und sagen, okay, das ist die Frau, bei der ich bleiben und mit der ich eine gute Ehe führen möchte.«

»Hmmm«, knurrte Henry schlaftrunken. »Viel Glück, kleiner Bruder.«

Wer weiß, vielleicht hatte Henry Recht. Vielleicht war es unmöglich, sein Leben lang bei einer einzigen Frau zu bleiben. Aber wenn das stimmte, würde ich niemals heiraten. Und ganz gewiss keine Kinder in die Welt setzen und sie später im Stich lassen.

Am Morgen fuhren wir mit den Pangas nach Santiago Island zum Schnorcheln. Wir mussten die ganze Ausrüstung mitschleppen, die Henry in Dads Auftrag testen sollte, die anderen liehen sich meistens auf dem Schiff Sachen aus. Viele von ihnen schnorchelten das erste Mal.

Was für ein Anblick am Strand! Diese schwerfälligen älteren Männer und Frauen stolperten über ihre Flossen und keuchten in die Taucherbrillen. Um nichts auf der Welt hätte ich mit Diego tauschen und für diese auf dem Wasser treibenden Fettwänste verantwortlich sein wollen.

Furchtlos wie immer watschelten die jungen Seelöwen heran, um zuerst unsere Schuhe und Handtücher zu inspizieren und uns dann ins Wasser zu folgen. Ein alter Knabe, der prustend und hustend auftauchte und an seiner Schnorchelbrille herumhantierte, fand sich plötzlich Auge in Auge mit einem Seelöwenbaby wieder. Für einen unvoreingenommenen Beobachter wäre es sicher nicht einfach gewesen, zu entscheiden, wer der weiter entwickelteren Spezies angehörte.

In seiner winzigen Badehose und mit seinem muskulösen Oberkörper war Henry ein Anblick für sich. Ich meine, mein Körper ist auch ganz okay, aber ich arbeite nicht so verbissen daran wie Henry. Natürlich wurde er von den drei Japanerinnen umschwärmt, was ihm heute Morgen nichts auszumachen schien, und ich bemerkte, dass selbst die junge Flitterwöchnerin etliche verstohlene Blicke auf seinen sonnengebräunten Oberkörper warf.

Aber nicht alle versuchten sich mit Schnorcheln. Ein paar

Leute hatten Strandtücher und Bücher mitgebracht und machten es sich am Strand bequem. Als ich neben den Klippen ins Wasser ging, sah ich Cat im flachen Wasser herumwaten. Sie war ein schlankes, muskulöses Mädchen, aber wenn man sie statt wie sonst in ihrem weiten T-Shirt im Badeanzug sah, konnte man feststellen, dass alles am richtigen Platz saß.

»Gehst du nicht schnorcheln?«, fragte ich sie.

Sie schüttelte den Kopf. »Ich schwimme nicht.«

Ich war verblüfft. »Du meinst, du kannst nicht schwimmen, hast es nie gelernt?«

»Ja, genau das habe ich gemeint. Gilt das in Massachusetts als gesellschaftlicher Fauxpas?«

»Nein, ich habe bloß noch nie jemanden in meinem Alter getroffen, der nicht schwimmen konnte.«

»Tja, nun ist es passiert.«

»Warum hast du es nicht gelernt?«

»Wozu auch? Ich lebe weder am Meer noch an einem großen See oder ähnlichem. Im Benson River kann man nicht schwimmen, er ist zu flach.«

»Gibt es bei euch keine Schwimmbäder?«

»Natürlich gibt es Schwimmbäder. Oregon liegt schließlich auch auf dem Planeten Erde. Sieh es so: Ich hatte einfach Besseres zu tun, okay? Ich hatte nie Schwimmunterricht. Sicher ist es bei euch anders. Du hast reiche Freunde . . .«

»Nicht alle meine Freunde sind . . .«

»Vermutlich verbringen sie den ganzen Sommer auf Cape Cod oder . . .«

»Wir fahren nach Maine.«

»... oder Maine. Vermutlich hast du auch eine Segeljacht in deinem Kennedy-Land.«

»Ja, habe ich.« Aber noch während ich dies sagte, fragte ich mich, ob ich wirklich noch eine Segeljacht hatte. War es nicht Dads Jacht? Wer würde diesen Sommer damit segeln? Würden wir auch in Zukunft nach Maine fahren?

»Tja, die Menschen sind nun mal verschieden, Noah. Lektion Nummer eins.« Damit drehte sie sich um und watete zu ihren Eltern an den Strand zurück.

Unter Wasser gab es unheimlich schöne Fische zu sehen, aber ich konnte mich im Moment nicht auf ihre Schönheit konzentrieren. Ich begann zu begreifen, wie sehr mein Leben sich ändern würde. Ich versuchte mir vorzustellen, was diese Scheidung für mich persönlich bedeutete.

Es bedeutete kein Maine, zumindest für diesen Sommer. Vielleicht nie mehr. Vielleicht möchte Mom nie mehr dorthin fahren, selbst wenn sie könnte. Ich wusste, dass Dad Clara immer Geld schickte und Henrys Ausbildung bezahlt hatte, aber ich wusste auch, dass Clara und Henry nicht so luxuriös lebten wie wir in Brookline. Sie wohnten in einer Eigentumswohnung in South Shore. Ich war ein- oder zweimal dort gewesen und es war ganz hübsch, aber doch etwas eng. Clara arbeitete bei einer Bank.

Mussten wir nun aus unserem Haus ausziehen? Würden Mom und ich in einem kleinen Appartement wohnen? In zwei Jahren würde ich sowieso aufs College gehen, deshalb war es vielleicht nicht so wichtig, aber ich liebte unser Haus. All meine Freunde lebten in Brookline. Ob ich mit ihnen noch bis zum Ende der Highschool zusammen war? Plötzlich war alles in Frage gestellt. Ich konnte mich auf nichts mehr verlassen. Am wenigsten auf meinen Vater oder meine Mutter, die in all diesen Jahren die Wahrheit vor mir verheimlicht hatten.

Ich war so in Gedanken vertieft, dass ich nicht hörte, dass Diego alle Mann an das Ufer zurückbeorderte. Henry musste nochmals herausschwimmen und mich holen, sonst hätte ich das Panga verpasst.

Nach dem Mittagessen kehrten wir zurück, um Santiago zu Fuß zu erkunden. Ich war verblüfft, wie sehr diese Insel sich von North Seymour unterschied. Ein schmaler Trampelpfad führte zwischen niedrigem Gebüsch und trockenen Grasflächen vom Strand hinauf zu den Felshöhlen der Robben. Unterwegs hielt Diego wie immer seinen Vortrag. Da ich es vorzog, die Geschichte lieber weniger exakt und dafür wesentlich amüsanter mitzubekommen, folgte ich dem Typ mit der ewig laufenden Videokamera.

»Diese Büsche haben so wenig Blätter, weil es viele wilde Ziegen auf dieser Insel gibt – etwa zweihunderttausend. Die Siedler, die hierher kamen, brachten ihre Haustiere mit, Hunde, Katzen und so weiter, und dann sind die Siedler wieder fortgegangen. Oder gestorben. Viele von ihnen sind gestorben. Und ihre Tiere wurden wild. Ihre Kinder, ich meine, die Nachkömmlinge der Hunde und Katzen, sind noch immer wild und haben viele der ursprünglich hier lebenden Tiere ausgerottet. Viele Arten sind heutzutage vom Aussterben bedroht. Zum Beispiel fressen Katzen Schildkröteneier. Und Landleguane oder so ähnlich.«

Aber selbst wenn man die Story von diesem Witzbold erzählt bekam, war sie kein bisschen witzig. Wieder einmal hatte der

Mensch ein Stück Natur zerstört. Alle Zuhörer fanden es schrecklich und schüttelten fassungslos die Köpfe, aber mir kam in den Sinn, dass auch dieser Weg, auf dem wir gerade herumtrampelten, ökologisch gesehen wohl nicht richtig war. Waren wir nicht nur die andere Seite desselben Problems?

Die Höhlen der Robben waren ein weiterer Ort, an dem man kaum glauben konnte, was man sah. Man hatte das Gefühl einen Naturfilm im Fernsehen zu sehen. Als wir uns wieder dem Ozean näherten, verwandelte sich das Land in eine einzige schwarze Lavafläche, die sich an der ganzen Küste entlangzog. An verschiedenen Stellen war die glühende Lava ins Meer geflossen und hatte Höhlen hinterlassen, in die das Meerwasser geströmt war. Auf den Felsenbänken seitlich der Höhlen hatten sich Seelöwen zum Sonnenbaden ausgestreckt. Diego gab ein paar komplizierte Erklärungen darüber ab, warum diese Seelöwen anders sind als andere Seelöwen, aber wer konnte sich dieses Zeug schon merken? Ich sah nur, dass sie kleiner waren als die Seelöwen, die wir bisher gesehen hatten und auch viel pelziger.

»Seien Sie vorsichtig«, warnte Diego. »Dort drüben liegt ein Seelöwenbulle. Er fühlt sich als Beschützer der Weibchen und Jungen, also kommen Sie ihnen bitte nicht zu nahe, solange er in der Nähe ist. Ein Bulle bewacht einen ganzen Strand mit Weibchen und Jungen, obwohl es durchaus möglich sein kann, dass keines davon sein eigener Nachwuchs ist.«

»Und was ist mit den anderen Bullen?«, fragte ein Mann.

»Die Bullen, die kein Territorium bewachen, leben als so genannte ›Junggesellenbullen‹ in eigenen Herden. Alle Bullen kehren zur Erholung zur Junggesellenherde zurück, nachdem sie einige Wochen lang eine Großfamilie beschützt haben.« Er lächelte, ehe er fortfuhr: »Können Sie sich vorstellen, wie es wäre, für so viele Weibchen und Jungen verantwortlich zu sein? Da bräuchten Sie auch ab und zu Erholung.« Alle lachten höflich. Ich fand die Idee gar nicht so schlecht. Alle paar Wochen eine neue Vaterfigur. Da würde man wenigstens nicht so sehr an einem Einzigen hängen, der sich irgendwann davonmachte, um ein neues »Territorium« zu erobern.

Der Bulle röhrte, um uns auf seine Existenz aufmerksam zu machen, und wir gingen in Richtung Strand weiter. Aber er bedrohte nicht uns, sondern wollte nur ein schwächeres Mitglied seines eigenen Clans verscheuchen, um einen großen sonnigen Felsen für sich allein zu haben.

»Frecher Bulle!«, rief eine ältere Frau zu ihm und die Gruppe lachte etwas gequält.

Ja, dachte ich, der Bulle setzt sich durch. Er ist der größte, der stärkste, der älteste. Manchmal beschützt er seine Familie, manchmal will er einfach nur den schönsten Felsen für sich allein haben. Wer weiß, vielleicht freute sich ein junger Seelöwenbulle darauf, erwachsen und Leitbulle zu werden? Ich persönlich fände diese Rolle wenig reizvoll.

Als unsere Gruppe den Weg zum Strand hinunter fortsetzte, sah ich Cat bewegungslos auf dem Bauch liegen und in ihre Kamera starren, die neben einer Lavaklippe steil nach unten gerichtet war. Ich blieb stehen und beobachtete sie. Sie bewegte keinen Muskel. Wie lange würde es wohl dauern, bis sie ein Foto geschossen hatte?

Da kam Jeremy, der achtjährige Terrorist, laut brüllend auf Cat zugerannt. Er schwang einen langen Stock.

»Aaaaaahhh! Ich bin ein Ninja-Krieger!«, brüllte er, rannte direkt auf sie zu und sprang mit einem Satz über sie hinweg.

Wie von der Tarantel gestochen, sprang Cat auf. »Du kleines Monster! Du hast mir meine Aufnahme verdorben! Bist du übergeschnappt?«, brüllte sie.

Jeremys Mutter kam herbeigeeilt. »Was ist? Ist etwas passiert?«

»Können Sie Ihr Kind nicht an die Leine nehmen? Um ein Haar hätte ich meine Kamera fallen lassen. Und wenn meine Kamera im Wasser gelandet wäre, hätte ich ihren Sohn hinterhergeworfen.«

»Um Himmels willen! Das hat er bestimmt nicht absichtlich gemacht. Man muss aus einer Mücke doch nicht gleich einen Elefanten machen!«, sagte Jeremys Mutter empört und ging mit ihrem kleinen Sonnenschein an der Hand davon.

Beeindruckt ging ich auf Cat zu. »Denen hast du's aber gegeben.«

Sie bebte noch immer vor Zorn. »Er hat mir die Aufnahme verpatzt. Es wäre meine bisher beste Aufnahme geworden, ich habe so lange gewartet . . . und jetzt ist alles im Eimer!«

»Was wolltest du denn fotografieren?«

»Nur das Aufregendste von der ganzen Insel! Die berühmten Galapagos-Landkrabben! Ich hatte drei von ihnen direkt vor der Linse und die anderen fächerförmig dahinter. Ich wollte nur noch warten, bis eine Krabbe noch etwas näher kam . . .«

Krabben? Landkrabben? »Was für Krabben?«

»Typisch, dass du sie nicht siehst. Sie sind überall! Siehst du sie wirklich nicht?« Sie schäumte fast vor Wut. »Da! Schau!« Sie zeigte neben sich auf die Lavaklippe, drehte sich abrupt um und stapfte davon.

Ich ging näher an die Klippe und schaute hinunter. Ich sah mindestens hundert schillernde, orangefarbene Krabben, jede mindestens zwanzig Zentimeter lang, die die ganze Seitenwand der Klippe bedeckten. Ein unglaublicher Anblick. Sogar ich musste zugeben, dass es eine tolle Aufnahme geworden wäre. Nur hatte ich keine Kamera dabei.

Ich glaubte nicht, dass Cat auf Santiago Island ein weiteres Bild schießen würde. Sie ging mit Diego voraus und hing förmlich an seinen Lippen, während er wie üblich einen Vortrag hielt. Aber man sah ihr an, dass sie wegen der verpatzten Aufnahme noch immer sauer war. Ich begriff nicht, dass sie sich darüber derart aufregen konnte.

»Hast du die doofe Kuh gesehen?« Es war Jeremy, der versuchte mit mir Schritt zu halten.

»Die, über die du drübergesprungen bist?«

»Ja, sie hat mich angebrüllt. Mami sagt, sie sei nervös, aber ich finde, sie ist echt hysterisch.« Jeremy, der Amateurpsychologe, sagte das so feierlich, dass ich fast lachen musste.

»Weißt du«, erklärte ich ihm, »sie hat deinetwegen ein tolles Bild verpatzt, das sie unbedingt machen wollte.«

»Und wennschon! Sie kann doch noch massenhaft andere Bilder machen!« Er breitete die Arme aus. »Wenn sie das unbedingt braucht.«

Ich nickte. »Bin ganz deiner Meinung, Jeremy. Und ich nehme an, das ist der Grund, warum wir beide keine Kamera haben.«

Jeremy grinste zu mir hoch. »Klar, du und ich, wir beide sind echte Jungs.«

Mich beschlich der leise Verdacht, dass ich es irgendwann

noch bereuen würde, mit dem kleinen Schreihals Freundschaft geschlossen zu haben.

Als es Zeit zum Abendessen war, war ich wirklich hungrig, zum ersten Mal auf dieser Reise. Und ich interessierte mich auch zum ersten Mal für meine Mitreisenden. Es gab zum einen die geselligen, leutseligen Typen, die rasch miteinander Freundschaft geschlossen hatten und nach dem Essen stehenden Fußes an die Bar hinüberwechselten, sowie die leicht grünlich aussehenden Passagiere, die mit gequältem Gesicht etwas Suppe und Tee schlürften und sich danach wieder in ihre Kabinen verkrochen, um weitere Pillen gegen Seekrankheit zu schlucken. Dann gab es noch ein paar ernste Typen wie Cats Eltern, die sich nach dem Essen ebenfalls in ihre Höhlen zurückzogen, vermutlich um sich in ausführlichen Aufzeichnungen über Flügelspannweiten und Brutgewohnheiten zu vertiefen.

Ich fühlte mich nicht allzu mies und überlegte mir sogar, ob ich noch ein Weilchen an die Bar gehen sollte, aber als ich mich dort umsah, stellte ich fest, dass ich dasselbe tat wie alle anderen auch – Leute taxieren und dann großzügig entscheiden, wen man mit seinem umwerfenden Charme beglücken könnte. Es dauerte keine drei Minuten und ich war wieder depressiv. Henry winkte mir, zu ihm und den Mädchen zu kommen, die durch pinkfarbene Strohhalme grüne Drinks schlürften, aber ich schüttelte den Kopf und verdrückte mich schnell.

Was nun? Ich hatte keine Lust mich in die winzige Kabine zu verkriechen. Der einzige Ort, wo man vor seinen glücklichen Mitmenschen sicher war und genügend Luft zum Atmen hatte, war vermutlich das Oberdeck.

Die Lichter waren hier oben nicht an, nur das über der Treppe, das etwa einen Quadratmeter des Decks beleuchtete. Ich nahm an, dass Leute, die Mond und Sterne betrachten wollen, es lieber dunkel haben. Und auch Leute, die herumknutschen. Es war absolut ruhig, als ich die Stufen hochkam, woraus ich schloss, dass ich hier alleine war. Ich tastete mich an der Reling bis zum hinteren Teil des Schiffes entlang. Der Mond schimmerte im Kielwasser. Ich wurde langsam ruhiger.

»Hallo.«

Beinahe wäre ich über die Reling gefallen.

»Himmel!« Ich drehte den Kopf. »Wer ist da?«

»Ich bin's, Cat. Habe ich dich erschreckt? Du isst wohl deine Karotten nie auf.«

Nachdem sich meine Augen an die Dunkelheit gewöhnt hatten, konnte ich ihre Umrisse in einem Liegestuhl erkennen. Na prima. Sie musste mich gesehen haben, als ich mich wie ein Trottel an der Reling entlanggetastet habe.

»Du hast mich nicht erschreckt. Ich habe dich nur nicht gesehen«, sagte ich, als ob das logisch klingen würde.

»Entschuldigung«, sagte sie. Ich konnte hören, dass sie lächelte.

Jedes Mal, wenn ich mich mit diesem Mädchen unterhalten habe, endete es bisher mit einem Streit. Und dazu war ich heute Abend nicht in Stimmung. Was Mädchen betrifft, so habe ich einige Erfahrung. Seit der achten Klasse habe ich so gut wie immer eine Freundin gehabt. In den letzten Monaten wollte ich von Mädchen allerdings nicht mehr viel wissen.

Ich wusste, worüber Mädchen gerne reden: vor allem über sich selbst. Danach folgen Themen wie andere Mädchen, mit wem sie gehen, Beziehungen, Liebe. Ich wusste, was sie gerne taten: ins Kino gehen, über Filme reden, einkaufen gehen, übers Einkaufen reden. Und noch mehr reden, über das Reden reden. Ich wusste auch, was sie von mir wollten: damit prahlen können, dass sie mit mir gehen. Was nicht viel hieß, nur eben, dass sie mit mir befreundet sind und es allen möglichen Leuten erzählen können. Einfach viel Gerede, meist ohne große Bedeutung.

Sogar meine Mutter war so. Dauernd schwärmt sie ihren Freundinnen von mir vor, aber Zeit, mit mir essen zu gehen, hat sie höchstens einmal in der Woche. Von Essen kochen ganz zu schweigen. Ob sich auch das in Zukunft ändern würde?

Nicht dass ich Cat unattraktiv gefunden hätte. Eher im Gegenteil, je öfter ich sie ansah, desto hübscher fand ich sie. Ihre Schönheit stach einem nicht direkt ins Auge, sie wurde einem erst mit der Zeit bewusst.

Sie war ganz anders als die Mädchen, mit denen ich zu Hause zusammen war, die hauptsächlich mit Haarezurückwerfen und Flirten beschäftigt waren. Das fand ich letztes Jahr noch ganz interessant, aber inzwischen langweilte es mich tierisch. Ich habe mir diese Mädchen nie direkt ausgesucht – es kam mir eher so vor, als wären es Mädchen, die gesellschaftlich zu mir passten. Ich will ja nicht angeben, aber ich sehe ziemlich gut aus und man erwartet von mir, dass ich mit den tollsten Mädchen gehe.

Egal, in diesem Moment hatte ich keine Lust über Mädchen oder Beziehungskisten nachzudenken. Es war alles so verwirrend. Wozu war es gut? Ich wollte lieber warten, bis ich erwachsen war und mir dann eine Frau suchen, die wirklich zu mir passte und sie heiraten. Vielleicht. Aber das würde noch eine Weile dauern, warum sich jetzt schon den Kopf darüber zerbrechen?

»Du wolltest sicher alleine sein, oder?«, fragte Cat.

»Ja, ich denke schon.«

»Ich auch. Soll ich auf die andere Schiffsseite gehen?«

Das hörte sich doof an. »Musst du nicht. Ich meine, wir können ja beide hier sein und schweigen, oder?«

»Klar.«

Also schwiegen wir zusammen. Ich starrte in das Kielwasser, in dem sich der Mond spiegelte, bis ich praktisch in Trance fiel. Es war herrlich entspannend. Ich lehnte an der Reling und ließ mir vom Wind die Haare nach hinten wehen. Ich schaffte es beinahe, an nichts zu denken. Aber ich konnte nicht ganz vergessen, dass Cat direkt hinter mir saß.

Nach etwa zwanzig Minuten drehte ich mich um. Meine Augen hatten sich mittlerweile so weit an die Dunkelheit gewöhnt, dass ich sie sehen konnte. Sie hatte den Kopf in den Nacken gelegt und blickte zu den Sternen hinauf. In dem Moment, in dem ich sah, dass sie in eine Decke eingewickelt war, merkte ich, dass mir kalt war.

»Du holst dir besser eine Decke aus deiner Kabine«, sagte sie, als könne sie Gedanken lesen.

»Mir ist nicht kalt«, log ich und versuchte nicht zu zittern. Ich wollte diese schützende Dunkelheit nicht verlassen. »Stört es dich, wenn ich mich setze, dann ist der Wind nicht mehr so kalt?«

»Nur zu«, sagte sie und deutete auf den Liegestuhl neben sich.

Ich setzte mich und blickte ebenfalls zu den Sternen hinauf. Hier, weitab von den Lichtern der Zivilisation, waren abertausende von ihnen zu sehen. Natürlich konnte ich sie nicht auseinander halten.

»Tut mir Leid, dass ich dich heute Nachmittag angeschnauzt habe«, sagte Cat mit ruhiger Stimme. »Nichts bringt mich mehr auf die Palme als so etwas. Wenn ich fest davon überzeugt bin, gleich eine perfekte Aufnahme zu machen, und dann etwas dazwischenkommt.«

»Ich habe es nicht persönlich genommen. Ich hatte den Eindruck, du hast immer noch Jeremy angebrüllt.«

»Und die Schicksalsgötter.«

»Ich verstehe nichts vom Fotografieren. Mein Dad sagt immer, eine Kamera sei ein Schild zwischen einem Menschen und dem Leben. Er wollte nie eine haben.«

»Stimmt, es könnte ein Schutzschild sein. Aber für mich ist es eher, als würde ich auf diese Weise das Leben verarbeiten. Ich rahme die schönen Sachen ein, die Sachen, die ich behalten möchte, und mache ein perfektes Bild daraus. Es ist, als würde man mit den Augen Fragen stellen. Wie sieht ein Leguan mit dem Sonnenuntergang im Hintergrund aus? Kann ich diesen Falken verewigen, wie er mit ausgestreckten Krallen auf dem Baum landet? Wirkt dieser Hügel im Nebel gespenstisch oder nur verhüllt? Sind drei Galapagos-Schildkröten die ideale Anzahl für eine Nahaufnahme? Und so weiter. Ich fotografiere schon so lange, dass meine Augen auch ohne Kamera auf diese Art und Weise arbeiten. Durch die Kamera habe ich das Sehen gelernt.«

Ihre Stimme klang lebhaft und aufgeregt; sie hatte sich aufgesetzt und ich sah, wie sie ihre Hände in der Dunkelheit bewegte, damit sie sich besser ausdrücken konnte. Ich weiß nicht, warum, aber ich fand es echt umwerfend, dass jemand sich so stark für etwas begeistern kann.

»Hört sich nicht schlecht an«, sagte ich. »Vielleicht hat mein Dad Unrecht. Vermutlich hat er ziemlich Unrecht.«

Ich spürte, dass Cat mich fixierte. »Bist du sauer auf deinen Vater?«

Ich weiß nicht, warum ich es ihr erzählt habe. Ich wollte es nicht. Wahrscheinlich weil es dunkel war und sie mir auch etwas Intimes erzählt hatte. Und weil ich spürte, dass sie schon wusste, was ich gleich sagen würde.

»Ich hasse ihn«, sagte ich. »Er lässt sich von meiner Mutter scheiden und heiratet eine jüngere Frau, die ein Baby von ihm erwartet.«

Lange Zeit sagte keiner von uns ein Wort. Dann faltete sie ihre Decke auseinander und warf die Hälfte über mich.

»Hier«, sagte sie. »Du frierst.«

6 | CAT

Himmel, eine solche Geschichte hat mir noch niemand erzählt. Wenn ich bei meinen Freundinnen nachhake, bekomme ich meist nur zu hören, ich sei neugierig, oder das, worüber sie sich aufregen, ist ohnehin lächerlich. Das Lustige ist, dass ich im Grunde meines Herzens immer gehofft habe, dass jemand mir ein wirklich faszinierendes Geheimnis anvertraut, wie Noah gestern Abend . . . Ich habe immer das Gefühl, die Leute müssten mir eigentlich ihre innersten Gedanken anvertrauen.

Aber dann, als Noah mir erzählte, dass sein Vater seine Familie verlässt und eine andere Frau heiratet, die ein Baby von ihm erwartet, fiel mir absolut nichts Tröstliches ein. Er hat es vermutlich erst vor kurzem erfahren – deshalb ist er auf dieser Reise dauernd so bedrückt. Und sein Vater hat ihn auf diese Reise geschickt, ihn weggeschickt, obwohl Noah gar nicht wollte.

Ich wollte etwas Tröstendes sagen, etwas, das ihm geholfen hätte. Aber ich hatte keine Ahnung, mit welchen Worten man jemanden in dieser Situation trösten konnte. Außerdem kannte ich Noah ja kaum. Bis zu dem Moment, als er neben mir saß und mir sein Herz ausschüttete, sind wir uns nur in die Haare geraten.

Aber ich habe gleich gespürt, dass er ein interessanter Mensch ist. Gleich beim ersten Abendessen, als dieser gut aussehende Junge dasaß, ins Leere starrte und wie ein Kleinkind sein Essen zerdrückte. Ich wusste damals schon, dass er etwas mit sich herumschleppt.

Gestern Abend dann hat er alles bei mir abgeladen und ich konnte nichts dazu sagen. Ich gab ihm die Hälfte meiner Decke, weil er fror wie ein nasses Hundebaby. Da wir beide im Liegestuhl lagen und nach oben schauten, fing ich an ihm Sternbilder zu zeigen. Ich weiß nicht, ob er überhaupt zuhörte, aber ich hatte das Gefühl etwas sagen zu müssen.

»Die Sterne sind hier alle an anderen Positionen als zu Hause«, erklärte ich. »Das da oben ist das Sternbild des Skorpions. Und das Kreuz des Südens ist dort über dem Horizont.«

»Ich weiß nicht viel über Sterne«, sagte er.

»Du kennst doch die Milchstraße, ja? Aber so wie hier hast du sie noch nie gesehen. Bei uns ist sie wegen der vielen Lichter verdunkelt, aber hier zieht sie sich über den ganzen Himmel.«

Noah blickte brav nach oben, aber ich war mir nicht sicher, ob er tatsächlich die Sterne betrachtete. Ich hatte das Gefühl, dass vor seinem inneren Bildschirm Filme der Erinnerungen abliefen. Nach ein paar Minuten stand er auf. »Ich gehe besser nach unten«, sagte er noch immer zitternd.

»Am besten, du nimmst gleich eine heiße Dusche«, sagte ich. Noch im selben Moment hätte ich mir auf die Zunge beißen können. Womöglich bildete er sich wegen dieser albernen Bemerkung jetzt ein, ich habe ihn mir nackt unter der Dusche vorgestellt oder so.

Aber er sagte nur: »Ja, mach ich.«

Ich zermarterte mir noch immer das Gehirn über die passen-

den Worte. »Noah?« Er drehte sich noch einmal um. »Du wirst deinen Vater vermutlich nicht ewig hassen.«
Er starrte mich etwa eine Minute lang an. Ich begann auch zu zittern, nur von seinem Anblick. Noch nie hatte ich jemanden gesehen, der so unglücklich war. »Mag sein. Aber im Moment hasse ich ihn«, sagte er schließlich.
Wenn ich jetzt nichts mehr gesagt hätte, wäre es in Ordnung gewesen, aber doof, wie ich bin, konnte ich meine Zunge natürlich nicht im Zaum halten. »Weißt du, ich bin froh, dass du es mir erzählt hast ... ich meine, ich freue mich natürlich nicht, dass es passiert ist, aber ... danke, dass du es mir erzählt hast, du weißt schon ... ich danke dir.«
Ich danke dir? Wofür zum Kuckuck bedankte ich mich? Danke, dass du so am Boden zerstört bist, dass du mit einer völlig Fremden darüber reden musst? Danke, dass du etwas Aufregung in mein tristes Dasein gebracht hast? Was bin ich doch für ein Schwachkopf!
Ich kann einfach nicht mit Jungen umgehen. Bei meinen Freundinnen kann ich reden, wie mir der Schnabel gewachsen ist. Ab und zu haben sie mal genug und sagen: »Cat, lass mich endlich in Frieden«, oder so, aber sie wissen, dass ich nun mal so bin, und machmal finden sie es toll und mich ganz amüsant. Aber Jungs scheinen etwas anderes zu wollen, sie wollen jemand, der das Reden ihnen überlässt, jemanden, der keine eigene Meinung hat. Aber das ist nicht mein Ding.
Ich habe eine Art Freund. Na ja, nicht wirklich. Vincent ist mein Nachbar und nur ein guter Kumpel, was die Sache einfacher macht, aber mir wäre es lieber, er wäre mein richtiger Freund. Ich stelle mir oft vor, wie es wäre, ihn zu küssen

und zu umarmen. Allerdings hat er ständig einen Kaugummi im Mund, was diese Vorstellung nicht unbedingt appetitlich macht. Er berichtet mir von seinen Rendezvous mit Trisha oder Suzanne und fragt mich, wohin er sie am Samstagabend ausführen soll und ob ich glaube, dass ein gelbes Sträußchen zu Annamarias schwarzem Kleid für den Highschoolball passen würde.

Normalerweise bin ich ehrlich, aber da ich Annamaria absolut nicht ausstehen kann, sage ich Nein, sie solle lieber etwas Großes, Rosafarbenes im Haar tragen.

Man sollte annehmen, dass ich den Kerl zum Teufel schicken würde, aber nein, kurz vor unserer Abreise rief mich der gute Vincent noch an und fragte mich, was er seiner neuen Flamme zum Geburtstag schenken könnte. Ich habe nicht geschrien: »Und was ist mit meinem Geburtstag, Vincent? Ich bin vor kurzem aufregende süße Sechzehn geworden und wünsche mir nichts sehnlicher als einen einzigen, winzigen Kuss, der mir das Gefühl gegeben hätte kein schwachsinniger, hoffnungslos verknallter Teenager zu sein, aber wo warst du, Vincent?« Natürlich wusste ich genau, wo er an jenem Tag gewesen war. Auf meinen Rat hin hatte er ein witziges T-Shirt für Holly mit der Aufschrift DER GESCHMACK DES MONATS gekauft.

Außerdem sieht dieser Noah viel zu gut aus. Er hat ziemlich lange, blonde Haare, ganz weich, würde ich wetten, und große braune Augen, die andere Blicke magnetisch anziehen. Zumindest meine. Wenn er lächeln würde, wäre er absolut tödlich. Zum Glück ist er so deprimiert, dass ich dieser fürchterlichen Prüfung vermutlich niemals ausgesetzt sein werde.

Normalerweise sind gut aussehende Jungen Luft für mich. Sie ziehen es vor, mit Mädchen zusammen zu sein, die ebenso gut aussehen wie sie, und außerdem haben sie meiner Meinung nach keine Seele. Ich meine, man kriegt, was man sieht. Sie haben irgendwie weder Kanten noch Ecken.

Aber gestern Abend, als er bibbernd neben mir saß, verwandelte sich Noah für mich in einen richtigen Menschen. Er sah nicht so strahlend und selbstbewusst aus wie diese anderen hübschen Jungen – er war absolut am Boden zerstört, wenn ihr es genau wissen wollt. Und alles an ihm war kantig und eckig. Und als er nach unten ging, habe ich ihn mir, verdammt noch mal, tatsächlich nackt unter der Dusche vorgestellt. Und danach wünschte ich mir ihm niemals mehr unter die Augen treten zu müssen, da ich nunmehr total verknallt war und er es garantiert zehn Meter gegen den Wind riechen würde.

Aber als er heute früh in das Panga stieg, schien nichts anders als sonst. Er lächelte mich kurz an und sah wieder weg. Ich kam zu dem Schluss, dass ich ihn ruhig angucken konnte, ohne mich wegen unerfüllter Liebe ins Meer stürzen zu müssen. Also entspannte ich mich wieder und hörte Mr und Mrs McNuff zu, den Eltern vom süßen kleinen Jeremy McNuff, der mir gestern meine Aufnahme von den Landkrabben versaut hatte. Sie berichteten von ihrem Gespräch am Frühstückstisch mit den Baumgärtners aus Deutschland.

»Die Baumgärtners erzählten eine höchst spannende Geschichte. Mr Baumgärtners Vater ist letztes Jahr gestorben, und als sie seinen Schreibtisch aufräumten, entdeckten sie eine alte Zeitung, die der Vater fast sechzig Jahre lang aufbewahrt hatte!«, berichtete Mrs McNuff mit leuchtenden Augen.

»Wie schön für sie eine so alte Zeitung zu finden«, sagte meine Mom höflich.
»Warten Sie ab, bis Sie gehört haben, was darin stand«, sagte Mr McNuff.
Seine Frau ergriff wieder das Wort. »Sein Vater soll in den dreißiger Jahren zur Schiffsbesatzung eines reichen Mannes gehört haben, der eine große Jacht besaß. Damals war der Vater noch jung und ledig. Die Jacht segelte um die ganze Welt, nahm verschiedene berühmte Persönlichkeiten an Bord . . .«
». . . von denen niemand je gehört hat«, warf ihr Mann ein.
»Mag sein, aber damals waren sie bestimmt berühmt«, sagte Mrs McNuff. »Jedenfalls segelten sie auch hierher, auf die Galapagos-Inseln. Jede Menge Schiffe kamen nach Floreana Island, wegen einer geheimnisvollen Französin namens Jacqueline Marche.«
»Was ist so geheimnisvoll an ihr?«, fragte Dad. Genau wie ich ist er immer an etwas Spannendem interessiert.
»Angeblich soll sie mit einem Liebhaber hierher gekommen sein. Den Namen habe ich vergessen. Damals durfte man sich hier noch ansiedeln. Die Inseln standen noch nicht unter Naturschutz wie heute«, fuhr Mrs McNuff fort. »Mr Baumgärtner sagt, dass sie ihren Ehemann Gerüchten zufolge umgebracht haben soll, ehe sie Frankreich verließ, aber das konnte ihr nie nachgewiesen werden. Warum sie sich aber in dieser abgelegenen Gegend niederließ, weiß kein Mensch. Und der Mann, mit dem sie gekommen war, starb bei einem Bootsunfall kurz nach ihrer Ankunft. Alles sehr merkwürdig! Aber das Erstaunliche ist, dass sie hier blieb, mutterseelenallein.«

»Was der Grund dafür sein kann, dass reiche Knaben aus aller Welt hierher segelten«, sagte Mr McNuff. »Ich nehme an, die Lady sah recht gut aus.«

»Ich sterbe vor Hunger!«, verkündete Jeremy und stellte sich vor seiner Mutter in Position, um ihre Aufmerksamkeit auf sich zu lenken.

»Setz dich, Jeremy. Wir sind in einem Panga!«, sagte sein Vater mahnend.

»Schätzchen, du wirst dich noch ein Weilchen gedulden müssen. Wir haben nichts zu essen dabei«, sagte seine Mutter entschuldigend.

»Aber ich habe Hunger«, wimmerte er kläglich.

Verflixt, jetzt mussten wir uns bestimmt den ganzen Morgen sein Gejammer anhören.

»Du hättest eben dein Frühstück aufessen sollen«, knurrte sein Vater.

»Ich mag das Zeug auf dem Schiff nicht!«, brüllte Jeremy.

Ich wollte endlich die Geschichte weiterhören. Konnten die Leute denn nicht mit ihrem Balg fertig werden?

»Hey, Jeremy! Komm doch mal her!« Ich konnte es kaum fassen. Noah winkte den kleinen Schreihals zu sich.

»Vorsichtig, Herzchen«, sagte seine Mutter und hielt ihn an einem Arm, während Jeremy froh war seinem Vater zu entkommen und sich zu Noah durchtastete.

»Was ist?«

»Ich glaube, ich habe da draußen ein paar Delfine gesehen. Willst du durch mein Fernglas schauen? Vielleicht siehst du sie auch.«

»Echt? Dad lässt mich nie durch sein Fernglas schauen.«

»Jeremy, bitte pass auf!«, mahnte seine Mutter.
»Ist schon in Ordnung«, versicherte ihr Noah und legte den Halteriemen um den Hals des Kindes.
Ich war mir ziemlich sicher, dass so nah an der Küste keine Delfine zu sehen waren, aber Jeremy brüllte trotzdem: »Da sind sie! Ich habe sie gesehen!«
»Na, was hab ich dir gesagt?«, sagte Noah lächelnd, während er den Jungen um den Bauch hielt, damit er nicht ins Wasser fallen konnte.
Es war das erste Mal, dass ich Noah wirklich lächeln sah, und meine kluge Vorhersehung über die fatalen Auswirkungen war mir kein Trost. Was war über Nacht mit ihm passiert? Wieso benahm er sich diesem ungezogenen kleinen Rüpel gegenüber fast wie ein Heiliger? Ich ertappte mich dabei, wie ich sehnsüchtig auf seine Hände starrte und mir vorstellte, sie lägen um meine Taille. Schnell schaute ich in eine andere Richtung.
Als wir in Puerto Ayora, der Hauptstadt von Santa Cruz, der am dichtesten besiedelten Insel, aus dem Panga stiegen, hatten die McNuffs ihre Geschichte endlich zu Ende erzählt.
»Manchmal verließen die Leute das Boot und blieben für vier oder fünf Monate bei Jacqueline Marche auf der Insel, bis sie sich wieder abholen ließen. Mr Baumgärtners Vater ist jedoch zwei Jahre lang geblieben!«
»Zwei Jahre?«, rief ich erstaunt. Nicht uninteressant, wie ich fand.
»Ja, er half ihr ein neues Haus zu bauen und Getreide anzubauen. Steht alles in diesem Zeitungsartikel, den Mr Baumgärtner mitgebracht hat. Sobald wir in Floreana sind, will er versuchen sie ausfindig zu machen.«

»Ausfindig zu machen? Sie ist doch sicher längst gestorben«, wandte Mom ein.
»Oh nein! Mr Baumgärtner hat ein paar Briefe losgeschickt und ein paar Leute gefunden, die sie kennen. Sie lebt noch immer in einem kleinen Häuschen auf Floreana. Nachdem sie sich dort angesiedelt hatte, kamen weitere Siedler nach und inzwischen ist es zu einem kleinen Dorf angewachsen. Sie ist über achtzig, soll aber immer noch so etwas wie der inoffizielle Bürgermeister des Ortes sein. Sehr angesehen und so.«
»Das Komische ist, dass Baumgärtners Vater seiner Familie gegenüber nie ein Sterbenswörtchen verlauten ließ«, sagte Mr McNuff. »Er kehrte nach Deutschland zurück, heiratete, bekam Kinder und sprach nie darüber. Dabei lebte er zwei Jahre lang mit dieser Frau zusammen!« Verständnislos schüttelte Mr McNuff den Kopf.
»Wäre es nicht toll, diesen Zeitungsartikel zu sehen zu bekommen?«, sagte Mrs McNuff und verdrehte die Augen. »Irgendwie kann man nicht glauben, dass in den dreißiger Jahren solche Dinge passierten!«
Es gab nichts, was mich mehr faszinierte als eine geheimnisvolle Geschichte. Ob Monique LaFarge es wohl schon erfahren hatte? Die Story wäre sicher auch nach ihrem Geschmack. Ich beschloss die Baumgärtners zu fragen, ob ich sie auf Floreana zu Jacqueline Marche begleiten dürfte. Das würde mich von Noah und seinen permanenten Verwandlungen ablenken!
Das Panga legte im Hafenbecken von Academy Bay, Puerto Ayora, an. Nachdem wir tagelang nichts anderes als unbewohnte Inseln gesehen hatten, kam uns das Städtchen wie eine vibrierende Großstadt vor. Im Hafen ankerten viele Boote

und kleine Schiffe und in der Hauptstraße des Städtchens reihte sich ein Laden an den anderen. Es gab sogar eine Bank, eine Post und einen Spielplatz, wo etliche Kinder Ball spielten. In Diegos Gefolge stapften wir an all diesen Sehenswürdigkeiten vorbei und gingen über einen staubigen, mit Kaktusbäumen gesäumten Weg zur Charles-Darwin-Forschungsstation. Ich machte jede Menge Aufnahmen von den Bäumen aus verschiedenen Blickwinkeln – sie sahen echt bizarr aus – und schaffte es sogar, ein- oder zweimal Noah mit aufs Bild zu bekommen.

Irgendwie lag es nahe, dass wir uns anfreundeten. Ich meine, wir waren gleich alt, die Jüngsten weit und breit, mit Ausnahme von Jeremy, wenn man den überhaupt schon mitzählen konnte. Ich hatte den Eindruck, dass auch Jeremy voll auf Noah abfuhr. Er klebte an ihm wie eine Klette.

»Du hast echt 'n Super-Fernglas, Noah«, sagte der Kleine. »Wo haste das her?«

»Oh, hat mir mein Dad für die Reise geschenkt«, antwortete Noah mit einem Seitenblick, den ich nicht deuten konnte.

»Dann muss mein Dad mir auch eins schenken, findste nich?«, sagte Jeremy.

»Vielleicht solltest du ihn darum bitten, statt einfach eines zu verlangen«, mischte ich mich in ihr Gespräch ein. Jeremy starrte mich an, als sei ich eine lästige Bazille.

»Ich und Noah reden gerade«, erklärte er mir hoheitsvoll.

In den McNuffs regte sich endlich ihr schlechtes Gewissen, weil sie ihren Sprössling so lange Noahs Obhut anvertraut hatten, und sie kamen, um ihn abzuholen. »Gib Noah sein Fernglas zurück«, sagte seine Mutter.

»Wieso hab ich kein eigenes?«, maulte Jeremy. »Nie kriege ich was!«
»Kriegen, kriegen, kriegen! Ist das alles, was du sagen kannst?«, schimpfte sein Vater und packte ihn am Arm.
»Schau, da drüben ist eine Snackbar, Jerrylein. Möchtest du einen Lutscher? Oder eine Cola?« Seine Mutter nahm ihn an der Hand und entzog ihn dem strafenden Blick seines Vaters.
»Oh ja, warum nicht?«, sagte der ewig hungrige und durstige Jeremy und ließ sich in die Snackbar entführen.
»Das arme Kind«, sagte Noah kopfschüttelnd. »Hoffentlich wird er bei der Scheidung seiner Mutter zugesprochen.«
»Was, sie lassen sich scheiden?«, fragte ich verblüfft.
Noah zuckte mit den Schultern. »Kann man nie ganz ausschließen, oder?«
Ursprünglich war ich davon ausgegangen, dass Jeremys Eltern eher Mitleid verdient hätten, aber ich verstand auch Noahs Standpunkt. »Sind deine Eltern auch so?«, fragte ich.
Noah schien überrascht, ganz als habe er vergessen, was er mir gestern Abend erzählt hatte. Doch dann sagte er: »Nein, überhaupt nicht. Im Gegenteil, für mich waren es immer die besten Eltern der Welt. Ein perfektes Ehepaar. Eine perfekte Ehe. Aber wahrscheinlich habe ich nicht genau hingeguckt . . .«
»Vielleicht waren sie früher ein perfektes Ehepaar.«
Noah kniff die Augen zusammen. »Kannst du mir das bitte erklären? Wie kann jemand eine perfekte Ehe führen und dann plötzlich nicht mehr? Wie kann mit einem Mal alles so verfahren sein, dass man nur noch fliehen und sich neu verlieben kann? Erkläre es mir. Ich begreife es nicht!«

Ich muss mit offenem Mund dagestanden haben. Wie konnte ich jemandem etwas von Liebe erklären? Was ich davon wusste, stammte ausschließlich aus Büchern und dem Reich der Phantasie.

Noah schüttelte den Kopf. »Tut mir Leid. Es hat nichts mit dir zu tun. Das Ganze hat mich einfach ... ich bin fix und fertig deswegen.« Er riss sich die Baseballmütze vom Kopf und fuhr sich wütend durchs Haar.

Es ist schrecklich, wenn dieses Gefühl des – ich weiß nicht – Tröstens, In-den-Arm-Nehmens, Verlangens, was immer es auch sei – es ist schrecklich, wenn es einen plötzlich überkommt und man sich dumm, ungeschickt und fiebrig fühlt. Ist mir bei Vincent schon ein- oder zweimal passiert, aber nie so stark wie in diesem Augenblick, nie so stark, dass ich dachte, ich müsse gleich in Tränen ausbrechen, weil ich nicht fähig war einfach seine Hand zu nehmen.

Und dann, gerade als ich mir entsetzlich schäbig vorkam, setzte Noah wieder sein grandioses Lächeln auf. »Wieso stellst eigentlich immer ›du‹ Fragen? Wie ist es bei dir? Deine Eltern scheinen recht glücklich zu sein. Sind sie es tatsächlich?«

»Oh, ich glaube ... darüber habe ich noch nie nachgedacht.« Es fiel mir schwer, in diesem Zustand ausgerechnet an meine Eltern zu denken. »Doch, sie kommen gut miteinander aus.«

»Das ist alles? Sie kommen nur miteinander aus?«, fragte er aggressiv.

»Nun, vermutlich steckt mehr dahinter, als man sieht. Ich meine, sie küssen sich nicht ständig oder so. Aber sie streiten auch selten.« Ich dachte daran, wie meine Eltern abends meist gemeinsam in der Küche standen und beim Kochen über

Backofentemperaturen und Soßen diskutierten. Am Wochenende konnten sie manchmal einen ganzen Tag lang Brot backen. »Doch, ich glaube, sie führen eine gute Ehe.«

»Glaubst du, dass zwei Leute füreinander bestimmt sind?«

Ich musste den Kaktusbaum betrachten, um seinem eindringlichen Blick zu entkommen, bevor ich über eine Antwort nachdenken konnte. »Ich weiß nicht, ob es Schicksal ist, aber ich glaube an . . .« Verflixt, wie soll ich vor ihm ein solches Wort herausbringen? ». . . ich meine, an die Liebe.« Ich habe es ausgesprochen, ohne tot umzufallen, obwohl mein Gesicht bestimmt so rot wurde wie ein Feuermelder.

Noah runzelte die Stirn. »Liebe, hm? Warst du schon mal verliebt? Ich nicht. Ich meine, natürlich hatte ich schon etliche Freundinnen und so und in einige wenige war ich sogar eine Zeit lang so etwas wie verknallt, aber ich glaube nicht, dass es das schon war.«

Ich riss mich zusammen und überlegte, wie ich aus Vincent wieder einen brauchbaren Gegenstand meiner Zuneigung machen konnte. Hätte ich Noah etwa erzählen sollen, dass ich noch nie einen Freund gehabt hatte, noch nie richtig verliebt gewesen war? Er hätte mich für eine absolute Hinterwäldlerin gehalten.

»Es gibt schon einen Jungen, den ich sehr gern mag.« Das war nun wahrlich nicht gelogen.

»Jaja, mögen kann man viele Leute. Ich spreche von Liebe. Liebst du ihn?«

Ich musste lügen. Es war die einzige Möglichkeit, um nicht mit der Wahrheit herausrücken zu müssen. »Ja, ich denke schon.«

»Und kannst du dir vorstellen niemals im Leben einen anderen zu lieben als diesen – wie hieß er gleich?«

»Vincent.«

»Dein ganzes Leben lang nur diesen Vincent zu lieben? Das würde dir reichen?«

Ich und Vincent in einem trauten Einfamilienhäuschen am Highway 5, in der Garage ein verrosteter Dodge Baujahr 76, von dem der Auspufftopf abfiel, während mein Süßer lebenden Barbie-Puppen nachpfiff. Mit einem Mal war mir völlig schleierhaft, was ich an Vincent je auch nur entfernt toll gefunden hatte.

»Ich glaube schon«, sagte ich mit einem etwas gekünstelten Lächeln. Meine Oberlippe bebte vor Enttäuschung.

Noah schwieg und starrte auf die staubige Straße. »Vielleicht sind Frauen eine höhere Lebensform als Männer«, sagte er nach etwa einer Minute.

»Von wegen vielleicht! Das ist wissenschaftlich bewiesen!« Ich war froh von Vincent ablenken zu können. Ich hasste es, zu lügen, besonders Noah gegenüber.

»Ja, das denken meine Mutter und ihre Freundinnen auch. Sobald Dad aus dem Haus war, kamen scharenweise Freundinnen herbeigeströmt wie Ameisen bei einem Picknick. Es war ein Zwischending zwischen Trauerfeier und Party. Etwa zwei Wochen lang. Mal brachen sie fast in Tränen aus, dann wieder wieherten sie vor Lachen.«

Noahs Stimme senkte sich. Alle unterdrückte Wut brach aus ihm heraus. »Aber egal, ob sie lachten oder weinten, es ging immer nur um eins: Männer. Die alle gleich sind: rücksichtslos, dumm und unfähig zu lieben.«

Wow. »Ich hab es nicht böse gemeint«, sagte ich leise, aber Noah hörte nicht zu.

»Wenn ich vorbeiging, sahen sie kurz auf und sagten: ›Hallo, Noah. Wie läuft's in der Schule? Spielst du noch Tennis?‹ Als wären wir alte Kumpel! Und dann, während ich noch in Hörweite war, ging es weiter mit ›Mit Männern hat man nur Ärger. Sie sind so überflüssig wie ein Kropf.‹«

Noah schluckte. »Willst du ihren Lieblingswitz hören? ›Wenn man einen Mann zum Mond schicken kann, warum dann nicht gleich alle?‹ Darüber haben sie sich fast totgelacht. Und ich stand noch in der Tür! Ich war eines dieser abscheulichen Wesen, die sie unbedingt loswerden wollten!«

Wir waren stehen geblieben. Noah scharrte im Straßenstaub wie ein wilder Stier kurz vor dem Angriff.

Ich wusste, was Noah meinte. Ich kenne Mädchen, die genau so über Jungen sprechen. Aber war das so viel schlimmer als die dummen Bemerkungen der Jungen über das Aussehen eines Mädchens oder über ihren Busen?

»Glaubst du nicht, dass sie einfach nur deine Mutter trösten wollten? Damit sie nicht dachte, es sei ihr Fehler. Du verurteilst deinen Vater doch auch, hast du gesagt!«

»Ja, ich verurteile, was er getan hat. Aber das bedeutet doch nicht, dass alle Männer lästige Ratten sind.«

»Ich bin sicher, dass sie nicht dich meinten.«

»Oh doch, für mich hörte es sich so an.«

Da ich ihn ja wohl schlecht fragen konnte, ob er mein persönliches Nagetier werden möchte, wusste ich nicht, was ich sagen sollte. Nachdem ich eine Weile seinem wütenden Schweigen gelauscht hatte, fragte ich: »Du spielst Tennis?«

Er schien überrascht über diesen Themawechsel: »Ja. Und du?«
»Es gibt keine Tennisplätze in Benson River. Man müsste schon zum Country Club Redburg gehören.«
Er nickte.
»Spielst du ganz in Weiß?«, fragte ich weiter.
»Normalerweise schon. Warum?«
Ich zuckte mit den Schultern. »Ich weiß nicht. Deine Frage eben hörte sich für mich so nach Ostküste an. Ich sah dich richtiggehend vor mir.«
Seine Lippen zuckten verräterisch. »Und als du mich vor dir gesehen hast – war ich da am Gewinnen oder am Verlieren?«
»Tja, du warst am Verlieren, bis Martina Navratilova dich beschuldigte eine lästige Ratte zu sein . . .«
Noah musste lachen und hielt eine Sekunde lang meine Hand fest, was bei mir praktisch zu einer Lähmung der linken Körperhälfte führte.
»Entschuldige«, sagte er.
»Was?«
»Wir müssen weiter. Sonst verpassen wir deinen Freund Diego und seinen unsterblichen Schildkrötenvortrag«, sagte Noah spöttisch.
Unsere Gruppe stand vor einem Gehege mit Baby-Schildkröten. Ich sah zu, dass ich genügend Abstand von Noah hatte, denn seine Nähe war schrecklich verwirrend und ich interessierte mich wirklich für das, was Diego zu erzählen hatte. Außerdem sollten wir an diesem Tag erfahren, warum Diego als Volksheld galt. Das wollte ich mir nicht entgehen lassen. Kaum vorstellbar, dass diese etwa fünfzehn Zentimeter

großen Tierchen irgendwann fünfhundert Pfund wiegen würden. Ich setzte das Teleobjektiv auf meine Kamera, damit ich ein paar Nahaufnahmen von ihren Köpfen machen konnte. Sie hatten faszinierende Augen, über denen sich die schweren Lider wie langsame Vorhänge schlossen. Sogar die winzigen Babys hatten Augen, die einem das Gefühl gaben, dass sie schon seit Jahrhunderten alles gesehen haben.

Als Diego anfing über Schildkröten zu erzählen, kam richtig Leben in ihn. Man sah, dass das seine innere Heimat war; er liebte diesen Ort.

»Früher waren die Galapagos-Inseln von Hunderttausenden von Schildkröten bevölkert. Heute sind es keine fünfzehntausend mehr. Viele Schildkröteneier wurden und werden immer noch von wild lebenden Tieren aufgefressen, die hier ausgesetzt wurden und die Inseln durchstreifen. Aber noch größeren Schaden richteten die Walfangschiffe an, die in der ersten Hälfte des neunzehnten Jahrhunderts den Pazifik befuhren und die Schildkröten einfach mitnahmen. Ein Schiff konnte zwischen hundert und sechshundert Schildkröten an Bord nehmen, wo sie am Leben gelassen wurden, bis man Nahrung brauchte – ein fast endloser Vorrat an frischem Fleisch.«

Mr McNuff grinste. »Ziemlich zähes Fleisch, möchte ich wetten. Wahrscheinlich mussten sie es so lange kauen, bis ihnen irgendwann der Hunger vergangen war!«

Ein paar Leute lachten, die anderen sahen rechtzeitig den Ausdruck auf Diegos Gesicht. Als er weitersprach, klang er so wütend, als hätten die Walfänger erst letzte Woche die Insel verlassen. »Man schätzt, dass in jenen Jahren über zweihunderttausend Schildkröten von den Inseln entführt wurden, Mr McNuff. Umweltzerstörung ist wirklich nicht zum Lachen.« Er blickte dem Störenfried drohend in die Augen, ehe er fortfuhr: »Auf allen Inseln hier leben andere Unterarten von Schildkröten. Viele dieser Subspezies sind vom Aussterben bedroht, weshalb wir die wenigen noch lebenden Exemplare in die Forschungsstation bringen, damit sie sich in Ruhe vermehren können. Jahrelang glaubten wir, dass vier der ursprünglich fünfzehn Unterarten komplett ausgestorben sind.« Ein nervöses Lächeln umspielte Diegos Lippen, als er den Mann herbeirief, der im Brutgehege beschäftigt war. »Das ist mein Freund André. Vor vier Jahren haben André und ich Eier von einer Subspezies gefunden, die man für ausgestorben hielt.«

7 | NOAH

Alle Achtung, dieser Diego weiß wirklich, wie man die Aufmerksamkeit seiner Zuhörer gewinnt. Zuerst hält er eine flammende Rede über Menschen, die ganze Spezies der seltenen Riesenschildkröten ausgelöscht haben, wenig später verkündet er mit aller Gelassenheit, dass er und ein anderer auf eigene Faust eine dieser Unterarten vor dem Aussterben bewahrt haben. Vermutlich gilt er deswegen hier als eine Art Heiliger. Dazu lächelte er so bescheiden, wie er nur konnte, während der ganze Schwarm der Albatrosse ihn praktisch auf ihre Schultern hob. Sogar Cat wäre fast über ihren Unterkiefer gestolpert.

Aber ich gebe zu, es ist eine gute Geschichte. Vor vier Jahren begannen Diego und dieser André ihre Arbeit in der Forschungsstation. Sie wurden zu ein paar kleineren Inseln geschickt, um für irgendeine vergleichende Forschungsarbeit Schildkrötenknochen zu sammeln. Kein Mensch dachte, dass es dort noch lebende Schildkröten geben würde. Aber tatsächlich kamen sie zu dieser einen kleinen Insel, Casanova Island, wo sie neben den sterblichen Überresten einer Schildkröte, die die Mutter gewesen sein musste, ein paar Eier fanden. Verwilderte Katzen waren gerade dabei, die Eier auszugraben, um sie aufzufressen – dadurch wurden die beiden erst auf das Nest aufmerksam. Jedenfalls verjagten sie die Katzen und schafften es, die vier Eier heil zur Forschungsstation zu bringen, wo sie ausgebrütet wurden. Sie haben die ganze Insel durchgekämmt, aber keine andere Schildkröte entdeckt, nicht einmal die, die die Eier befruchtet haben musste.

Deshalb sind diese vier Schildkröten so berühmt. Diego führte uns zu ihnen; sie haben ihr eigenes Gehege mit einem großen Schild davor: DIE VERWAISTEN SCHILDKRÖTEN VON CASANOVA. Die ganze Geschichte steht auf Postern mit Fotos von Diego und André. Die Schildkröten haben inzwischen zwei Drittel ihrer späteren Größe erreicht. Nächste Woche, wenn Diego und André die Schildkröten auf ihre Heimatinsel zurückbringen werden, damit sie sich dort vermehren, ist eine große Feier geplant. Dazu sind natürlich auch die Passagiere der »Santiago« eingeladen.

Diego schien sich allerdings nicht sonderlich darauf zu freuen, er wirkte eher nervös, als er uns von der geplanten Feier erzählte. Vielleicht will er nicht, dass sie wieder ausgesetzt werden. Vielleicht ist er kein großer Held mehr, sobald die »verwaisten Schildkröten« die Forschungsstation verlassen haben.

Aus irgendeinem Grund traue ich dem Typ nicht – irgendwie wirkt er auf mich wie ein Heimlichtuer. Aber für die anderen ist er fast eine Art Halbgott. Wenn er so ein großer Schildkrötenforscher ist, warum hat er dann nichts Besseres zu tun als Tag für Tag Touristen auf Inseln zu schleppen? Selbst Cat musste zugeben, dass sie das merkwürdig findet.

Cat ist ein komisches Mädchen. Ich hatte ein bisschen Angst ihr unter die Augen zu treten, nachdem ich ihr abends auf dem Deck mein Herz ausgeschüttet hatte. Sie hat echt gut reagiert, war nicht schockiert oder so, aber vermutlich hat sie sich gefragt, warum ich es ihr erzählt habe. Ich weiß es selbst nicht. Aber ich bereue es nicht.

Ich brauchte einfach jemanden, dem ich es erzählen konnte, vor dem ich es laut aussprechen konnte. Und irgendwie habe ich Vertrauen zu Cat. Sie ist anders als meine Freunde und Freundinnen zu Hause. Sie sind immer sehr ernst, wenn es um belanglose Sachen geht, zum Beispiel Autos oder Klassenarbeiten oder wer mit wem geht, aber sie haben keine Ahnung, wie man mit einer Krise umgeht, besonders der Krise eines anderen. Cat scheint genau das Gegenteil zu sein. Die Hälfte der Zeit lebt sie in ihrer eigenen kleinen Welt, macht Bilder von allem, was ihr vor die Linse kommt, aber wenn man sich ernsthaft mit ihr unterhalten möchte, ist sie sehr feinfühlig. Macht sich Gedanken, hört dir zu und sagt dann, was sie denkt. Und selbst wenn sie nicht meiner Meinung ist, gibt sie mir nicht das Gefühl ein Vollidiot zu sein.

Sie geht mit einem Typ namens Vincent. Na ja, uns verbindet sowieso nichts. Ehrlich gesagt machte sie mich heute Nachmittag fast verrückt mit einem Haufen abstruser, erfundener Geschichten.

»Schau dir Mr Flitterwöchner an«, sagte sie. Sie hat für alle einen besonderen Namen. »Er muss inzwischen mindestens acht Stunden Videoaufnahmen haben mit Mrs Flitterwöchnerin, wie sie vor einem reglosen Tier steht und quietscht: ›Isses nich süß?‹ Ich wette, sie müssen ihre Gäste daheim bezahlen, damit die sich dieses Zeug ansehen.«

»Und alle werden in ein gleichförmiges Schnarchen ausbrechen«, sagte ich.

»Weißt du, wofür Mr Flitterwöchner sich in Wirklichkeit interessiert?«, flüsterte Cat. »Für Monique LaFarge.«
»Wen?«
»Sie gehört zu den Delfinen. Du hast sie bestimmt schon auf dem Schiff gesehen. Die große, blonde Französin mit dem tollen Akzent.«
»Ach die? Die ist zu alt für ihn. Weshalb glaubst du –«
»Reg dich wieder ab, Noah. Ich habe mir das nur ausgedacht. Findest du nicht auch, dass sie ein gutes Paar abgeben würden? Sie hat Geld wie Heu und könnte sich ein Apartment in New York kaufen, wo er oft auf Geschäftsreise hinkommt . . .«
Ich wurde allmählich sauer. »Wie du dir vielleicht denken kannst, finde ich solche Sachen kein bisschen lustig, Cat.«
Erstaunt riss sie die Augen auf. »Ach so, tut mir Leid. Daran hab ich nicht gedacht. Wenn ich herumphantasiere, stelle ich mir die unmöglichsten Sachen vor. Es sind nur erfundene Geschichten. Ich meine, alles ist möglich im Leben . . .«
»Interessant!«, sagte ich höhnisch. »Trotzdem sind verheiratete Männer mit Affären derzeit nicht nach meinem Geschmack, wie du dir vielleicht denken kannst.«
»Du hast Recht. Weißt du, weil in meinem Leben nie etwas Interessantes passiert, denke ich mir eben Geschichten aus.«
Sie sah richtig niedergeschlagen aus.
»Wieso behauptest du, in deinem Leben würde nichts Interessantes passieren? Im Moment fährst du auf einem Schiff von einer Galapagos-Insel zur nächsten, oder?«
Sie lächelte, fast schüchtern, und ihre Augen leuchteten.
»Und außerdem bist du in Vincent verliebt, oder? Reicht das nicht?«, fuhr ich boshaft fort.

Ihr Lächeln wurde schwächer. »Vincent, ja klar.«
»Schau, versuch es mit jemand anderem. Wie wär's mit denen?« Um sie wieder aufzuheitern, zeigte ich auf das ältere Paar, das gerade eingehakt an uns vorbeigegangen war. Ich hätte gewettet, meine Eltern würden in dreißig Jahren ähnlich herumlaufen, wenn das Schicksal mir nicht neulich abrupt die Augen geöffnet hätte.
Cats Miene hellte sich augenblicklich wieder auf. »Oh, die Moneypennys! Für die hab ich auch schon eine Geschichte. Er hat eine unheilbare Krankheit und sie würde nach seinem Tod eine Menge Geld erben, aber ihrer Meinung nach zieht sich das Ganze zu lange hin und sie will nicht länger warten. Außerdem ist er ein ziemlich übellauniger Kerl. Deshalb wird sie versuchen ihn im Verlauf dieser Reise aus dem Weg zu schaffen. Es würde mich nicht wundern, wenn er irgendwann einen kleinen Unfall haben und zufällig über die Reling stürzen würde. Oder vielleicht mischt sie Rattengift unter seine Pillen gegen Seekrankheit.«
Ich musste lachen. »Dabei sieht sie so nett aus. Wie ein alter Seelöwe.«
»Trau dieser Art Frau lieber nicht über den Weg.«
»Hab ich auch nicht vor. Du kannst beruhigt sein, ich traue niemandem.« Das war als Witz gemeint, aber Cat lachte nicht.
»Hey, das sollte ein Spiel sein«, rief sie verärgert. »Du tust immer so, als wäre alles Realität.«
»Entschuldige«, sagte ich schulterzuckend.
»Ich komme mir blöd vor, wenn ich es mit dir spiele. Bei dir ist das richtige Leben schon dramatisch genug.«

»Gut, dann lassen wir's eben«, antwortete ich. Wenn sie schnippisch sein konnte, konnte ich es auch.
»Okay«, sagte sie und marschierte in Richtung ihres heiß verehrten Reiseleiters davon. Da ich nichts anderes zu tun hatte, folgte ich ihr.
Die Albatrosse hatten sich unter einem kleinen Dach versammelt und starrten über das Geländer auf eine Schildkröte, die sich im Unterholz versteckt hatte. Diego war noch immer in seinem Element.
»Die Schildkröte, die Sie hier sehen, ist der letzte lebende Vertreter der Subspezies ›Abingdoni‹ von Pinta Island. Trotz intensiver Suche fanden wir keine zweite Schildkröte dieser Art. Wir haben ihn ›Lonesome George‹ getauft. Mit seinem Tod wird eine weitere Schildkrötenart auf der Erde aussterben.«
Aus irgendeinem Grund machte mich das betroffen. Er war der Letzte seiner Art. Lange stand ich da und starrte ihn an.
Die Leute stellten eine Unmenge Fragen. Niemand wüsste, wie alt er sei, erklärte Diego. Oder wie lange er noch leben würde. Ja, sie haben ihn mit anderen weiblichen Schildkröten zusammengebracht, aber er wollte nichts von ihnen wissen. Ich weiß nicht, irgendwie tat mir der Bursche Leid. Er wartete auf die Richtige, die er nie finden würde.
Ich stand noch immer da und beobachtete ihn, während der Rest der Gruppe zu einem anderen Gehege weiterging. Ich konnte meinen Blick nicht von ihm abwenden. Ganz langsam kam sein Kopf aus dem großen, verstaubten Panzer. Zentimeter für Zentimeter, bis der lange, schrumpelige Hals fast wie eine große Schlange aussah, die sich im Panzer zusammenge-

ringelt hatte. Er riss ein Blatt von einem Busch ab und zog den Hals ebenso langsam wieder ein. Dann begann er seine dicken, baumstammähnlichen Füße zu bewegen und drehte sich in einem Kreis von mir weg, als könne er meinen Blick nicht länger ertragen.

Ich wollte mich bei ihm entschuldigen. Natürlich war es nicht meine Schuld, dass seine Art sich nicht schnell genug weiterentwickelt hatte, um den Walfischfängern zu entkommen, dass er keine langen Beine zum Weglaufen, keine Giftzähne oder eine Tarnfarbe oder so entwickelt hatte. Es machte mich nur einfach irgendwie krank, dazustehen und dieses einsame Geschöpf zu betrachten, das letzte seiner Art, und mir vorzustellen, dass rücksichtslose Menschen dies verursacht haben. Was ging bloß in den Köpfen solcher Menschen vor, die einfach nur blindlings und unbesonnen ihre Interessen verfolgten?

Cat kam zu mir. »Wir gehen jetzt in die Stadt zurück. Heute essen wir auf der Insel. Mir ist so heiß, dass ich –«

In mir hatte sich so viel Zorn angesammelt, dass ich ihm einfach freien Lauf lassen musste, obwohl die arme Cat nun wirklich nichts dafür konnte.

»Diese armen Tiere können von Glück sagen, dass sie nicht schon allesamt ausgestorben sind! Warum trauen sie uns noch? Warum lassen sie es zu, dass wir hier herumrennen, sie anglotzen und auf Video bannen? Uns Menschen darf man nicht trauen! Wie lange dauert es, bis man genug Angst vor Menschen hat, dass man davonläuft?«

Ich hatte das ungute Gefühl, dass das Mitgefühl, das ich in ihren Augen sah, für mich bestimmt war. Deshalb drehte ich mich schnell um und lief die Straße zur Stadt hinunter, ganz allein.

8 | CAT

Da wir für ein paar Tage vor Santa Cruz ankerten, kam nach dem Dinner eine Band aus Puerto Ayora an Bord und baute ihre Instrumente in der Bar auf. Einige Tische wurden beiseite geschoben, damit Platz zum Tanzen war. Die Musik, die sie spielten, war ganz anders als alles, was ich bisher gehört hatte, alle möglichen Flöten und Trommeln.
Die Band bestand aus fünf Musikern in farbenprächtigen, gestreiften Ponchos und weißen Hosen. Ihre Instrumente habe ich nie zuvor gesehen: winzig kleine Gitarren und Bambuspfeifen, die der Größe nach vom kleinsten zum größten Stäbchen zusammengeschnürt waren. Wenn sie darauf spielten, hörte es sich an, als würde man mit vorgestülpter Oberlippe in eine leere Flasche blasen.
Ich hatte nicht vor zu tanzen, aber die Musik war echt interessant. Sogar Mom und Dad hörten eine Zeit lang zu. Ich saß nicht bei ihnen, aber das fiel ihnen gar nicht auf. Komisch, ich hatte mir vorgenommen ihnen auf dieser Reise möglichst oft aus dem Weg zu gehen, weil ich davon ausging, dass sie wie üblich einen auf Familie machen wollten. Und nun schienen sie auf meine Anwesenheit absolut keinen gesteigerten Wert zu legen!
Sie hatten sich an einen kleinen Zweiertisch gesetzt – was wäre gewesen, wenn ich jetzt Lust gehabt hätte mich zu ihnen

zu setzen? – und Dad hatte seinen Arm um Mom gelegt! Na ja, vielleicht kommen romantische Gefühle auf, wenn man auf einem Schiff um eine Inselgruppe am Äquator kurvt. Falls ihr euch nicht sicher seid, fragt einfach Romeo und Julia aus Benson River, Oregon.

Egal, mir sollte es recht sein. Ich zog meinen langen Rock an, denn mit der Band und so war es doch ein besonderer Abend. In letzter Minute schnappte ich mir noch die Kamera. Falls alle tanzen würden, könnte ich herumgehen und fotografieren, damit ich nicht wie ein Mauerblümchen aussah, das nur darauf wartete, aufgefordert zu werden. Mir fiel ein, was Noahs Vater von Leuten gesagt hatte, die sich hinter ihrer Kamera verstecken. Da war vielleicht doch etwas dran!

Anfangs stand ich im Hintergrund, hörte nur zu und fotografierte die Band. Zu meinen Eltern wollte ich mich nicht setzen, und ob ich den Mut aufbringen würde, einfach an Noahs Tisch aufzukreuzen, falls ich ihn überhaupt entdecken würde, wusste ich nicht. Er hatte den ganzen Nachmittag über kaum mit mir geredet und ich hatte es satt mir ständig den Kopf über ihn zu zerbrechen, diesen Jekyll und Hyde aus Brookline, wo immer das auch lag.

Dann sah ich Henry den Dritten mit Miyoko über die Tanzfläche wirbeln. Tomoko und Sachiko saßen allein am Tisch und schauten etwas säuerlich drein. Die ideale Gesellschaft für mich. Wir hätten nur noch ein Neonschild über dem Tisch anbringen müssen: VERWAISTE MAUERBLÜMCHEN DER M/V SANTIAGO.

»Kann ich mich zu euch setzen?«, fragte ich.

Die beiden lächelten. »Ja, gern«, sagte Sachiko. »Du gerne tanzen?«
Ich zog einen Stuhl herbei. »Nein, ich bin keine großartige Tänzerin. Ich höre nur gern Musik. Und ihr? Tanzt ihr gern?«
Tomoko schnitt eine Grimasse. »Wir gerne tanzen, sehr gerne, aber keine Männer machen uns tanzen.«
Dieser Schurke von Henry, dachte ich. Selbst wenn er sich inzwischen für Miyoko entschieden hat, könnte er anstandshalber zumindest einmal mit den anderen beiden tanzen.
»Mögt ihr Henry?«, fragte ich geradeheraus.
»Wir mögen Henry?«, sagte Tomoko. Sie und Sachiko blickten sich an und brachen in ein schallendes Gelächter aus. Es war kein mädchenhaftes Kichern mehr. »Wir mögen Henry?«, wiederholte sie prustend.
»Oder etwa nicht?«
»Henry großes Baby, das will haben alles in seine Krippe«, erklärte Tomoko. »Er denken, alle Mädchen verrückt nach ihm. Henry dumm wie . . .«
»Ein Esel?«, schlug ich vor.
»Ja«, bestätigte Tomoko und verdrehte die Augen. »Bei uns wir sagen ›dumm wie Truthahn‹.« Sachiko wollte sich ausschütten vor Lachen.
»Oh, ihr seid also nicht allzu begeistert von ihm?«
»Er großer, dummer Amerikaner. Aber Miyoko mögen sehr gern. Sie sagen, wir geben keine Chance zu großer Henry. Was du meinen? Du mögen Bruder von Henry?«
Hilfe, wusste jetzt schon jeder auf dem Schiff Bescheid? »Ja«, gestand ich, »ich mag seinen Bruder mehr als Henry. Aber ich

habe mich auch noch nicht viel mit Henry unterhalten. Ich nehme an, er . . . er ist ein Typ, der gerne Spaß hat.«

Tomoko und Sachiko fanden auch das zum Totlachen.

»Schade, nicht mehr junge Männer auf Schiff für uns. Viele, viele alte Leute. Wie alt Henry Bruder?«

»Hm, Noah ist sechzehn. Wie ich.«

Sie sahen sich an. »Sechzehn. Wir achtzehn, aber er . . . wie sagen . . . hübsch?«

»Gut aussehend«, korrigierte ich sie.

»Ja, sehr gut aussehend!« Dieses Mal lachte ich mit ihnen. Da hatte ich Mitleid mit ihnen gehabt, hatte angenommen, sie seien in Henry verknallt, dabei hatten sie seine Tricks längst durchschaut. Was mich jedoch leicht irritierte, war die Tatsache, dass sie sich jetzt für Noah interessierten.

»Hey! Schaut mal, wer an unserem Tisch sitzt! Unsere Kitty-Cat!« Wer anders konnte das rufen als Henry, der Miyoko ihren Stuhl zurechtrückte und mich angrinste. »Darf ich dir etwas zu trinken holen? Will sonst noch jemand was?«

Warum nicht? Wir alle ließen uns von Henry einen Orangensaft bringen. Ich hatte Durst und außerdem schien sich Henry in der Rolle als großer Kavalier zu gefallen.

»Du Freundin von Henry Bruder?«, fragte mich Miyoko.

»Nein, wir reden nur manchmal miteinander.«

Sie nickte. »Ich jetzt Henry Freundin. Sachiko sagen, Henry haben viel Freundinnen.« Sie zuckte mit den Schultern. »Vielleicht ja. Vielleicht ich werden beste Freundin.«

Mitleidig tätschelte Tomoko Miyokos Hand. »Wie du werden beste? Du fliegen nach Japan nächste Woche.«

»Du werden sehen. Henry reich. Er kommen besuchen mich.«

Tomoko und Sachiko hörten erst auf die Augen zu verdrehen, als Henry mit den Drinks zurückkam.
»Vielen Dank, Henry, du retten alle japanische Mädchen von Einsamkeit!«, zwitscherte Sachiko ohne eine Spur von Sarkasmus.
Ich nahm rasch einen großen Schluck Saft, um nicht loszuprusten.
»Du haben Kamera«, sagte Miyoko und zeigte darauf. »Du machen Bild von Henry und Miyoko, bitte?«
»Klar«, sagte ich.
Henry verzog das Gesicht. »Haben wir nicht schon genügend Bilder gemacht?«
Miyoko achtete nicht auf ihn, sondern wandte sich wieder an mich. »Du machen gute Bilder. Ich geben dir Adresse in Japan, dann du mir schicken. Ich dir schicken etwas aus Japan.«
»Hört sich gut an«, sagte ich und nahm die beiden ins Visier. Henry gab seinen Widerstand auf, legte einen Arm um Miyoko und setzte ein strahlendes Lächeln auf. Miyoko lächelte nicht. Hingebungsvoll legte sie ihren Kopf an Henrys Brust. Diese Aufnahme würde so perfekt werden wie die von den Landkrabben, die mir leider verpatzt worden war. Ich spürte, dass es ein Bild der Liebe werden würde.
»Hey, hört! Ein Walzer! Kitty-Cat, hast du Lust?«, rief Henry und löste sich von Miyoko.
»Nein! Echt, ich tanze nicht sehr gut, besonders . . .«
»Oh, es geht ganz leicht. Das bringe ich dir im Handumdrehen bei.«
Nichts hasse ich mehr als in aller Öffentlichkeit Dinge beigebracht zu bekommen. »Echt, ich kann nicht . . .«

»Man soll nie sagen, dass man etwas nicht kann, Kitty-Cat!«
»Ich schwöre dir, dass ich mich keinen Millimeter von diesem Stuhl erheben werde, wenn du nicht endlich aufhörst mich Kitty-Cat zu nennen. Cat ist okay, obwohl ich eventuell von dir verlangen werde zu Catherine überzugehen, damit du dich nicht mehr versprichst.«
Henry lächelte und nahm meine Hand. Er war echt gut in solchen Dingen. »Cats ist ein phantastisches Musical und die Katzen darin sind herrlich leichtfüßig.« Während er mich zur Tanzfläche führte, erhaschte ich einen Blick auf Miyokos säuerliche Miene.
»Versuchst du deine Freundin eifersüchtig zu machen?«, fragte ich, als er mich an sich zog.
»Ist sie meine Freundin? Entspanne dich und folge mir. Es geht eins-zwei-drei, eins-zwei-drei . . . schon ganz gut.«
»Sie scheint zu glauben, dass sie es ist«, sagte ich, während ich versuchte mich seinen Schritten anzupassen. »Ich nehme an, sie ist eine Art Notnagel während dieser Schiffsreise, stimmt's? Nichts Ernstes.«
Henry kniff die Augen zusammen. »Ich bin nie ernst. Aber ich mag Miyoko.«
»Tatsächlich?«
Er zuckte mit den Schultern. »Klar. Außerdem mag sie mich.«
Ich lachte. »Ist es neu für dich, dass eine Freundin dich mag?«
Henry schenkte mir sein bezauberndstes Lächeln, das zweifellos schon manches Frauenherz höher schlagen ließ. Ich begriff, wieso er damit Erfolg hatte, obwohl mir persönlich Noahs schwächer dosiertes Lächeln lieber war.

»Natürlich tun sie so, als ob. Sie kennen alle Schritte beim Tanz der Gefühle.«

»Und du auch.«

»Und ich auch.«

»Und Miyoko nicht.«

Ein weiteres betörendes Lächeln. »Sie ist ein ernstes Mädchen. Ich mag sie, aber ich möchte nicht, dass sie sich falsche Hoffnungen macht, wenn du weißt, was ich meine.«

»Jungs möchten einfach nur ihren Spaß haben, stimmt's?«

»Wie wahr, Pussycat«, sagte er und zog mich enger an sich.

Ich begann ernsthaft über eine Namensänderung nachzudenken.

Walzer war der einzige Tanz, den Mom und Dad einigermaßen beherrschten und den sie mir schon als Kind beigebracht hatten. Ihn mit Henry zu tanzen war etwas anderes. Es machte mich verlegen, wenn unsere Körper sich berührten, und ich wusste nicht, wohin mit meinem Gesicht. Wenn er mich noch enger an sich ziehen würde, würde ich entweder in seinem Hemd ersticken oder mir den Hals verrenken müssen, um zu ihm hochzuschauen. Beides war nicht sonderlich verlockend. Ich versuchte etwas Abstand zwischen uns zu bringen.

»Ehrlich«, sagte Henry, »ich weiß nicht, was mit meinem kleinen Bruder los ist. Gleich am ersten Tag habe ich ihn auf dich aufmerksam gemacht und wo steckt er? Er sollte mit dir um den Äquator tanzen, nicht ich.«

»Fühl dich bitte nicht verpflichtet die Versäumnisse deines Bruders wieder gutzumachen«, sagte ich schnippisch, aber Henry fand es zum Schreien komisch.

»Du bist echt süß, weißt du das?«

Lieber Himmel, warum bin ich nicht in meiner Kabine geblieben? Henry machte eine schnelle Drehung und ich stolperte über seine Füße. Plötzlich hielt er abrupt inne; wahrscheinlich hatte ich ihm wehgetan, aber ich hatte keinerlei Gewissensbisse.

»Hey, Noah!« Henry schleppte mich über die Tanzfläche direkt zu seinem Bruder. »Hier ist jemand, mit dem du unbedingt tanzen solltest, Bruderherz. Für mich ist sie 'ne Spur zu schlagfertig.«

»Klar.« Noah lächelte mit zusammengekniffenen Lippen und führte mich von Henry weg.

»Wir müssen nicht tanzen. Dein Bruder ist . . .« Reden ist Silber, Schweigen ist Gold, ermahnte ich mich.

»Mein Bruder ist was?«, hakte Noah nach.

Verflixt. »Dein Bruder ist manchmal ein richtiger Blödmann.«

Noah lächelte. »Ich weiß. Aber er ist immerhin ein netter Blödmann.«

Wir begannen zu tanzen, nicht so eng und wild wie mit Henry. Relativ langsam und gleichmäßig, und obwohl ich schrecklich aufgeregt war, konnte ich es doch genießen.

»Du tanzt gut«, sagte ich.

»Das gehört zu den Grundvoraussetzungen, wenn man zur gehobenen Schicht Brooklines gehört«, antwortete er. »Ich bin auch immer höflich zu Erwachsenen.«

»Das glaube ich dir. Schade nur, dass du es bei Leuten deines Alters nicht schaffst.«

Er blickte über meine Schulter und grinste nur. Wenn ich nur wüsste, was bei diesem Typ normal ist – nett zu sein oder die Leute grundlos anzufauchen.

»Miyoko mag deinen Bruder«, sagte ich.

»Pech für sie. Henry will sich nur amüsieren. Er ist wie Dad. Er wird sich nie mit nur einer Frau begnügen.«

»Pech für ihn.«

»Ja, Pech für ihn.« Er war echt gesprächig heute Abend.

»Noah, was du heute Morgen gesagt hast, ich meine, darüber, dass Tiere niemals den Menschen trauen dürften ...«

Ich spürte, wie sein Körper sich anspannte. Seine Hand hielt meine so fest, dass er mir wehtat. »Vergiss es. Ich habe diese Schildkröte gesehen, die letzte ihrer Art, so einsam und allein, und fühlte mich irgendwie verantwortlich ...«

»Richtig, genau das wollte ich sagen. Auf eine bestimmte Art sind wir verantwortlich. Aber wir stehen zu dieser Verantwortung. Ich meine, die Leute. Die Charles-Darwin-Forschungsstation wurde errichtet, um die Schildkröten zu schützen.«

»Wir müssten sie nicht schützen, wenn wir sie nicht schon halb ausgerottet hätten.«

»Mag sein, aber das bedeutet nicht, dass alle Menschen böse sind. Sieh es doch so. Wenn man alle Menschen der Welt zu einer Person mit guten und bösen Eigenschaften – die wir zugegebenermaßen alle haben – zusammenfasst, dann ist sie akzeptabel, solange die gute Seite in ihr die Kontrolle behält.«

Er schenkte mir ein schiefes Lächeln. »Und du glaubst, die gute Seite habe inzwischen die Kontrolle inne?«

»Ich hoffe es. Aber was die Zukunft betrifft – ich bin keine Wahrsagerin.«

»In Zukunft werden alle Menschen der Welt zu einer einzigen Person zusammengefasst sein.« Sein Lächeln war jetzt so strahlend, dass es mir vorkam, als würde ich direkt in die Äquatorsonne blinzeln.

Die Musik brach ab und der Kapitän in einer piekfeinen, schneeweißen Uniform trat an das Mikrofon. »Ladies and Gentlemen, meine Damen und Herren, damas y caballeros, während die Band eine kurze Pause macht, möchte ich Sie alle zu einem Gratisdrink einladen.« Der arme Kerl. Man überlegte es sich bestimmt zweimal, bevor man eine Ansprache hielt, wenn man sie dreimal wiederholen musste. Trotzdem, wenn man ihn sonst in kurzer Hose mit seinen dämlichen Kniestrümpfen über das Schiff stolzieren sah, hatte man das Gefühl das morgendliche Wecken und das Ankündigen von Gratisdrinks seien seine einzige Lebensaufgabe.

Doch an diesem Abend hatte er etwas mehr zu sagen. »Sie haben heute die Darwin-Forschungsstation besucht und nun kennen Sie das Geheimnis. Die ›M/V Santiago‹ hat die große Ehre einen Forscher wie Diego Alvarado an Bord zu haben. Wie wäre es mit einem kleinen Applaus?«

Natürlich applaudierten wir in drei verschiedenen Gruppen, was ziemlich viel Zeit in Anspruch nahm, aber Diego war noch immer nicht aufgetaucht, um sich höflich zu verbeugen. Der Kapitän sah sich suchend nach ihm um. Noah schnaubte abfällig. Er machte aus seiner Abneigung gegen Diego kein Geheimnis.

Der Kapitän war noch nicht am Ende – hierfür hätte er sich den Pulitzerpreis für Übersetzungen verdient. »Nächsten Freitag sind Sie alle herzlich zu den Feierlichkeiten anlässlich der Rückführung der verwaisten Schildkröten von Casanova auf ihre Heimatinsel eingeladen. Nach dem Festakt findet eine Fiesta auf dem Schiff statt.«

Diese Ankündigung wurde mit lautem Jubelgeschrei aufgenommen, ehe sich die Menge für den Gratisdrink an der Bar anstellte.
»Wollen wir 'ne Minute rausgehen und frische Luft schnappen?«, fragte Noah.
Ich hätte mich dafür ohrfeigen können, dass ich das dumpfe Gefühl hatte, sogar Hand in Hand mit ihm über die Reling zu springen, falls er es vorschlagen sollte.
»Okay«, sagte ich jedoch so cool, als wäre es etwas Alltägliches.
Kaum hatten wir die Bar verlassen, da hörten wir auch schon Stimmen vom Oberdeck. Es war zu dunkel, um zu sehen, wer dort stand, aber die Frau war hörbar sauer.
»Warum musst du morgen Abend unbedingt auf dem Schiff bleiben?«, fragte sie.
»Ich habe es dir schon gesagt. Ich bin für die Dienstpläne der Crew nächste Woche verantwortlich und muss sie endlich aufstellen«, antwortete der Mann.
»Kannst du sie nicht heute Abend machen? Dann kannst du mich begleiten. Lourdes gibt eine Party. Wie oft sind wir schon auf Santa Cruz, wenn eine meiner Bekannten hier ein Fest feiert?«
»Sofia, es tut mir Leid. Nicht dieses Mal. Ich kann nicht.«
Sofia! Ich starrte Noah an.
»Dein Liebling, Diego«, flüsterte er. »Mit seiner Freundin.«
Mir war klar, dass wir am besten schnell wieder hineingegangen wären.
Noah war drauf und dran, aber ich hielt ihn am Arm fest.
»Warte!«, zischte ich.
»Wir belauschen andere Leute.«

»Du und deine gute Erziehung«, flüsterte ich. »Betrachte es einfach als Forschungsarbeit an der eigenen Spezies.«
Er seufzte, blieb jedoch bei mir.
Sofia redete nicht lange um den heißen Brei herum. »Diego, was ist nur mit dir los? Du hast die ganze Woche kaum mit mir gesprochen! Möchtest du Schluss machen? Ist es das?«
»Natürlich nicht, Sofia. Das ist lächerlich!«
»Glaub bloß nicht, ich würde dich daran hindern! Wenn ich allein zu der Party gehe, werden sicher genügend Männer da sein, die mich wie Moskitos umschwirren. Ich brauche dich nicht, um –«
»Sofia, bitte! Quäl mich nicht so. Du weißt, dass ich dich liebe.« Diego hörte sich so verzweifelt an wie Harrison Harding vor ein paar Monaten, als Dina Knight ihn in meiner Lieblingsseifenoper »Es gibt immer ein Morgen« verließ, eine Sendung, von der ich niemals zugeben würde, dass ich sie regelmäßig anschaue. Als ich nun im Dunkeln jemanden so etwas sagen hörte, in Wirklichkeit und in unmittelbarer Nähe zu Noah, musste ich mich höllisch zusammenreißen, um nicht gleich halb ohnmächtig zu Boden zu sinken.
»Pfff«, schnaubte Sofia. »Ihr Männer glaubt, ihr braucht nur ›Ich liebe dich‹ zu sagen und schon fallen alle Frauen vor euch auf die Knie.«
Auf mich würde es zutreffen, überlegte ich, denn meine Gummiknie drohten jeden Augenblick unter mir nachzugeben.
Noah kicherte. »Gut so, Sofia, gib's ihm!«
»Er liebt sie. Begreifst du es nicht?«, flüsterte ich.
»Vertrau mir, Sofia, nur dieses eine Mal. Ich muss morgen Abend etwas Wichtiges erledigen. Geh zu der Party und amü-

siere dich, aber vergiss nicht, dass der Mann, der dich liebt, hier auf dem Schiff ist.«

»Richtig«, flüsterte Noah, »und falls du darauf hereinfällst, weiß ich eine hübsche kleine Wüste, in der es dir vielleicht gefallen wird.« Er drehte sich um und wollte gehen. »Ich habe genug gehört. Kommst du mit?«

Ich schüttelte den Kopf. »Unmöglich, ich muss das Ende noch mitbekommen.«

Kopfschüttelnd verschwand Noah wieder in der Bar. Meinetwegen! Ich jedoch wollte mir den Versöhnungskuss nicht entgehen lassen.

Sofia lachte ironisch. »Wer liebt mich? Kapitän Bolmeier? Oder meinst du den muskelbepackten jungen Amerikaner, der Schnorchelausrüstungen für eine ganze Armee dabeihat?«

»Du weißt, wen ich meine«, stieß Diego keuchend hervor und ich stellte mir vor, wie er sein Gesicht in ihrem Haar begrub. Das klatschende Geräusch war lauter, als ich mir eine Berührung von Fleisch zu Fleisch vorgestellt hatte.

»Hältst du mich für blöd, Diego? Ich merke es, wenn ein Mann mich belügt! Du bleibst hier und ich gehe zu der Party. Aber bilde dir ja nicht ein, dass du mich jemals wieder küssen wirst! Zwischen uns ist es aus!«

»Sofia!«, rief er entsetzt.

Blitzschnell zog ich mich hinter einen Pfosten in die Dunkelheit zurück. Sofia stapfte wütend die Treppe herunter und verschwand im Inneren des Schiffsbauches. Ich schüttelte den Kopf. Heute war nicht die Nacht, in der ich etwas über die Liebe erfahren würde.

9 | NOAH

Diese Cat hat vielleicht Nerven! Steht einfach da und belauscht fremde Leute beim Streiten. Ich gebe zu, dass es ein paar Minuten lang recht interessant war, aber hat sie noch nie etwas von Privatsphäre gehört? Julie Latham oder ein anderes Mädchen aus meiner Klasse hätten in dieser Situation ganz anders reagiert. Sie würden sagen: »Iiiih, wie ordinär!«, als ob etwas Romantisches zum Schreien wäre. Und sie würden eine Grimasse schneiden, als hätten sie gerade in eine Zitrone gebissen.

Für den Ausflug ins Hochland von Santa Cruz hatte Cat ihre gesamte Kameraausrüstung mitgeschleppt. Fotografieren schien für sie das Wichtigste auf der Welt zu sein.

Nachdem wir mit dem Panga zum Hafen gefahren waren, stiegen wir in museumsreife blaue Busse, die während der einstündigen Fahrt ins Hochland ununterbrochen schwarze Rauchwolken ausstießen. Sobald wir Puerto Ayora verlassen hatten, war die Straße leer, mit Ausnahme einiger weniger Lieferwagen, einem Reiter und ein paar Kindern am Straßenrand. Der Teil des Landes, der bebaut war, war üppig grün.

Ich stellte mir vor, wie es wäre, hier aufzuwachsen. Sicher und behütet. Man könnte sich rücklings in das weiche Gras fallen lassen wie ein Kind, das Schneeengel macht. Man würde glücklich sein, ohne zu wissen, was Schnee ist.

Schließlich hielten die Busse auf einem großen, freien Platz an. Hier begann der Fußweg zu den Kratern. Es regnete tatsächlich und ich wünschte mir, ich hätte mehr als nur ein T-Shirt angezogen. Aber der Regen war so fein, dass man nicht wirklich nass wurde, nur feucht. Nicht unangenehm nach der brütenden Hitze auf den flacheren Inseln.
Auf dem Trampelpfad hatte man das Gefühl im Regenwald zu sein. Überall wuchsen alle möglichen exotischen Pflanzen und Farne. Von den Bäumen hingen bemooste Kletterpflanzen herab. Cat hielt Ausschau nach einem Vogel namens Fliegenschnäpper, deshalb blieb sie in Diegos Nähe. Auf diese Weise hoffte sie ein solches Exemplar als Erste zu Gesicht zu bekommen, wie sie mir erklärt hatte, aber ich wette, ihr wäre jede Ausrede recht gewesen, um nahe bei unserem furchtlosen Führer zu sein. Besonders jetzt, wo sie wusste, dass seine Freundin mit ihm Schluss gemacht hatte.
Ich blieb am Ende der Gruppe und aus den Ooohs und Aaahs schloss ich, dass die Ersten das gesuchte Objekt inzwischen erspäht hatten. Doch bis der Letzte von uns oben angelangt war, war kein kleiner zinnoberroter Vogel mehr zu sehen. Als ich mich an den Kratern zu Cat stellte, war sie fuchsteufelswild.
»Verdammt! Ich hatte das falsche Objektiv aufgeschraubt! Kannst du dir das vorstellen? Ich bin viel zu blöd für diese Kamera.« Sie kochte vor Wut.
»Vielleicht siehst du noch einen auf dem Rückweg«, sagte ich.
»Nicht so einen. Ich habe die tollsten Aufnahmen gemacht und nun muss ich feststellen, dass ich das Weitwinkelobjektiv aufgeschraubt hatte!«

»Hey, es ist doch nur ein Vogel. Flipp nicht gleich aus. Außerdem, wenn du gerade das Weitwinkelobjektiv drauf hast, mach doch davon 'ne Aufnahme!« Vor uns lag ein riesiger Vulkankrater. Der Kessel war mit struppigen Bäumen bewachsen, die aussahen wie Broccolistiele, und über dem Krater lagen feine Nebelschwaden.

Cat schwieg und versank in den Anblick. »Du hast Recht«, sagte sie dann mit ruhiger Stimme. »Danke.«

Ich beobachtete sie, als sie auf dem Kraterrand hin- und herging, ihr Auge immer abwechselnd auf den Vulkan und den Sucher gerichtet. Ich fragte mich, woher sie wusste, wann sie das perfekte Bild vor sich hatte. Warum sie an einer bestimmten Stelle abdrückte und nicht an einer anderen. Aber ich begriff, dass sie nichts dem Zufall überließ. Sie war davon überzeugt, dass sie ganz einfach wusste, wann das Bild super werden würde. Es muss toll sein, sich einer Sache so sicher zu sein.

In der Zwischenzeit hielt Diego einen Vortrag über die Entstehung der Krater. Da ich schon einmal hier war, konnte ich genauso gut ihm zuhören, statt meine Zeit mit dem Videokameratypen zu verplempern. Das Zeug ist interessanter, wenn man die Hintergründe kennt.

»Früher war hier alles bis oben mit Lava bedeckt. Aber wegen der vulkanischen Aktivität unter der Oberfläche entstand ein Hohlraum, die Lavaschicht fiel in sich zusammen und es entstanden diese mehrere Hektar großen Krater.« Mann, oh Mann, der Kerl war heute wirklich etwas daneben. Seine Hände waren ständig in Aktion, mal spielten sie in den Hosentaschen, dann wieder wischte er sie an der Hose ab oder faltete sie auf dem Rücken – er konnte sie einfach nicht still halten.

Auf dem Rückmarsch durch den Wald konnte Cat zum Glück noch einen Fliegenschnäpper fotografieren, obwohl sie steif und fest behauptete, dass die Aufnahmen, die sie verpatzt hatte, mit Abstand besser gewesen seien. Ich sah den Vogel mit seiner leuchtend roten Brust, die auffällig gegen das Grüngrau der Bäume abstach, auch. Mehrere Minuten lang saß er auf einem Zweig direkt vor uns, neigte den Kopf mal nach links, mal nach rechts, fast als wüsste er, dass er gerade Modell stand.

Komisch, wie sehr ich diesen Ausflug genoss. Ich hätte nie gedacht, dass ich mich für Vögel, Seelöwen, exotische Bäume oder gar vom Aussterben bedrohte Tiere interessiere. Aber es war irgendwie schön, hier zu sein. Das Panorama war nicht umwerfend, es war einfach so, wie es war – praktisch jungfräuliche Inseln voller Dinge, die ich nie zuvor gesehen und über die ich bisher nicht nachgedacht hatte.

Alles in meinem Leben veränderte sich. Ich wusste zu diesem Zeitpunkt zwar noch nicht, wie groß diese Veränderungen sein würden, aber bestimmt dass sie bedeutsam sein würden, spürte ich. Jetzt im Augenblick war ich an einem ruhigen Fleckchen Erde ganz für mich allein und überlegte, wie alles in der Welt zusammenpasste. Vielleicht war es gar nicht so dumm von Dad gewesen, mich hier nach Nirgendwo zu schicken. Ich hatte das Gefühl hierher zu gehören.

Auf einer Ranch auf halbem Weg zwischen der Anhöhe und dem Städtchen aßen wir zu Mittag. Diego nahm Sofia beiseite und versuchte sie zu einem gemeinsamen Spaziergang zu überreden. Ich sah, wie er auf den Weg deutete, aber sie fertigte ihn schnell ab. Gleich darauf schloss sie sich einer Gruppe an, die Volleyball spielte.

Der Nachmittag stand zur freien Verfügung. Wir konnten tun, wozu wir Lust hatten, durch das Städtchen spazieren, die Lavagänge besichtigen oder zurück zur Forschungsstation gehen. In Puerto Ayora gab es viele Läden und es sah ganz so aus, als würden die meisten Albatrosse und anderen Touristen darauf zusteuern.

»Gehst du einkaufen?«, fragte ich Cat. Vielleicht fanden wir das eine oder andere Souvenir.

»Nein, ich möchte noch ein paar Aufnahmen machen«, sagte sie, während ihre Augen ständig hin- und herschossen, als könne ihr eine tolle Aufnahme entgehen, wenn sie nicht ständig auf der Hut war.

»Du hast den ganzen Morgen fotografiert«, merkte ich vorsichtig an.

»Jetzt bin ich in Fahrt. Mit der Kamera, meine ich. Ich habe mich richtig schön eingeschossen.«

Ich gab es auf. »Okay, bis später dann.«

Die meisten der Geschäfte hatten sich auf T-Shirts spezialisiert. Da meine Mom alles hat, was sie braucht, kaufte ich ihr ein T-Shirt mit einer Seelöwenmutter und ihren Jungen. Ich wusste, dass sie sich über das Geschenk freuen würde, obwohl sie es vermutlich nie tragen wird. Für mich kaufte ich ein T-Shirt mit einem Albatros-Motiv; es schien irgendwie passend. Für meinen Dad wollte ich nichts kaufen – wozu brauchte er ein Geschenk? Er bekam ohnehin immer alles, was er haben wollte – aber dann ging ich noch mal zurück und kaufte ihm auch ein T-Shirt, eins mit einem Blaufußtölpel. Ich war richtig stolz auf mich.

In einem anderen Laden fand ich ein paar Postkarten, obwohl mir niemand einfiel, dem ich eine hätte schicken wollen. Vielleicht meiner Mutter? Aber bestimmt war ich längst zu Hause, bis die Karte ankam. Ich wählte Bilder, die mir persönlich gefielen, zur Erinnerung. Schließlich hatte ich keine Kamera.

Meine umfangreichen Einkäufe nahmen mich nur eine halbe Stunde lang in Anspruch. Ich musste immer noch jede Menge Zeit totschlagen. Henry war mit Miyoko vorbeispaziert, was vermutlich bedeutete, dass Sachiko und Tomoko allein waren und sich vielleicht über meine Gesellschaft freuen würden. Vielleicht konnte ich sie finden. Aber was dann? In einem Café sitzen und den ganzen Nachmittag Cola trinken? Außerdem erinnerten mich Sachiko und Tomoko an die Mädchen, mit denen ich zu Hause ausging. Es wäre ihnen völlig egal, wer ich bin – sie wollten einfach mit einem Jungen ausgehen.

Es ist mir peinlich, es zugeben zu müssen. So komisch sie auch ist, aber ich wollte den Nachmittag lieber mit Cat verbringen.

Also machte ich mich auf die Suche. Ich fragte mich, wo sie sein könnte. Sie war bestimmt nicht auf der Hauptstraße, hier waren zu viele Touristen und nicht genügend Atmosphäre. Vielleicht war sie zum Hafen gegangen, dort war einiges los, aber ich vermutete eher, dass sie einen neuen Weg eingeschlagen hatte, den sie noch nicht kannte. Ganz bestimmt. Ich bog von der Hauptstraße in eine staubige Gasse ab, die zwischen kleinen Häusern entlangführte. Tatsächlich, da saß sie, hinter einen Busch gekauert, und fotografierte in einem Hinterhof Hühner.

Ich konnte mir nicht vorstellen, dass es preisverdächtige Hühnerbilder werden würden, aber ich hatte mittlerweile begriffen, dass es nicht ratsam war, sie beim Fotografieren zu stören. Ich wartete, bis sie die Kamera vom Gesicht nahm.

»Hab ich dich gefunden!«, sagte ich.

Sie zuckte zusammen. »Oh, ich wusste nicht, dass du da bist.«

»Ich habe versucht zu erraten, wo du hingehen würdest, und ich hatte Recht.«

»Oh, wirklich? Wo würde ich hingehen?« Sie stemmte eine Hand in die Hüfte und kämmte sich mit der anderen die dicke Haarmähne aus dem Gesicht. Als sie so dastand und mich anfunkelte, sah sie einfach umwerfend aus.

»In einer Gasse wie dieser, in der es keine Touristen gibt. Zum trauten Tête-à-tête mit Hühnern.«

»Noah, falls du dich über mich lustig machen willst – das fände ich absolut nicht witzig.«

»Was?«

»Irgendwie ziehst du mich ständig damit auf, was für eine Landpomeranze ich bin.«

»Quatsch, das habe ich doch nicht gemeint . . .«

»Du hältst mich für eine Provinztussi, nur weil ich nicht jeden deutschen Dichter kenne –«

»Ich halte dich nicht für eine Provinztussi, verflixt noch mal. Was ist in dich gefahren? Hast du wieder mal ein falsches Objektiv aufgeschraubt?«

Sie starrte mich noch ein paar Sekunden lang feindselig an, doch dann verwandelte sich ihr Stirnrunzeln in ein Lächeln. »Meine Batterie ist am Ende. Ich habe eben eine großartige Aufnahme verpatzt . . .« Sie deutete auf die Hühner.

»Deine Batterie ist am Ende? Deine Batterie ist am Ende? Ich glaub, ich hör nicht richtig! Und deswegen fauchst du mich so an?«
Sie lachte und senkte den Kopf, wobei ihre Haare wie ein seidener Vorhang über ihr Gesicht fielen. »Tut mir Leid, aber wenn so etwas passiert . . .«
Ich machte einen Schritt auf sie zu, packte sie am Arm und schüttelte sie spielerisch. »Deine Batterie ist am Ende? Hast du das wirklich gesagt?«
Solchen Unfug, wie meine Mutter es nannte, machten wir zu Hause oft mit den Mädchen. Es gab uns Jungen eine Entschuldigung, die Mädchen anzufassen, und es war einfach ein Herumalbern. Die Mädchen kicherten und quietschten und versuchten wegzulaufen und wir Jungs rannten ihnen nach. Seit wir mit Mädchen Verabredungen haben, haben wir damit aufgehört, denn jetzt brauchen wir keine Entschuldigungen mehr, um sie zu berühren.
Ich hätte wissen müssen, dass Cat nicht zu dem kichernden Typ Mädchen gehört, der wegläuft. Stattdessen blickte sie mir direkt in die Augen, das strahlende Lächeln noch auf den Lippen. Ich vergaß völlig, dass ich von Mädchen nichts mehr wissen wollte, und war drauf und dran mich herunterzubeugen und sie zu küssen – Echt, ich wollte dieses verrückte Mädchen tatsächlich küssen! –, als mir plötzlich Vincent einfiel, ihre einzige, wahre Liebe.
Überstürzt ließ ich sie los und machte einen Schritt rückwärts. Wir waren beide schrecklich verlegen. Wie hätte sie reagiert, wenn ich sie geküsst hätte? Falls sie Vincent treu war, hätte ich mir einen spannenden Vortrag über ihren Herzallerliebs-

ten anhören müssen, und falls nicht, dann ... dann war sie nicht das Mädchen, in das ich mich verlieben könnte.

Sie griff nach ihrer Kameratasche. »Sollen wir ein Stück zusammen gehen?«, fragte sie fast schüchtern.

»In Ordnung.«

Etwa fünf Minuten lang fiel kein Wort und dann, weil ich an nichts anderes denken konnte, fragte ich sie über Vincent aus.

»Wie lange kennst du deinen Freund schon?«

»Wen?«

»Vincent. Hieß er nicht so?«

»Ach so, Vincent. Klar, lass mich überlegen. Ich kenne ihn schon ewig. Du weißt ja, ich wohne in einer Kleinstadt.«

Ich nickte. »Und seit wann geht ihr zusammen?«

»Hm, seit etwa zwei Jahren, würde ich sagen.«

»Wow. Ihr seid seit zwei Jahren zusammen? Tolle Leistung!«

»Hmm.« Sie wandte sich ab, um ein paar Kinder zu fotografieren, die mit Stöckchen im Schlamm spielten, aber sie schien nicht richtig konzentriert.

»Und, liebst du ihn? Glaubst du, ihr werdet für immer zusammenbleiben?«

»Hm, vielleicht. Wir sind ja noch recht jung.«

»Aber liebst du ihn?«

»Das hab ich dir doch schon gesagt, oder?« Manchmal regte sie sich schrecklich schnell auf.

Als wir weitergingen, sah ich eher zufällig eine vertraute Gestalt neben einer baufälligen Scheune abseits der Straße stehen. »Ist das nicht unser berühmter Reiseleiter?«, sagte ich erstaunt.

»Stimmt, es ist Diego. Mit wem redet er?«

»Kann man von hier aus nicht sehen.«

»Komm mit!« Cat kauerte sich vor den Zaun längs der Straße und kroch daran entlang, damit Diego sie nicht sehen konnte. Ich kam mir doof vor, als ich ihrem Beispiel folgte, aber was blieb mir anderes übrig? Wäre ich stehen geblieben, hätte er mich gesehen und dann wäre sie blamiert gewesen.

»Wozu soll das gut sein?«, fragte ich.

»Ich möchte wissen, was los ist.«

»Du bist eine Schnüfflerin!«

»Nein, ich bin nur neugierig.«

»Ha!«, schnaubte ich. »Neugier kann manchmal ganz schön unangenehme Konsequenzen haben.«

Aber sie ignorierte mich. Als wir näher kamen, konnten wir zwei Männer sehen.

»Das ist der Typ von der Forschungsstation, dieser André. Der Typ, mit dem Diego die verwaisten Schildkröten gefunden hat«, sagte Cat.

»Okay, jetzt wissen wir Bescheid. Verschwinden wir besser, bevor sie uns sehen!«

»Warte!« Cat hob ihre Kamera vor das Gesicht und stellte sie ein.

»Was hast du vor?«, fragte ich entsetzt.

»Ich habe noch kein gutes Bild von Diego. Das wird toll, mit der alten Scheune im Hintergrund. Ich nehme das Teleobjektiv . . .«

In diesem Augenblick drehte Diego sich um und blickte direkt zu uns herüber. »Hey! Wer ist da? Kommt raus da!« Er kam zu uns gelaufen, während André in der Scheune verschwand.

Cat und ich standen auf. »Hallo«, sagte ich betreten und kam mir vor wie ein Vollidiot.

»Wir sind's nur«, begann Cat. »Wir wollten Sie nicht erschrecken. Ich mache nur gerne Fotos, wenn die Leute sich unbeobachtet fühlen . . .«

»Warum willst du mich fotografieren? Spioniert ihr mir nach? Was habt ihr hier zu suchen? Alle Touristen sind in der Stadt!« Diego hatte Cats Arm gepackt und schüttelte sie recht unsanft.

»Das wissen wir. Ich wollte nur ein bisschen spazieren gehen. Aua!«

»Lassen Sie sie los«, sagte ich. »Wir haben nichts getan.«

Er ließ Cats Arm los, sah aber noch immer wütend aus. »Habt ihr unser Gespräch belauscht?«

»Nein«, sagte Cat. »Wirklich nicht. Wir haben uns nur angeschlichen, weil ich ein Foto von Ihnen schießen wollte.« Sie stand kurz davor, in Tränen auszubrechen, und mir war das Ganze schrecklich peinlich. Warum flippte der Kerl gleich so aus? Er sah doch, dass es Cat Leid tat.

»Wir hatten ein vertrauliches Gespräch«, sagte Diego und versuchte sich wieder zu beruhigen. »Ich mag es nicht, wenn man hinter mir herspioniert.«

»Wir haben nicht spioniert«, erklärte ich.

»Okay, ich glaube euch. Aber das nächste Mal erschreckt ihr keine harmlosen Mitbürger«, sagte er und versuchte ein Lächeln, damit wir ja nicht glauben sollten, er hätte Muffensausen bekommen.

»Tut mir wirklich Leid«, sagte Cat.

Mit einer Handbewegung gab er uns zu verstehen, dass wir

uns endlich verziehen sollten. Als wir wieder auf der Straße standen, zitterte Cat am ganzen Leib.

»Du meine Güte, ich hätte nie gedacht, dass er sich so aufregen würde«, sagte sie.

»Er hatte Panik. Dieser Kerl führt etwas im Schilde. Ich habe ihm von Anfang an nicht über den Weg getraut. Er ist immer so nervös. Und dann diese Lügen zu Sofia gestern Abend. Mit dem stimmt etwas nicht.«

Cat schüttelte den Kopf. »Manche Leute mögen es eben nicht, wenn man sie fotografiert«, sagte sie. »Ich hätte ihn erst fragen sollen.«

»Und packen sie dich dann auch am Arm und reißen ihn dir fast aus? Dieser André machte sich aus dem Staub, während Diego uns anschnauzte. Ich sage dir, die beiden haben etwas zu verbergen.«

»Aber Diego ist zu allen auf dem Schiff so nett . . .«

»Wenn es sich um jemand anderen handeln würde, würdest du dir tausend Fragen stellen. Du reagierst nur deshalb so, weil du in Diego verknallt bist.«

»Bin ich nicht!«, protestierte Cat. »Und schrei mich gefälligst nicht an!«

Es stimmte, ich hatte geschrien. Mann, oh Mann, zur Zeit regte ich mich wegen jeder Kleinigkeit auf. Es war, als lägen meine Nerven bloß oder so. Was für ein verkorkster Nachmittag! Als ich Cat kurz darauf den Kopf zuwandte, sah ich, dass sie leise weinte.

10 | CAT

Was für ein schrecklicher Tag! Ich hätte es schon am Morgen merken sollen, als ich die Aufnahme von dem Fliegenschnäpper verpatzte. Wenn das kein böses Omen gewesen war!

Oben am Krater machte ich ein paar gute Aufnahmen und auch später im Städtchen, bis meine Batterie zu Ende ging. Und als Noah dann ankam und sagte, er habe nach mir gesucht, dachte ich, dass es vielleicht doch noch ein toller Tag werden würde. Um ein Haar hätte er mich geküsst, ich schwöre es. Er stand kurz davor. Ich konnte nicht fassen, dass es passieren würde, und leider hatte ich Recht.

Danach löcherte er mich mit Fragen über Vincent. Ich hatte total vergessen, dass ich ihm die blödsinnige Lüge aufgetischt hatte, dass ich mit Vincent gehe. Warum habe ich das nur getan? Lügen sind nicht mein Ding; ich bin eine miserable Lügnerin. Aber wenn ich ihm nun die Wahrheit gesagt hätte, hätte er mich bestimmt für völlig blöd gehalten.

Ich sollte mir die Sache mit Noah aus dem Kopf schlagen. Nach dieser Reise sehen wir uns ohnehin nie mehr. Aber vergessen werde ich ihn nie. Einen Jungen wie ihn habe ich noch nie gekannt. Klar, er ist »hübsch«, wie Tomoko sagen würde, aber es ist noch mehr. Er denkt über Dinge nach. Zu jemandem wie ihm könnte ich Vertrauen haben.

Er hat gesehen, wie ich mich vor Diego blamiert und später deshalb geheult habe. Diego war schrecklich sauer und ich fühlte mich grässlich. Ich meine, ich mochte ihn wirklich. Aber Noah hat Recht – kein Mensch würde wegen eines läppischen Fotos so sauer reagieren. Ich wäre am liebsten im Erdboden versunken.
Der arme Noah. Er wusste zuerst nicht, was tun. Dann gab er mir sein Taschentuch. Ich habe noch nie einen Jungen gekannt, der ein Taschentuch bei sich hat.
»Hat er dir wehgetan?«, fragte Noah.
Ich schüttelte den Kopf, obwohl ich auf meinem Arm noch den Druck von Diegos Fingern spürte. »Alles okay. Achte einfach nicht auf mich.« Als ob dies möglich gewesen wäre.
Auf dem Rückweg in die Stadt legte Noah seine Hand auf meinen Rücken und streichelte ihn in kleinen Kreisen. Es fühlte sich so herrlich an, dass ich mir wünschte, er würde mich in die Arme nehmen und ewig festhalten. Aber das tat er nicht. Stattdessen dachte er sich alle möglichen und unmöglichen Theorien über Diego aus – zumindest hielt ich sie damals noch für unmöglich. Vielleicht ist er ein Spion im Auftrag der Regierung, mutmaßte Noah, oder ein Verbrecher, der Angst hat, dass seine wahre Identität aufgedeckt wird, oder ein untergetauchter Vater, der sich vor seinen Unterhaltszahlungen drückt. Klar, dass Noah an so etwas denken musste!
»Nicht übel«, sagte ich anerkennend. »Deine Phantasie hat zweifellos Fortschritte gemacht.« Ich bemühte mich krampfhaft mich zusammenzureißen und schnäuzte kräftig in sein Taschentuch. Ausgerechnet in diesem Moment wurden wir von einem zweifüßigen Torpedo namens Jeremy attackiert.

»Noah!«, krähte er begeistert, rannte mich fast um und stürmte auf ihn zu. »Ich habe dich von dahinten gesehen!« Er zeigte auf die Hauptstraße des Städtchens und seine Eltern, die ihm keuchend hinterhergelaufen kamen. Hastig versuchte ich mir die Tränen abzuwischen.

»Jeremy, ich habe dir gesagt, dass du nicht einfach davonrennen darfst!«, schimpfte Mr McNuff.

»Du hast deinen großen Freund gesehen, nicht wahr?«, sagte Mrs McNuff besänftigend.

»Was ist mit der los?«, fragte Jeremy Noah und zeigte auf mein sicher gerötetes und fleckiges Gesicht.

»Oh, hm«, stotterte Noah, »Cat hat . . . sich den Knöchel verstaucht. Sie ist weiter hinten in ein Loch in der Straße gestolpert.«

Prima Ausrede, dachte ich. Bravo, Noah.

»Oh, dann darfst du aber nicht mehr gehen!«, rief Mrs McNuff besorgt. »Setz dich hin. Ich bin Kinderärztin. Lass mich das Bein sehen.«

»Es geht schon viel besser«, sagte ich. »Ich glaube –«

»Du darfst kein Risiko eingehen, mein Kind, besonders jetzt, wo wir noch so viele Touren vor uns haben.«

Mir blieb keine andere Wahl. Ich setzte mich brav in den Straßenstaub, nicht weit vom Hühnerverschlag, dem Ort des ersehnten Kusses, den ich nie erhalten hatte. Ich hoffte nur, dass meine Eltern nicht zufällig vorbeikommen und die ganze Sache mit ansehen würden.

Mrs McNuff, oder besser gesagt Frau Doktor McNuff, machte sich an meinem Knöchel zu schaffen, verbog ihn und klopfte dagegen. Tut das weh? Tut dies weh? Wenn ich den Knöchel tatsächlich verstaucht hätte, hätte ich vor Schmerzen gebrüllt. Doch schließlich überzeugte ich sie davon, dass meine Schmerzen auf wundersame Weise verschwunden seien, und sie gab mein Bein wieder frei. Noah sah sich in der Zwischenzeit gezwungen Jeremy auf seinen Schultern reiten zu lassen, während Mr McNuff seinen gelangweilten, glasigen Blick über die Hühnerschar wandern ließ.

»Du hast Glück gehabt, Cat«, sagte Frau Dr. McNuff ernst. »Ein verstauchter Knöchel kann eine sehr schmerzhafte Angelegenheit sein. Ich an deiner Stelle würde das Bein heute nicht mehr belasten als unbedingt notwendig.«

Ich versicherte ihr, dass ich vorhatte das erste Panga zurück zur »Santiago« zu nehmen und mich für den Rest des Tages in meine Kabine zurückzuziehen. Dann hätte ich diesen scheußlichen Tag wenigstens so gut wie hinter mir. Wie hätte ich auch ahnen können, dass es noch schlimmer kommen würde?

Frau Dr. McNuff fuhr mit mir zusammen zurück und ließ Jeremy und Noah in der Obhut ihres Ehemannes zurück. Sobald sie meine Eltern traf, erzählte sie ihnen natürlich von meinem kleinen Unfall. Dann veranlasste sie, dass ich mein Abendessen in der Kabine serviert bekam, damit ich nicht in den Speisesaal gehen musste. Ich ließ alles ohne Widerrede über mich ergehen. Etwas Ruhe konnte mir nicht schaden.

»Du bist etwas bleich, Schatz«, sagte Mom. Mom und Dad saßen bei mir in der Kabine, als ich mein Abendessen verzehrte.

»Ich glaube, ich bin nur etwas erschöpft«, sagte ich mit einem tapferen Lächeln.

»So ein Unfall nimmt einen natürlich mit«, sagte Dad. »Am besten, du gehst früh zu Bett.«

»Vielleicht sollten wir bei den Landausflügen doch mehr auf dich achten. Ich weiß, du bist gern unabhängig, aber wenn wir bei dir gewesen wären . . .«

»Mom!« Ich geriet in Panik. Sie würden mir in den nächsten Tagen doch nicht ständig auf den Fersen sein, nur damit ich nicht mehr hinfiel? Das würde bedeuten, dass ich mich nie mehr in Ruhe mit Noah unterhalten könnte, geschweige denn jemals wieder eine Chance haben würde, doch noch von ihm geküsst zu werden. »Ist doch kein Weltuntergang«, versuchte ich sie zu beruhigen. »Außerdem war ich nicht allein, ich war mit Noah zusammen.«

»Trotzdem. Wir können von Glück sagen, dass Frau Dr. McNuff in der Nähe war.«

Oh ja, ein echter Glücksfall! »Leute, ihr könnt mich nicht jede Sekunde überwachen. Ihr interessiert euch für die Vogelwelt, ich fotografiere viel und . . . nun ja, wir haben andere Interessen.«

Mom lächelte. »Schön, dass du Noah hast.«

»Ich habe Noah nicht, Mom. Wir unterhalten uns bloß manchmal«, protestierte ich.

»Ich weiß«, sagte Mom nachsichtig. Himmel, manchmal tut sie fürchterlich mütterlich.

Danach zogen sie sich zurück, damit ich früh ins Bett gehen konnte, aber natürlich konnte ich nicht einschlafen. Ich wälzte mich von einer Seite auf die andere, machte das Licht an, um zu lesen, war aber viel zu unruhig, um mich konzentrieren zu können. Irgendwann muss ich eingeschlummert sein,

denn mit einem Mal war ich hellwach und hatte das Gefühl nie mehr einschlafen zu können.
Schließlich stand ich auf, zog eine Strickjacke und dicke Socken an und nahm meine Decke mit, weil ich mich an Deck setzen wollte. Vielleicht konnte ich dort oben ein bisschen dösen und den Sonnenaufgang beobachten. Wäre das nicht ein viel versprechender Tagesanfang?
Es muss zwei oder drei Uhr gewesen sein. Kein Geräusch war zu hören und nur die Lampen über den Stufen waren beleuchtet. Leise tappte ich über das dunkle Oberdeck. Und gerade als ich es mir auf einem Liegestuhl bequem machen wollte, hörte ich Stimmen, verhaltenes Flüstern, das vom Unterdeck zu kommen schien.
Ich schlich an die Reling, um die Stimmen besser hören zu können. Sie schienen jetzt aus dem Wasser zu kommen oder vielleicht von einem Panga, das an der Laderampe hinten am Schiff angebunden war.
Es waren eindeutig Männer, aber sie sprachen so leise, dass ich nichts verstehen konnte. Zuerst wusste ich nicht einmal, um welche Sprache es sich handelte, aber dann wurde mir klar, dass es Spanisch war. Sie ächzten und stöhnten, als würden sie etwas Schweres schleppen. Ich versuchte zu sehen, was es war, aber meine Augen hatten sich noch nicht an die Dunkelheit gewöhnt.
An der Wand direkt unterhalb von mir, über der Treppe, die zu den Kabinen der Crew führte, hing eine kleine Lampe, aber beide Männer hielten die Köpfe gesenkt, als sie vorbeikamen. Ich sah nur dunkle Gestalten.
Nach etwa einer Minute kamen sie wieder herauf und müh-

ten sich mit einem neuen Gegenstand ab. Ich vermutete, dass sie etwas aus dem Panga luden, da an dieser Stelle ein Plätschern im Wasser zu hören war. Ich kniff die Augen zusammen, um die Männer sehen zu können, als sie wieder unter der Lampe vorbeigingen.

Für etwa eine Sekunde sah ich sie beide, ihre Gesichter waren angespannt, weil die Last, die sie trugen, vermutlich schwer war. Es waren André, der Forscher von der Darwin-Station, und Diego. Was machten sie hier mitten in der Nacht? Ich beobachtete sie, wie sie das Manöver ein weiteres Mal wiederholten, doch auch dieses Mal konnte ich nicht erkennen, was sie schleppten. Mit Sicherheit war es etwas Großes, Schweres. Sie schienen jetzt noch nervöser zu sein, ihre Stimmen wurden lauter und ihre Schritte schneller. Als sie jetzt etwas aus dem Panga holten, beugte ich mich vor, so weit ich mich traute, und als sie unter der Lampe vorbeigingen, sah ich, was sie schleppten.

In diesem Augenblick begriff ich, dass Noah Recht gehabt hatte. Ich musste es ihm erzählen! Wir mussten gemeinsam überlegen, was zu tun war!

Zuerst wusste ich nicht, welche Kabine er hatte, doch dann fiel mir ein, aus welcher Kabine ich ihn hatte kommen sehen, damals, als er fast zu spät zum Panga gekommen war. Es war eine Außenkabine auf dem zweiten Deck gewesen. Und es war nicht auf der Seite gewesen, auf der wir immer ins Panga stiegen. Diego und André würden mich nicht hören. Ich rannte los.

»Noah!«, flüsterte ich, so laut ich mich traute, und klopfte an die Tür. Ich hoffte inständig, dass es die richtige Kabine war.

In dem Zustand, in dem ich mich befand, hätte ich es jedem x-Beliebigen erzählt, der mir die Tür öffnete. »Noah!« Ich klopfte etwas lauter.

Endlich wurde die Tür geöffnet. Vor mir stand ein zerzauster, verschlafener Noah in einem T-Shirt und mit Boxershorts.

»Cat? Was ist los? Es ist mitten in der Nacht!«

»Ich muss dich sprechen! Sofort! Es ist ein Notfall!«

»Henry ist hier«, sagte er und strich sich schlaftrunken die Haare aus den Augen.

»Dann komm mit mir! Bitte!«

»Okay, eine Sekunde. Ich muss mir schnell etwas überziehen.« Er schob die Tür ein Stück zu und ich stand wartend und zitternd davor. Als Noah herauskam, hatte er Jeans und eine Jacke an und Socken in der Hand.

»Warte, ich ziehe sie noch schnell an«, sagte er.

»Nein. Komm bitte sofort! Wir müssen uns beeilen! Aber sei unbedingt leise!« Auf Zehenspitzen schlichen wir uns auf das zweite Oberdeck und zum hinteren Ende des Schiffes. Hoffentlich war noch etwas zu sehen, damit Noah mir glaubte. Aber das Panga war spurlos verschwunden.

»Es war genau hier«, sagte ich und zeigte auf die Stelle. »Von hier aus habe ich alles gesehen.«

»Was?«

»Das Panga. Und André. Oh, Noah, du hattest Recht, was Diego betrifft. Er ist ein Verbrecher.«

»Cat, ich glaube, du hast schlecht geträumt . . .«

»Nein, ich habe nicht geträumt! Ich war auf dem Oberdeck und sah, wie sie sie aus einem Panga auf die ›Santiago‹ brachten. André muss sie mit einem Panga aus der Forschungsstation hierher gebracht haben und Diego hat auf ihn gewartet.«

»Was hat er aus der Station gebracht? Ich begreife gar nichts.«

»Die Schildkröten! Die vier verwaisten Schildkröten von der Insel Casanova! Sie haben sie gestohlen und jetzt befinden sie sich irgendwo auf diesem Schiff!«

Ich begann wieder zu zittern, als ich es laut aussprach, und höchstwahrscheinlich machte ich einen völlig bescheuerten Eindruck. Noah legte mir einen Arm um die Schultern, aber ich spürte es kaum.

»Cat, lass uns wieder hineingehen und in aller Ruhe darüber reden.«

»In mein Zimmer. Wir können in meine Kabine gehen«, sagte ich mit klappernden Zähnen und Noah führte mich hinunter. Er hatte noch immer den Arm um meine Schultern gelegt, als er sich neben mich auf das Bett setzte. »So, und jetzt erzähl mal der Reihe nach, was du glaubst gesehen zu haben.«

»Ich glaube nicht etwas gesehen zu haben, Noah. Ich weiß es. Ich habe es gesehen. Weißt du noch, wie verzweifelt Diego Sofia dazu überreden wollte, allein zu dieser Party zu gehen, während er hier auf dem Schiff bleiben wollte. Jetzt kennen wir den Grund!«

»Hast du die Schildkröten wirklich gesehen?«

»Eine von ihnen, die letzte. Aber sie schleppten vier Sachen – das weiß ich, weil sie viermal hin- und hergingen. Und die, die ich gesehen habe, hatte auch die richtige Größe. Alle anderen Schildkröten in der Forschungsstation sind kleiner und dann gibt es noch die ganz großen, alten. Diese Schildkröten waren vier Jahre alt; darauf verwette ich meinen Kopf.«

Noah seufzte. »Hm, es ist nicht so, dass ich dir nicht glaube. Aber du erfindest ständig Geschichten – du liebst es, aus jeder Situation ein Riesendrama zu machen.«

Ich konnte es nicht fassen, dass Noah mir nicht glauben wollte! »Aber du hast doch selbst behauptet, dass Diego etwas im Schilde führt! Du hast gesagt, er sei ständig nervös und du würdest ihm nicht trauen. Heute Nachmittag hast du noch gesagt, dass du ihn für einen Verbrecher hältst!«

»Gut, aber zu dem Zeitpunkt stand ich massiv unter deinem Einfluss.« Noah stand auf und wollte durch meine Kabine schreiten, aber dafür war sie viel zu eng. »Ich meine, warum sollte Diego die Schildkröten stehlen, die er mal gerettet hat? Was könnte er mit ihnen vorhaben?«

»Ich weiß nicht. Vielleicht will er sie verkaufen, an einen Zoo oder so.«

»Damit käme er nie durch. Es würde ihn seinen Job kosten.«

»Er kommt doch schon damit durch. Niemand hat ihn gesehen, nur ich, und wenn selbst du mir nicht glaubst – wer dann?« Ich spürte, dass ich kurz davor stand, in Tränen auszubrechen, aber ich war viel zu sauer, um ihnen freien Lauf zu lassen.

Noah setzte sich wieder neben mich und nahm meine Hand. »Hast du wirklich Diego und André gesehen? Ihre Gesichter?«

»Ja, als sie unter der Lampe vorbeikamen, habe ich sie erkannt«, sagte ich.

»Und sie brachten vier Sachen auf das Schiff?«

»Ja, schwere Sachen. Sie ächzten und stöhnten.«

»Du hast eine davon gesehen und es war eine Schildkröte?«

»Ja, Noah. Ich weiß, was ich gesehen habe.«

»In Ordnung«, sagte er dann und blickte mir tief in die Augen. »Ich glaube dir.«

Ich konnte nichts dagegen tun; ich begann zu heulen. Da nahm Noah mich in seine Arme, hielt mich fest und ließ mich weinen wie ein kleines Kind. Ich habe sein ganzes T-Shirt nass gemacht. Wie sehr hatte ich mir gewünscht von ihm im Arm gehalten zu werden, aber leider fühlte ich mich viel zu elend, um es zu genießen. Wenn ich es doch nur an einem anderen Tag noch mal versuchen könnte!

11 NOAH

Was für eine Nacht! Es muss gegen fünf Uhr morgens gewesen sein, als Cat sich wieder einigermaßen beruhigt hatte. Sie war so erschöpft, dass sie ihren Eltern einen Zettel an die Tür hängte, auf dem stand, dass sie wegen ihres Knöchels die ganze Nacht nicht schlafen konnte und deshalb heute Morgen auf den Inselausflug verzichtete, um ausschlafen zu können.

Ich konnte mich des Gefühls nicht erwehren, dass ihr das Schicksal der entführten Schildkröten weniger zu schaffen machte als die Tatsache, dass Diego nicht der tolle Hecht war, für den sie ihn gehalten hatte – der heldenhafte Retter der Schildkröten. Ich ließ sie nur ungern allein, aber ich wollte nicht riskieren mit ihren Eltern zusammenzustoßen, wenn ich frühmorgens aus ihrer Kabine schlich.

Es war mir natürlich unmöglich, wieder schlafen zu gehen. Ich setzte mich an Deck und sah die Sonne aufgehen – ich »spürte« sie förmlich aufgehen, da die Temperatur gleichzeitig mit ihr anstieg. Und dauernd fragte ich mich, warum Diego etwas so Verrücktes tun sollte.

Ich konnte mich nicht auf mein Frühstück konzentrieren, so viele Gedanken schossen mir durch den Kopf. Die Französin, von der Cat gesprochen hatte, saß mir gegenüber und machte mich darauf aufmerksam, dass ich eine Kaffeetasse

mit Cornflakes und eine Schüssel mit Toast vor mir stehen hatte.
»Ich sehe vor mir einen jungen Mann, der in Gedanken ganz woanders ist«, sagte sie mit einem verschmitzten Lächeln.
»Da haben Sie Recht«, gab ich zu.
»Denkt er etwa an meine kleine Freundin Cat? Ein süßes Mädchen, finden Sie nicht auch?«
»Ja, sie ist nett«, antwortete ich. Hatte diese Tussi nichts Besseres zu tun als zu versuchen sämtliche ungebundenen Passagiere zu verkuppeln?
Sie machte eine wegwerfende Handbewegung. »Nett ist nicht der richtige Ausdruck. Sie hat ein Auge auf Sie geworfen, junger Mann. Ich nehme an, Sie sind noch zu jung, um es zu merken.«
»Ich bin etwas müde heute Morgen«, sagte ich. »Ich merke ohnehin kaum etwas.« Hoffentlich hatte sie den Wink verstanden.
Offensichtlich ja. Sie erhob sich, die Kaffeetasse in der Hand, und rief mit lauter Stimme: »Männer! Ich werde sie nie verstehen!« Und dann schritt sie endlich von dannen, während ich wie ein begossener Pudel dasaß und der ganze Speisesaal mich anstarrte und überlegte, was ich dieser armen Frau angetan hatte, die dem Alter nach gut meine Mutter hätte sein können.
Henry stellte seine Kaffeetasse schwungvoll neben mir ab. Jeder musste heute Morgen Krach machen. »Hey, Kumpel, wieso bist du mitten in der Nacht verschwunden?« Grinsend zwinkerte er mir zu. »Als ob ich es nicht wüsste!«

»Henry«, sagte ich ungehalten, »du weißt es nicht, also zieh keine falschen Schlüsse.«
»Ach so? Als ob du nicht Tag und Nacht mit diesem Mädchen zusammenstecken würdest. Ich hab dir gleich gesagt, dass sie was für dich ist.«
»Sie ist nicht ›was‹ für mich, Henry. Sie ist nett, okay? Ich mag sie, das ist alles. Und nach nächster Woche sehen wir uns sowieso nie mehr.«
Henry zuckte mit den Schultern. »Das ist nicht unbedingt gesagt. Du könntest, wenn du wolltest.«
Ich drehte den Spieß um. »Und wie läuft's mit dir und Miyoko?«, fragte ich süffisant.
Er schnitt eine Grimasse und ließ seine Blicke durch den Speisesaal schweifen. »Ich versuche unsere Beziehung etwas abkühlen zu lassen. Es ist nicht so einfach, zwei Wochen auf einem Schiff zusammengesperrt zu sein. Ich meine, ich mag sie ganz gern, aber man läuft sich ständig über den Weg. Wie du selbst gesagt hast, bin ich eben wie Dad. Ich bin kein Mann für nur eine Frau.«
»Glaubst du, diesen Stempel trägst du schon seit deiner Geburt? ›Kein Mann für nur eine Frau‹. Hältst du es für ausgeschlossen, dass du dich eines Tages so richtig verliebst und mit dieser Frau für immer zusammenbleiben möchtest?«
»Mein Bruder, der große Romantiker«, sagte Henry spöttisch.
»Ich meine es so, wie ich es sage«, versicherte ich ihm. »Ich glaube, Miyoko mag dich wirklich. Cat ist übrigens auch davon überzeugt. Die Art, wie sie dich anschaut, besagt deutlich, dass sie nicht nur ihren Spaß mit dir haben möchte. Ich glaube, sie meint es ernst.«

»Meinst du wirklich? Ein schrecklicher Gedanke.« Nachdenklich kaute Henry seinen Toast. »Vielleicht sollte ich mich für 'ne Weile von ihr fern halten.«

»Warum? Verflixt, du bist erwachsen. Warum willst du es nicht zulassen, dass du dich verliebst? Du machst immer einen Rückzieher!«

»Brüll nicht so laut, Noah, verdammt noch mal!«, zischte Henry, ehe er leise fortfuhr: »Schau, es ist nicht so einfach, wie du denkst. Frauen . . . erwarten immer etwas von einem.«

»Zum Beispiel?«

Henry überlegte. »Nun, zum Beispiel so verpflichtendes Zeug wie Verlobung, Ehe oder so.«

»Und was hast du gegen Verpflichtungen?« Ich seufzte. »Entschuldige, Henry. Ich sage doch nicht, dass du Miyoko heiraten sollst oder so. Ich werde bloß wütend, wenn ich sehe, dass du denkst, Dad hätte für alles die richtige Lösung gefunden. Vielleicht hat Dad nie wirklich geliebt.«

»Tja, wer weiß?«, sagte Henry und klopfte mir auf die Schulter. »Aber wollen wir uns heute nicht den Kopf über Dad zerbrechen. Er kommt immer mit heiler Haut davon. Hör mal, ich verziehe mich lieber, bevor Miyoko auftaucht. Bis später!«

Wir waren eine kleine und ungewohnt ruhige Gruppe im Panga. Die Flitterwöchner schwiegen sich an. Henry war buchstäblich im letzten Moment gekommen, wodurch er es geschafft hatte, weit weg von Miyoko zu sitzen, die ihn immer wieder mit traurigen Blicken streifte. Jeremy hatte Schnupfen, weshalb seine medizinisch bewanderte Mutter heute Morgen mit ihm auf dem Schiff geblieben war. Diego – dieser Mistkerl – stand vorne im Boot und unterdrückte ein Gähnen nach dem anderen. Und natürlich fehlte Cat.

Komischerweise war sie trotzdem irgendwie da.

Sobald wir aus dem Panga stiegen, fielen mir die Meerechsen auf – sie lagen so zahlreich auf den Felsen wie Ziegel auf einem Hausdach. Erst wenn man ganz nahe war, bemerkte man, dass sie übereinander lagen. Und sie waren nicht alle schwarz wie die Meerechsen, die wir auf den anderen Inseln gesehen hatten – sie hatten auf der Seite rote und auf dem Rücken grüne Flecken. Recht lustlos erklärte Diego, dass diese Art nur auf Española vorkam, woraufhin alle sofort ihre Kamera zückten.

Verflixt! Cat verpasste sie!

»Henry!«, rief ich und rannte ihm hinterher. »Hast du einen Fotoapparat dabei?«

»Einen Fotoapparat? Ja, ich glaube, ich habe einen im Rucksack.« Er lachte, während er seinen Rucksack durchwühlte, den er schon die ganze Woche brav mit sich herumtrug. »Clara hat mir ihre Kamera mitgegeben, aber ich habe sie noch nicht einmal herausgenommen. Ich bin kein großer Fotograf.« Schließlich hatte er den Fotoapparat gefunden und reichte ihn mir.

»Wie funktioniert die Kamera?«

»Ich glaube, es geht alles automatisch. Einfach zielen und abdrücken. Ein Film ist drin. Aber wieso willst du auf einmal fotografieren?«

Ich zuckte mit den Schultern. »Mir gefallen diese Echsen. Ist witzig, wie sie alle übereinander liegen.«

Henry schüttelte den Kopf und ging weiter. Ich bemerkte, dass Miyoko sich von ihm fern hielt. Offenbar hatte sie begriffen.

Als ich durch den Sucher auf die Meerechsen blickte, wurde mir plötzlich klar, was Cat gemeint hatte. Indem man einen Rahmen um eine Szene stellte, veränderte man sie. Uninteressante Details ließ man weg. Man musste sich überlegen, was interessant war. Sollen sich ihre stacheligen Rücken vom Sand im Hintergrund abzeichnen oder will man sie so fotografieren, dass sie einen anschauen? Soll nur eine einzige Meerechse aufs Bild oder ein paar? Jede Entscheidung hatte ihre Gründe. Man hatte die Kontrolle über das, was als fertiges Bild herauskommen würde. Fotografieren gab mir das Gefühl das Leben zu organisieren oder zumindest einen kleinen Teil davon.

Es war erstaunlich. Als ich genügend Echsenbilder geschossen hatte, fotografierte ich Seelöwen, dann ein paar Blaufußtölpel, natürlich einen Galapagos-Falken und dann – wie schade, dass Cat gerade dies verpasste! – die Albatrosse.

Albatrosse hatte ich mir immer als große, plumpe Vögel vorgestellt, die Unglück bringen. Aber diese Vögel waren wunderschön. Sie hatten lange, gebogene gelbe Schnäbel, flaumige weiße Köpfe und richtig würdevolle Hälse. Diego zeigte auf ein Pärchen in unserer Nähe, das mit den Schnäbeln in rhythmischem Takt ein ausgeklügeltes Fechtritual zelebrierte.

»Es handelt sich um das Balzritual. Diese beiden Albatrosse werden sich für ein Leben lang zusammentun. Wenn die Brutsaison vorüber ist, fliegt vielleicht jeder in eine andere Richtung, aber im folgenden Frühjahr werden sie sich wieder hier auf dieser kleinen Insel treffen.«

Ich fotografierte wie besessen. Bald schon musste ich mir von Henry einen neuen Film geben lassen. Ich war so in das

Fotografieren vertieft, dass Diego mir zurufen musste, ich solle endlich der Gruppe folgen. Aber von einem Lügner wie ihm ließ ich mir natürlich nicht sagen, was ich zu tun hatte. Ich machte Fotos für Cat; obwohl meine ganz bestimmt nicht annähernd so gut werden würden wie ihre. Aber trotzdem würde sie dank mir Bilder von Albatrossen zu sehen bekommen, die sich für ein ganzes Leben zusammenfanden.

Als wir auf die ›Santiago‹ zurückkehrten, war ich hundemüde. Ich aß kurz zu Mittag und ging in die Kabine, um mich auszuruhen. Eine Gruppe wollte schnorcheln gehen, aber darauf konnte ich verzichten.

Als an meine Tür geklopft wurde, sprang ich auf. Ich wusste, wer es war.

»Hallo«, begrüßte sie mich. »Hast du geschlafen?«

»Ist schon in Ordnung. Komm herein.«

»Warst du heute Morgen auf Española?«, fragte sie, während sie sich auf dem Fußende von Henrys Bett niederließ.

»Ja, ich habe Bilder für dich gemacht.« Herrje, ich hatte das Gefühl rot zu werden. Dabei werde ich nie rot.

»Tatsächlich? Was hast du fotografiert?«

»Diese Vögel, die Albatrosse –«

»Was? Ich habe die Albatrosse verpasst? Wie sahen sie aus?« Vor Aufregung legte sie ihre Hand auf mein Knie, aber sie bemerkte wahrscheinlich nicht einmal, dass sie es tat. Ich schon.

»Es sind die schönsten Vögel, die ich je gesehen habe. Groß und weiß und elegant mit gekrümmten gelben Schnäbeln. Sie standen immer paarweise zusammen, wie Salz- und Pfefferstreuer oder so. Ich hatte das Gefühl Dinge zu sehen, die noch nie ein Mensch gesehen hatte. Zum Beispiel, wie die Welt funktioniert, verstehst du, was ich meine?«

Sie nickte. »Als ob man der erste Mensch auf Erden wäre. Dieses Gefühl habe ich schon die ganze Woche.«

»Ich wollte wirklich gute Bilder für dich schießen, aber sicher werden sie nicht halb so gut wie deine . . .«

Sie lächelte, aber es gab etwas, was die Albatrosse rasch aus ihrem Kopf verdrängte. »Noah, ich habe einen Plan. Nichts Großartiges, aber das Einzige, was wir tun können.«

»Was?«

Sie öffnete ihre Gürteltasche und zog allerhand Gemüse hervor: Kopfsalatblätter, Karotten, Sellerie und Radieschen. »Ich bat Mom mir das Mittagessen in die Kabine zu bringen. Ich weiß, dass Schildkröten Kakteen fressen, aber woher einen Kaktus nehmen? Ich habe mir überlegt, dass wir heute Abend, wenn alle beim Essen sind, heimlich zu den Kabinen der Crew schleichen und etwas Futter unter jeder Tür durchschieben. Ich habe keine Ahnung, ob es klappt, aber vielleicht können wir auf diese Weise herausfinden, wo die Schildkröten eingesperrt sind.«

»Okay. Aber wozu soll das gut sein?«

Sie blickte mir tief in die Augen. »Damit du siehst, dass ich nicht übergeschnappt bin, dazu ist es gut.«

»Cat, ich habe doch schon gesagt, dass ich dir glaube.«

»Stimmt, du hast es gesagt. Und ich weiß es zu schätzen. Aber ich will, dass du davon überzeugt bist. Okay?«

Wie hätte ich da Nein sagen können? Und so warteten wir um sieben in der Nähe der Treppe zu den Crew-Kabinen und unterhielten uns angeregt über die hochkomplizierte Technik der Janus XR15. Der Kapitän war bereits im Speisesaal, ebenso Esther, die den Souvenirladen führte. Georg und Annie kamen gemeinsam die Stufen herauf. Dann kam Sofia mit ihrem üblichen überheblichen Blick.

Cat sprach sie an. »Entschuldigen Sie. Wir hätten eine Frage zu den Riesenschildkröten und wollten Sie fragen, ob Sie uns weiterhelfen können?« Das war nicht geplant. Bei Cat wusste man nie, was ihr als Nächstes in den Sinn kam.

»Wenn ich kann, gerne«, erwiderte Sofia kühl.

»Gibt es irgendwo Zoos, die Riesenschildkröten haben? Ich meine, könnte man eine Galapagos-Schildkröte an einen Zoo verkaufen?«

»Nein!«, sagte Sofia mit Entschiedenheit. »Diese Tiere stehen unter Artenschutz. Endlich. Früher wurden sie gelegentlich an Zoos verkauft, aber diese Zeiten sind vorbei. Wir lassen es nicht mehr zu, dass sie ihre Heimatinseln verlassen müssen.« Unter Sofias durchdringendem Blick kam man sich wie ein Verbrecher vor. Aber das war verständlich. Zu ihrem Job gehörte es, die Inselwelt zu schützen, und dann musste sie jeden Tag Horden dämlicher Touristen herumführen, die sich vermutlich mit Schildkröteneiern voll stopfen würden, wenn man es ihnen nicht ausdrücklich untersagte.

»Eines ist sicher«, sagte ich, als Sofia weitergegangen war, »sie weiß von nichts. Ich wette, dass sie seine Kabine nicht mehr betreten darf.«

»Und ich wette, dass sie null Wert darauf legen würde. Sie gehört nicht zu den Leuten, die leicht verzeihen können. Und wenn sie erfährt, dass er Schildkröten an Zoos verkauft, dreht sie ihm wahrscheinlich den Hals um.«

»Noch können wir nichts beweisen«, gab ich zu bedenken.
»Was sollte er sonst mit ihnen vorhaben?«, fragte Cat.
Ich wusste keine Antwort.
Nach weiteren fünf Minuten tauchte Diego auf. Er wirkte etwas zerknittert in seiner weißen Dinneruniform und nickte uns zu. Ich – ganz der erfahrene Spion von Welt – lächelte zurück, aber Cat konnte sich gerade so weit beherrschen ihm nicht ins Gesicht zu spucken. Sobald er außer Sicht war, schlichen wir die Treppe hinunter. Es gab sechs Türen und sechs Personen waren eben zum Essen gegangen, weshalb wir uns ziemlich sicher fühlten. Die Panga-Fahrer waren auf der anderen Seite des Schiffes untergebracht.
Wir schoben ein paar Kopfsalatblätter und Karottenstückchen unter der ersten Tür durch und lauschten angestrengt. Nichts! Ich wünschte, wir hätten gewusst, auf welche Geräusche wir warteten – Schildkröten sind schließlich sehr stille Zeitgenossen. Vielleicht würde man gar nichts hören. Und wer weiß, vielleicht mochten sie weder Kopfsalat noch Karotten.
Ich schnappte mir Cats Tasche, ging den Gang entlang und schob Gemüsestückchen und Kopfsalatblätter unter jeder Tür durch. Beiläufig kam mir der Gedanke, dass wir ziemlich bescheuert dastehen würden, wenn wir jemandem, der zufällig die Treppe herunterkam, unser Verhalten erklären müssten. Nachdem die Leckereien verteilt waren, schlichen wir uns von Tür zu Tür und lauschten. Nichts.
»Cat, ich glaube, man kann sie gar nicht hören«, flüsterte ich. »Du musst mir nichts beweisen.«
»Gib nicht gleich auf! Sie müssen doch irgendein Geräusch

machen. Man sollte doch meinen, dass man hört, wie sie sich bewegen«, flüsterte sie zurück.

»Warte mal! Mir ist gerade etwas eingefallen!« Ich ging in die Hocke und wunderte mich über mich selbst. »Weißt du noch, was Diego über die Piraten und Walfischfänger gesagt hat?«

»Klar, er sagte, dass ganze Schildkrötenarten ausgerottet wurden, weil sie massenweise als Nahrung auf die Schiffe geschleppt wurden. Aber was hat das mit unserem Problem zu tun?«

»Und wie haben sie das lebende Fleisch aufbewahrt, bis sie es brauchten?« Ich wartete, bis es ihr dämmerte.

»Auf dem Rücken!« Verblüfft starrte sie mich an. »Hey, du bist genial! Und dabei dachte ich, du würdest bei Diegos Vorträgen nie zuhören.«

Ich zuckte mit den Schultern. »Wahrscheinlich bleibt doch mehr hängen, als man denkt. Ich hatte das Bild von hunderten dieser großen Tiere vor Augen, die auf dem Rücken übereinander gestapelt wurden. Das kann man nur schwer wieder vergessen.«

»Klar, Diego macht es genauso. Natürlich lässt er sie nicht frei in der Kabine herumlaufen.«

Genau in diesem Augenblick hörten wir etwas. Es hörte sich an wie dumpfe, langsame Trommelschläge, wie wenn etwas ständig an die Wand klopft. Wir pressten die Ohren an die Tür, vor der wir standen. Ganz eindeutig. Wir hörten etwas.

»Gut, jetzt wissen wir, dass sie dort drin sind«, sagte ich. »Aber was für ein Geräusch ist das?«

»Eine von ihnen versucht sich umzudrehen«, erklärte Cat. Sie hatte ihre gekrümmten Finger wie Klauen gegen die Tür gedrückt.

Ich nickte und begriff, dass Cat Recht gehabt hatte. Ich hatte ihr glauben wollen, war aber nicht total überzeugt gewesen. Natürlich musste ich es ihr gegenüber nicht zugeben, aber ich kam mir trotzdem wie ein Schuft vor.

»Vielleicht kann uns die Schildkröte hören. Vielleicht versucht sie so verzweifelt sich umzudrehen, weil sie Angst hat«, sagte Cat. »Gehen wir lieber. Das arme Ding weiß nicht, ob wir Freunde oder Feinde sind.«

Schweigend gingen wir zum Speisesaal. Ich weiß nicht, wie es Cat ging, aber ich sah vor meinem geistigen Auge den armen Kerl hilflos um sich schlagen, in der vergeblichen Hoffnung seinen massigen Körper umdrehen und sich fortschleppen zu können. Wir hatten den ersten Gang verpasst, versicherten aber allen, dass wir ohnehin keine Lust auf Salat gehabt hätten.

12 | CAT

Alle waren am Morgen etwas aufgeregt, weil wir für zwei Tage vor Floreana ankerten. Angeblich soll das Schnorcheln hier besonders interessant sein. Henry hatte etliche Leute völlig verrückt darauf gemacht und Diego fand auch, dass sich dieser Morgen hervorragend dazu eignete.
Außerdem hatte Mr Baumgärtner allen Leuten von dem Zeitungsartikel und dieser Jacqueline Marche erzählt, mit der sein Vater vor sechzig Jahren hier zusammengelebt hatte. Die Baumgärtners hatten vor sie zu besuchen und Annie als Führerin mitzunehmen und ich überlegte mir mitzugehen. Es war eine echt romantische Geschichte und fast so spannend wie ein Krimi – genau das, was ich heute Morgen brauchte.
Außerdem war es vielleicht ganz gut, etwas Abstand zu Noah zu bekommen. Gestern hat er mich total durcheinander gebracht. Warum war er plötzlich so nett? Tat ich ihm bloß Leid, weil ich ständig in Situationen hineinstolperte, mit denen ich nicht fertig wurde? Vielleicht hielt er mich immer noch für eine doofe Hinterwäldlerin. Bestimmt war ich anders als die Mädchen, mit denen er zu Hause ausgeht. Obwohl er nie etwas von einer Freundin gesagt hat, stellte ich ihn mir öfter mit einer langhaarigen Blondine in einem knappen Bikini auf einer Jacht vor.
Natürlich setzte er sich beim Frühstück zu mir. »Was nun?«,

fragte er, noch bevor er seinen Kaffee mit Zucker umgerührt hatte.

»Wie meinst du das?«

»Wegen der Schildkröten«, flüsterte er. »Wir sollten es dem Kapitän melden oder sonst jemandem.«

»Dem Kapitän?« Ich lachte auf. »Wie kommst du auf die Idee, dass er uns glauben wird? Außerdem ist er für mich kein richtiger Kapitän. Er ist nur jemand, der drei Sprachen beherrscht und Seekranke trösten kann. Ich glaube nicht, dass er in einer Krisensituation der richtige Mann ist.«

»Aber irgendetwas müssen wir doch tun, oder?«

»Nicht in dieser Minute. Wir behalten ihn im Auge und warten, ob wir etwas herausbekommen«, sagte ich und stocherte in meinen Cornflakes herum.

»Ich weiß nicht, wie es bei dir ist, aber ich persönlich bin kein erfahrener Detektiv«, sagte er mit einem Seufzer. »Ich suche immer noch nach einer rationalen Erklärung.«

»Wenn es eine rationale Erklärung gäbe, würde er die Tiere dann mitten in der Nacht heimlich auf das Schiff schmuggeln? Kann ich mir nicht vorstellen.« Ich schob meinen Stuhl so heftig zurück, als wäre ich schrecklich wütend. »Ich habe noch etwas in der Kabine zu erledigen. Bis dann.«

Überrascht blickte Noah auf. Was er jetzt wohl von mir dachte? Das Problem war, dass ich unglaublich starke Gefühle für ihn empfand. Als er meinen Rücken streichelte, meine Hand nahm oder in der Kabine den Arm um mich legte, weinte ich nicht nur wegen Diego und den Schildkröten und so. Ich weinte auch, weil ich wollte, dass dieser Augenblick niemals enden würde, weil ich nicht wollte, dass Noah aufstehen und weggehen würde, weil ich nicht wollte, dass die Reise zu Ende ging und er mich nicht ein einziges Mal geküsst hat. Und weil ich den Gedanken, ihn niemals wieder zu sehen, unerträglich fand. Ich empfand dasselbe wie früher für Vincent, nur mindestens hundertmal stärker.

Manchmal, wenn Noah mich anlächelte, lächelten nicht nur seine Lippen, sondern auch seine Augen und dann bekam ich ganz weiche Knie, das Blut rauschte wie heiße Lava durch meinen Körper und mir wurde heiß und kalt zugleich. Ich wünschte, es gäbe ein Gefühlsbarometer, mit dem man seine Gefühle messen könnte, damit man sich ihrer ganz sicher sein konnte.

Eines weiß ich mit Sicherheit: Wenn man zum Valentinstag Herzen verschenkt oder von gebrochenen Herzen spricht, dann ist das nicht nur ein poetische Vorstellung. Denn man spürt es in seinem Herzen, dieses Ich-liebe-dich oder ein Warum-liebst-du-mich-denn-nicht; beide Extreme auf der Gefühlsskala spielen sich in diesem unermüdlich pumpenden Organ ab. Ich stelle mir das Herz wie einen Schwamm vor, der jedes Wort und jedes Lächeln aufsaugt und schließlich so viele Emotionen aufgesogen hat, dass er völlig durchweicht ist und zu tropfen beginnt.

Herrje, es war einfach mehr als grausam, sechzehn zu sein und in jemanden verliebt, der diese Gefühle nicht erwiderte. Aus diesem Grund hatte ich beschlossen mich in Zukunft von ihm fern zu halten, weil dies die einzige Möglichkeit war mit der Sache fertig zu werden. Aber als wir in Floreana ankamen, stellte sich heraus, dass auch er vorhatte die Baumgärtners zu begleiten.

»Ich dachte, du und Henry wolltet eure Schnorchelausrüstungen testen«, sagte ich überrascht.

Er schüttelte den Kopf. »Ich nicht. Das ist Henrys Aufgabe. Wahrscheinlich wird Dad ihm einen Job in der Firma anbieten. Müsste er eigentlich. Henry ist praktisch das Aushängeschild von Snowbird.«

»Und was ist mit dir?«

»Keine Ahnung. Ich weiß im Moment nicht, was oder woran ich bin.«

Himmel, schau nicht so geknickt drein, Noah. Das bringt mich noch um den Verstand.

»Schau dir Henry an«, fuhr Noah kopfschüttelnd fort, »dieser Schwachkopf! Jetzt macht er sich an die Flitterwöchnerin ran. Wie hieß sie noch mal?«

»Kathy Fogarty? Hat er es jetzt auf sie abgesehen?«

»Sieht ganz so aus. Offenbar ist ihr Mann heute Morgen nicht mitgekommen.«

»Arme Miyoko«, sagte ich. Wenn jemand wusste, wie sie sich fühlte, dann ich!

»Sie scheint ebenfalls schnorcheln zu gehen. Sie muss sich auf dem Schiff eine Ausrüstung gemietet haben.«

»Ich wusste nicht, dass sie schnorcheln kann. Ich dachte, Henry würde es ihr erst beibringen.«

Noah zuckte mit den Schultern. »Es ist nicht schwer, zu lernen. Sie kann gut schwimmen.«

»Gehen wir! Hier lang zu Madame Marches Haus!«, rief Herr Baumgärtner aufgeregt.

Wir waren eine kleine Gruppe, die sich in Richtung Felsen aufmachte: die Baumgärtners, Monique LaFarge, ihre inzwischen wieder gesunde Schwester Yvonne, Noah und ich. Mir war klar gewesen, dass sich Monique die Möglichkeit, eine einst wunderschöne Französin mit einer aufregenden Vergangenheit kennen zu lernen, nicht entgehen lassen würde.

»Diego sagte, sie habe ein Teehaus«, sagte Yvonne. »Ist das nicht irrsinnig romantisch? Auf einer wilden, verlassenen Insel bei einer interessanten, alten Lady Tee zu trinken?«

»Darling, auf dieser verlassenen Insel leben bekanntermaßen vierzig Personen«, warf Monique ein.

Yvonne ignorierte sie. »Hoffentlich hat sie Zitronen. Ich hasse Tee ohne Zitrone. Außerdem bin ich froh für eine Weile aus der Sonne zu sein.« Sie zog ihren Sonnenhut ein Stück tiefer.

»Du hättest auf dem Schiff bleiben sollen, wenn dich die Sonne stört«, sagte Monique schnippisch.

»Auf dem Schiff? Dort komme ich mir vor wie bei einem permanenten Erdbeben. Ich habe das Schiff satt.«

»Und das Schiff hat dich vermutlich satt.« Monique schnalzte mit der Zunge. »Inzwischen begreife ich, warum du schon drei Ehemänner hattest. Auf die Dauer hält kein Mensch dein ständiges Gejammer aus.«

Yvonne kniff die Augen zusammen. »Und ich begreife, warum du nie verheiratet warst! Dir fehlt jegliches Mitgefühl.«

»Der Mann, den ich einmal heirate, braucht kein Mitgefühl. Er wird das Leben genießen.«

»Der Mann, den du heiraten möchtest, existiert nur in Büchern.«

Der Streit zwischen den beiden Schwestern dauerte die ganze Zeit über an, während wir auf einem sandigen Pfad zwischen schlanken Palo-Santo-Bäumen entlanggingen. Noah und ich blieben etwas zurück, damit wir ihnen nicht länger zuhören mussten. Ich versuchte mir vorzustellen, wie sehr Jacqueline Marche sich über unseren Überfall freuen würde. Wir Pauschalurlauber hatten sicher wenig vom Glanz ihrer Segeljacht-Freunde in den dreißiger Jahren.

»Madame Marches Haus liegt hinter diesen Bäumen«, erklärte Annie. Nach ein paar Minuten entdeckten wir ein kleines Haus, dessen Garten liebevoll mit Blumen bepflanzt war.

»Das ist es!«, rief Mrs Baumgärtner. »Ich kenne es von den Fotos.«

Mit einem Mal kam es mir schrecklich dreist vor, jemanden zu überfallen, der niemanden aus unserer geschwätzigen Gruppe kannte. War diese alte Lady etwa eine weitere Art Seelöwe oder ein seltener Vogel, den wir mit auf unsere Liste setzen wollten? Ich ging noch langsamer, während die Baumgärtners gespannt und neugierig auf das Haus zusteuerten, gefolgt von Annie, Monique und Yvonne.

Noah wollte sich ihnen zuerst anschließen, doch dann drehte er sich zu mir um. »Was ist los?«

»Ich weiß nicht. Ich habe das Gefühl, dass wir sie irgendwie überfallen. Wenn wir ihr wenigstens ein Geschenk mitgebracht hätten . . .«

Suchend blickte Noah sich um. Aber wir hatten nichts dabei außer unseren Hüten und Fotoapparaten. Noah knipste in letzter Zeit wie ein Wahnsinniger.

Er zuckte mit den Schultern. »Weder eine Muschel noch eine Feder oder einen Stein. Außer unseren faszinierenden Persönlichkeiten haben wir nichts zu bieten.«

Eine zierliche, weißhaarige Frau war aus dem Haus getreten

und redete auf Deutsch mit den Baumgärtners. Ich war drauf und dran wieder zu gehen, aber sie machte eine einladende Handbewegung und sagte auf Deutsch: »Kommen Sie herein, bitte!«

Die Baumgärtners mussten ihr erzählt haben, dass wir keine Deutschen waren, denn gleich darauf schaltete sie auf Englisch um. »Come, come! Sie müssen unbedingt meinen Tee probieren.« Aha, auch eine von denen, die mit allen Leuten in ihrer Muttersprache reden können!

Schüchtern trat ich durch die Haustür, um einen Blick in ihr Heim zu werfen und um zu hören, was sie zu erzählen hatte. Es war ein kleines Haus mit nur dem Allernötigsten: ein Tisch, ein Schrank, ein paar Stühle, ein Bett. Kein Kühlschrank, kein Fernseher, nichts Elektrisches. Mit den Spitzenvorhängen am Fenster wirkte es richtig gemütlich.

»War es dieses Haus«, wollte Mr Baumgärtner wissen, »das mein Vater Ihnen bauen half?« Er musste sich gleich vor der Tür vorgestellt haben.

Jacqueline Marche hatte ein warmes, herzliches Lächeln. Sie war klein und ziemlich alt, ihre Haut braun und runzelig, ihre Kleidung ausgebleicht. Ich versuchte mir vorzustellen, wie sie als bildhübsche junge Frau ausgesehen haben musste, aber es gelang mir nicht. Es ist schwer, sich vorzustellen, dass alte Leute früher mal jung waren.

»Hans Baumgärtners Sohn. Ich kann es kaum glauben. Es ist schon so lange her . . .« Sie starrte aus dem Fenster, als suche sie dort die Erinnerung an längst vergangene Zeiten. »Nein, es war nicht dieses Haus, das Ihr Vater mitgebaut hat. Dieses Haus baute ich nach dem Tod meines Mannes zusammen mit meinem Sohn. Das alte Haus hielt nicht lange. Nichts hält lange hier, in diesem Klima. Nichts außer mir . . .«, fügte sie lachend hinzu.

Monique unterhielt sich mit ihr auf Französisch, während Yvonne die Teevorräte inspizierte. Mr Baumgärtner schien sauer zu sein. Er verstand nicht, worüber sie redeten, und wollte wahrscheinlich wieder auf seinen Vater zu sprechen kommen. Deswegen war er schließlich hergekommen. Meiner Meinung nach hätten wir anderen uns zurückziehen müssen, damit sie sich in Ruhe unterhalten konnten, aber offensichtlich hatten Monique und Yvonne die feste Absicht sich häuslich niederzulassen.

Madame Marche bemerkte, dass Noah und ich noch immer in der Tür standen. »Möchtet ihr beide nicht hereinkommen und eine Tasse Tee trinken?«

»Nein, danke, Madame Marche«, sagte ich. »Ich bin nicht durstig. Ich möchte noch ein bisschen zum Schwimmen an den Strand gehen.«

Noah starrte mich verblüfft an. »Du kannst doch gar nicht schwimmen.«

»Du kannst natürlich bleiben, Noah. Aber ich möchte gehen.«

Jacqueline Marche nahm meine Hand in ihre zierliche, schrumpelige Hand. »Es ist schön, hier auf den Galapagos tun zu können, was man will, nicht wahr?«

»Ja, danke«, antwortete ich schwachsinnigerweise und stürzte hinaus. Am liebsten hätte ich mich noch einmal umgedreht, um sie zu fragen: »Können Sie tun, was Sie wollen? Ruinieren wir alles für Sie oder retten wir es?«

»Bleib bitte auf dem Weg!«, rief Annie mir nach.

»Moment, so warte doch!« Noah rannte mir nach. »Du wolltest mich doch nicht etwa mit diesen Gruftis allein lassen, oder?«, fragte er, als er mich eingeholt hatte.
»Ich dachte, du wolltest sie fotografieren, sehen, wie sie lebt?«, sagte ich provozierend.
»Ja, schon, aber wenn du nicht . . . Ich meine, meine Bilder werden ohnehin nicht umwerfend.«
Ich seufzte. »Sie hätte ein tolles Motiv abgegeben.«
»Na schön, dann geh doch zurück und fotografiere sie. Was ist eigentlich heute mir dir los?«
Ich wusste es nicht genau. »Ich kam mir vor, als würde ich ihr etwas wegnehmen«, sagte ich. »Mit einem Mal fand ich es unhöflich, einfach dazusitzen und sie anzustarren. Sie ist kein Blaufußtölpel.«
»Die Frage ist nur, ob es nicht auch unhöflich ist, Blaufußtölpel anzustarren!«
»Ich muss mich eine Minute hinsetzen«, sagte ich seufzend und ließ mich auf einen großen Stein am Wegesrand fallen. »Mir ist heiß.«
Noah setzte sich nicht zu mir, sondern schritt auf und ab, wie es seine Art ist. »Die Sache mit Diego lässt dir keine Ruhe, stimmt's?«
Ich nickte. Das war nicht gelogen; die Sache ließ mir tatsächlich keine Ruhe. Aber leider war es nicht nur ›das‹.
»Gut, der Kerl ist ein Verbrecher. Aber bald brauchst du ihn nie mehr zu sehen.«
Diese Vorstellung half mir nicht weiter. »Noah, ich fand Diego wirklich sympathisch. Am zweiten Abend auf dem Schiff hat er mit uns zu Abend gegessen und ich dachte, er sei ein guter

Mensch. Ich habe geglaubt, ich hätte eine gute Menschenkenntnis, aber . . .«

»Wie kann man während eines Abendessens erkennen, ob jemand ein guter Mensch ist? Meiner Meinung nach ist es sowieso unmöglich, jemanden jemals richtig zu kennen. Die Menschen sind zu kompliziert.« Mit einem Stock scharrte Noah im Staub. »Und am Ende enttäuschen sie dich doch.«

»Wie schrecklich so etwas zu sagen«, sagte ich kopfschüttelnd. Irgendwie nahm ich es persönlich.

Er zuckte mit den Schultern. »Meiner Erfahrung nach ist es nun einmal so.«

»Du bist erst sechzehn, verflixt noch mal! Wie viel Erfahrung hast du denn schon?«

»Genügend, würde ich sagen.«

»Dass deine Eltern sich scheiden lassen bedeutet noch lange nicht, dass alle Menschen . . .«

»Ich möchte nicht über meine Eltern reden.«

»Aber genau darüber redest du doch die ganze Zeit! Andauernd, ob es dir nun klar ist oder nicht.«

Das traf ihn. »Ich brauche keine Amateurtherapie, Cat. Ich bin mir sicher, dass mein Vater mir mit Vergnügen den besten Psychiater Bostons bezahlen würde.«

»Würde etliche Jahre dauern, das schwöre ich dir. Du hast es nämlich verdammt nötig, so verkorkst, wie du bist!« Es machte mir richtig Spaß, Noah zu verletzen. Mir war klar, dass ich ihm wehtat, aber ich konnte mich nicht bremsen. Erst nachdem er wütend davongestapft war, tat es mir Leid. Vielleicht hatte er Recht damit, dass einen die Mitmenschen immer

enttäuschen. Ich dachte, ich liebe ihn, und dabei habe ich ihm gerade so gemeine Dinge an den Kopf geworfen.
Ich folgte ihm in einigem Abstand zum Badestrand. Ich hatte keine Lust mich auf der Stelle zu entschuldigen. Irgendwie war ich auch verletzt.
Noah kam natürlich vor mir auf der Lichtung am Strand an und ich sah, dass er kurz stehen blieb, als würde er etwas Bestimmtes sehen. Dann begann er zu rennen. Was war los? Ich beschleunigte meine Schritte. Als Erstes sah ich einen Mann, der ins Wasser stürmte, auf Diego zu . . . Aber was tat Diego? Er schien . . . etwas aus dem Wasser zu ziehen. Hinter ihm kam Miyoko. Du lieber Himmel!
Diego zog einen leblos scheinenden Körper heraus – es war Henry.
Als Noah und ich am Strand ankamen, hatte Diego Henry auf den Rücken in den Sand gelegt und machte Mund-zu-Mund-Beatmung. Außer der Stimme des Mannes, der Diego geholfen hatte Henry ans Ufer zu ziehen und der alle bat ein paar Schritte zurückzutreten, und Kathy Fogartys leisen, spitzen Schreien herrschte ein gespenstisches Schweigen. Auch Noah stand wie versteinert da.
Es kam mir wie eine Ewigkeit vor, obwohl es sich wahrscheinlich nur um eine oder zwei Minuten handelte, bis Henry gurgelnde Laute von sich gab, hustete und sich übergab. Literweise strömte das Wasser des Pazifiks aus ihm heraus.
Erst da kam wieder Leben in Noah. »Was ist passiert? Was zum Teufel ist passiert?«
Die Leute umringten Diego und versuchten ihm die Hand zu schütteln, aber er scheuchte sie weg, griff nach seinem Wal-

kie-Talkie und sagte auf der ›Santiago‹ Bescheid, damit sie ein Panga herschickten. Ich war völlig verwirrt. Es bestand kein Zweifel mehr, dass Diego ein Held war – er hatte Henry das Leben gerettet!

Daneben getippt. Sobald er das Walkie-Talkie wieder eingesteckt hatte, klärte Diego uns auf.

»Ich habe ihn nur die letzten paar Meter rausgezogen. Die Heldin des Tages steht dort!« Er zeigte auf Miyoko, die neben dem noch immer würgenden Henry im Sand kauerte. »Ich brauche ein paar Handtücher. Wir müssen ihn warm halten, bis das Panga da ist. Er friert«, sagte Diego.

Es stimmte, Henry zitterte am ganzen Körper. Noah half ihm sich aufzusetzen, nahm die hilfsbereit entgegengestreckten Handtücher entgegen und legte sie seinem Bruder um die Schultern. Miyoko setzte sich direkt hinter Henry, umschlang ihn mit Armen und Beinen und wärmte ihn auf ihre Weise. Der Anblick der beiden war fast zu intim.

»Aber was ist denn passiert?«, fragte Noah ratlos. »Henry ist ein guter Schwimmer.«

»Ich habe allen gesagt, sie sollen nicht weiter als bis zu den Klippen schwimmen«, sagte Diego kopfschüttelnd. »Das tun die meisten ohnehin nicht. Hinter den Klippen gibt es eine gefährliche Strömung. Sie ist so stark, dass man nicht dagegen anschwimmen kann.«

»Henry nicht wollen weiter schwimmen«, sagte Miyoko. Als sie aufblickte, sahen wir die Tränen in ihren Augen.

»Es ist vielleicht alles meine Schuld«, sagte Kathy Fogarty leise. »Er wollte mir zeigen, wie sein Schnorchel funktioniert, und ich fragte ihn, wie weit man mit so einem Ding hinausgehen kann. Deshalb schwamm er ziemlich weit hinaus ... Aber ich dachte, er wüsste, was er tut.«

»Ich ... ich konnte nicht mehr zurückschwimmen«, keuchte Henry, ehe er sich wieder in den Sand fallen ließ.

»Hast du gesehen, dass er hinausgeschwommen ist, Miyoko?«, fragte Noah. »Wie hast du ihn aus der Strömung geholt?«

Miyoko saß noch im Sand, Henry umklammerte ihre Hand. »Ich sehen, dass Henry schwimmen hinaus mit diese Frau. Henry gerne Eindruck machen vor Frauen. Ich schauen genau, gehen aber nicht in Nähe. Ich sehen, dass Henry schwimmen, wo Diego sagen nicht schwimmen. Also ich folgen ihm.«

»Du hättest ertrinken können!«, rief ich.

»Ich aufpassen auf Henry«, sagte sie schlicht.

»Aber du bist viel kleiner als Henry«, rief Noah. »Wie konntest du ihn retten?«

»Ich nicht wissen«, sagte sie. »Ich sein stark. Henry versuchen an Ufer zurückschwimmen. Ich bringen ihn zuerst aus Strömung, dann an Ufer. Ich gut schwimmen.«

»Daran besteht kein Zweifel«, sagte Diego, der sich wieder einigermaßen beruhigt hatte, nachdem jetzt alles wieder in Ordnung war. Wenig später legte das Panga an und Noah und Diego halfen Henry hinein. Miyoko fuhr mit, setzte sich auf den Boden des Pangas und bettete Henrys Kopf in ihren Schoß.

Sobald das Panga abgelegt hatte, legte sich die allgemeine Spannung. Die Leute begannen zu reden und zu lachen, sie waren wahrscheinlich froh darüber, dass sie lebten. Ich stand am Strand und sah das Panga in der Ferne kleiner und kleiner werden. Wie hatte ich zu Noah nur so fies sein können?

Innerlich zog ich meinen Hut vor Miyoko: sie stand zu ihren Gefühlen, ohne lange zu überlegen, ob ihre Investition sich auch lohnte.
Ihre Worte klangen mir noch in den Ohren: »Ich aufpassen auf Henry. Ich sein stark.«

13 | NOAH

Zuerst dachte ich wirklich, mein Bruder sei tot. Gerade hatte ich angefangen ihn zu mögen und nun war er tot. Fassungslos sah ich, wie Diego ihn an den Strand zog, und wünschte mir, ich hätte noch eine Chance . . . und prompt bekam ich sie.

Dem Himmel sei Dank, dass es Miyoko gibt. Ich kann immer noch nicht glauben, dass ein so zierliches Persönchen einem Riesen wie Henry das Leben gerettet hat, aber Diego sagte, dass man erst in einer Krisensituation feststellt, wie stark man ist. Und offensichtlich geriet Miyoko nicht in Panik; sie wusste, dass sie ihn zuerst aus der Strömung bringen musste und dann an Land.

Henry wiederholte ein ums andere Mal, dass er sich wie ein verdammter Narr vorkomme, aber Diego tröstete ihn damit, dass er nicht der Erste sei, der feststellen musste, dass der wunderschöne, türkisfarbene Ozean auch seine Tücken hatte.

»Dank seiner Schiffe und Schnorchel und Taucherausrüstungen neigt der Mensch dazu, sich dem Meer überlegen zu fühlen. Es sind Zwischenfälle wie diese, die uns lehren wieder einen gesunden Respekt vor dem Meer zu haben. Habe ich Recht?« Schon die Art, wie er sprach, wirkte beruhigend auf uns. Vielleicht gab es doch eine plausible Erklärung für seine

Schildkröten-Entführung. Konnte dieser Mensch ein Verbrecher sein?

Während ich Henry half eine heiße Dusche zu nehmen – er war so erschöpft, dass er sich kaum auf den Beinen halten konnte –, musste auch Miyoko geduscht haben. Kaum hatte ich Henry in seinen Pyjama geholfen, als auch schon Miyoko, der Kapitän und der Schiffsarzt in der Tür standen. Der Kapitän versicherte uns mehrmals seines »Bedauerns über den Zwischenfall«, aber er gab uns auch deutlich zu verstehen, dass Henry davor gewarnt worden war, über die Klippen hinauszuschwimmen. Er schien eine Heidenangst zu haben, wir könnten ihn verklagen, nur weil Henry nicht in der Lage war Anweisungen zu befolgen. Der Typ ging mir echt auf den Geist.

Der Arzt untersuchte Henry eingehend und erklärte dann, dass er in Ordnung und nur sehr erschöpft sei und jetzt Ruhe bräuchte. Nachdem sich die beiden Herren verzogen hatten, stand Miyoko allein im Türrahmen und blickte Henry so sehnsüchtig an, als könne sie die räumliche Distanz zwischen ihnen beiden kaum noch ertragen.

Henry streckte seine Arme nach ihr aus. »Hey, du«, flüsterte er heiser. »Ich habe gehört, du hast mir gerade das Leben gerettet.«

Miyoko, die selbst völlig erschöpft sein musste, rannte auf ihn zu und schmiegte ihr Gesicht an seine Brust.

Der alte Henry hätte mir über ihre Schulter hinweg zugeblinzelt – hier sehen Sie wieder ein wehrloses Opfer von Henry dem Dritten. Aber das tat er nicht. Er hielt sie nur fest, so fest, dass ich schon befürchtete, sie bekäme keine Luft mehr. Aber Miyoko schien es nichts auszumachen.

»Henry, der Arzt hat gesagt, du brauchst Schlaf«, flüsterte ich.

Henry nickte mit geschlossenen Augen. Leise schloss ich die Tür hinter mir.

Das Abendessen hatte bereits begonnen, und da ich plötzlich einen Riesenhunger hatte, ging ich in den Speisesaal, ohne zu ahnen, dass Henrys beinahe tödlicher Unfall mich zu einer kleinen Berühmtheit gemacht hatte. Von allen Seiten wurde ich gefragt, wie es ihm ginge, selbst Kathy Fogarty und ihr Mann Brian kamen nach dem Essen Arm in Arm auf mich zu und erkundigten sich nach Henrys Befinden. Offensichtlich war zwischen ihnen wieder alles in Ordnung. Die Baumgärtners, die das Ereignis verpasst hatten, zogen mich förmlich an ihren Tisch und quetschten mich über sämtliche Details aus.

Ja, es war seine Schuld. Ja, Diego hatte ihn gewarnt weiter als bis zu den Klippen zu schwimmen. Nein, außer Miyoko hatte niemand bemerkt, dass er in Lebensgefahr schwebte. Ja, sie hatte ihr Leben riskiert. Nein, sie war unversehrt.

Sobald ihre Neugier befriedigt war, berichteten sie mir vom Fortgang ihres gemütlichen Nachmittags bei Jacqueline Marche.

»Sie kannte ihn als einen Mann, den ich nie kennen gelernt habe«, sagte Mr Baumgärtner bedauernd. »Ein furchtloser Seemann, ein geschickter Zimmermann und ein arbeitsamer Farmer. Madame Marche sagte, dass er mit einem alten Esel und einem selbst gebastelten Pflug ganze Felder umpflügte. Das Saatgut bekamen sie per Schiff vom Festland. Sie pflanzten Zwiebeln, Kartoffeln, Rüben und sogar Obst-

bäume an.« Er schüttelte den Kopf. »Der Mann, den ich kannte, interessierte sich nur für seine Briefmarkensammlung.«
»Dabei sollte man glauben alles Wichtige über seinen Vater zu wissen«, sagte ich und verstummte abrupt. Wie wenig wusste ich im Grunde über meinen eigenen Vater!
»Irgendwann lässt wohl jeder die Vergangenheit hinter sich, nehme ich an«, sagte Mr Baumgärtner und bei diesem Gedanken bekam ich eine Gänsehaut.
»Warum hat er die Insel wieder verlassen?«, fragte ich.
»Sie sollen sich immer weniger vertragen haben. Hörte sich so an, als hätten sich ständig andere Männer in sie verliebt«, berichtete Mr Baumgärtner mit einem breiten Grinsen.
»Und Madame Marche sich in sie«, sagte Mrs Baumgärtner.
»Irgendwann hatte mein Vater die Nase voll, nehme ich an. Er wollte eine Frau nur für sich alleine haben. Aber eine Zeit lang war es sicher ein aufregendes Leben.«
»Wenn man ihr wirklich alles glauben kann«, warf Mrs Baumgärtner ein. »Sie ist schon sehr alt. Vielleicht hat sie ihre Erinnerungen an manchen Stellen ausgeschmückt. Oder manches verdrängt.«
Mr Baumgärtner nickte zustimmend. Ich dachte an meine Mutter, die ihrem Leben dadurch einen Sinn gab, dass sie Männern die Schuld an all ihren Problemen in die Schuhe schob. Ob Evelyn und Clara wohl einen anderen Weg gefunden hatten?
Ich bedauerte, dass ich nicht geblieben war, um Madame Marches Erinnerungen zu lauschen. Klar, wenn ich es getan hätte, wäre ich nicht am Strand gewesen, als Henry aus dem

Wasser gefischt wurde. Ich hätte auch nicht das Vergnügen gehabt mich von Cat anbrüllen zu lassen, für wie verkorkst sie mich hielt.

Verstohlen blickte ich durch den Speisesaal, um zu sehen, wo Cat steckte, aber ich entdeckte sie nirgends. Wahrscheinlich war sie schon gegangen. Bei all dem Trubel heute Nachmittag hatte ich fast vergessen, dass sie stinksauer auf mich war. Es war nicht das erste Mal, dass ich von einem Mädchen angebrüllt wurde, aber es war das erste Mal, dass ich es nicht einfach mit einem Achselzucken abtun konnte.

Im Gegensatz zu vielen anderen Mädchen spielte Cat mit Jungen keine Spielchen. Sie sagte einem offen ins Gesicht, was sie dachte, und das mochte ich an ihr. Man hatte das Gefühl ihr vertrauen zu können.

Und dann warf sie mir plötzlich an den Kopf, dass ich ihrer Meinung nach einen Schuss habe wegen der Scheidung meiner Eltern. Das hätte ich nicht von ihr erwartet. Wann werde ich es endlich lernen? Irgendwann wird man von jedem enttäuscht.

Als ich endlich von den Baumgärtners loskam, wusste ich zuerst nicht, was ich tun sollte. Ob Miyoko noch bei Henry war? Ich stand auf dem Deck vor unserer Kabinentür und blickte auf das offene Meer hinaus. Der Mond hatte die dunkle Wasserfläche mit einem schimmernden Lichtschleier überzogen. Es war fast Vollmond. In den letzten Tagen war so vieles passiert, dass ich das Gefühl hatte schon seit Monaten auf diesem Schiff zu sein.

Plötzlich hörte ich Schritte auf mich zukommen . . . Es war fast, als habe ich sie erwartet.

»Hallo«, sagte Cat leise und lehnte sich neben mir an die Reling.

»Hallo«, antwortete ich.

»Wie geht es Henry? Alles in Ordnung?«

»Ja, der Arzt hat ihn untersucht. Alles okay.«

»Gut.« Sie sagte nichts mehr und ich befürchtete schon, sie würde gleich wieder gehen. Doch dann sagte sie: »Weißt du, damals am ersten Abend, als du und Henry an unseren Tisch gekommen seid, da war ich nicht begeistert von Henry. Er schien so überzeugt von sich.«

»Er ist von sich überzeugt.«

»Ich weiß. Aber inzwischen finde ich ihn ganz nett. Er ist nicht so oberflächlich, wie er auf den ersten Blick wirkt.«

Woher wusste sie etwas von meinem Bruder, das ich selbst erst vor kurzem entdeckt hatte? »Und was hast du über mich an diesem ersten Abend gedacht? Hast du gleich gemerkt, dass ich verkorkst bin?« Ich war verletzt, machte aber eher einen auf sauer.

Cat schwieg lange. Mein Herz schlug so heftig, dass ich befürchtete, es würde die umliegenden Organe beschädigen. Schließlich legte sie vorsichtig eine Hand auf meinen Arm.

»Tut mir Leid, dass ich das gesagt habe, Noah. Es war nicht so gemeint. Aber irgendwie war ich verletzt . . .«

»Du warst verletzt?«

»Ja! Weil du gesagt hast, dass Menschen einen immer enttäuschen. Ich enttäusche niemanden absichtlich!«

»Tust du nicht? Toll, dieser Vincent hat ja echt Glück mit dir gehabt.«

Cat ließ meinen Arm los, als habe sie sich verbrannt. »Warum sprichst du eigentlich ständig von Vincent?«
»Ich? Stimmt doch gar nicht. Du hast zuerst von ihm erzählt. Du hast gesagt, er sei deine einzige große Liebe.«
»Richtig.« Abrupt wandte sie sich ab. »Bis dann.«
»Jetzt warte doch!« Verdammt, jetzt hatte Cat mir ihre Hand zur Versöhnung reichen wollen und ich hatte alles nur noch schlimmer gemacht. »Du hast meine Frage noch nicht beantwortet. Was hast du damals beim Dinner von mir gedacht?«
Wie es ihre Art war, dachte Cat über diese Frage gründlich nach, bevor sie antwortete. »Dass du der einzige Mensch auf dem Schiff bist, den ich gerne näher kennen lernen möchte.«
Himmel, manchmal haute sie mich glatt vom Hocker mit ihrer Ehrlichkeit. Und dann verschwand sie, noch ehe ich reagieren konnte. Ich überlegte kurz, ob ich zu ihr in die Kabine gehen sollte, aber was hätte das genützt? Sie hatte einen festen Freund . . . das hätte nur Komplikationen mit sich gebracht.
Aber als ich meine Kabine betrat, musste ich feststellen, dass Henry und Miyoko eng aneinander geschmiegt schliefen. Ich konnte es nicht ertragen, im selben Raum zu schlafen, besonders wenn ich daran dachte, wie Henry sie morgen früh hinauswerfen würde. Deshalb schnappte ich mir mein Kissen, ein paar Decken und einen dicken Pulli und bereitete mich seelisch darauf vor, die Nacht an Deck zu verbringen.
Es war eine großartige Nacht. Der Himmel war wieder mit Sternen übersät und das Wasser plätscherte leise an die Schiffswände. Ich stellte meinen Liegestuhl so auf, dass ich einen guten Blick auf Floreana, die Insel der Blumen, hatte, auf der Jacqueline Marche und Hans Baumgärtner einst

glücklich gewesen waren. In der Mitte der Insel ragte ein Hügel auf und die spitzen, dürren Bäume darauf sahen im Mondlicht wie feine Spinnweben aus, die das Ganze zusammenhielten. Ich nahm mir vor die Augen bis zum Sonnenaufgang auf diesen Hügel gerichtet zu halten, aber nach den Aufregungen des Tages muss ich offenbar sofort eingeschlafen sein.

Aber trotzdem sollte mir der Sonnenaufgang nicht entgehen. Als nämlich die ersten Strahlen über den Pazifischen Ozean krochen, rückte mein Bruder einen Liegestuhl heran.

»Noah, ich muss mit dir reden. Wach auf, Noah!« Er rüttelte so lange an meiner Liege, bis ich schließlich widerwillig die Augen aufschlug.

»Was ist los? Alles in Ordnung?«, brummte ich, zog mir eine Decke über den Kopf und versuchte mich wieder in meine Traumwelt zurückzuziehen. Cat kam darin vor und ich hatte noch keine Lust sie gehen zu lassen. Ich trieb bewusstlos auf dem Wasser und Cat zog mich heraus, genau wie Diego Henry herausgezogen hatte. Aber ich war nicht am Ertrinken, denn das Wasser war . . . eigentlich waren es Blumen oder so. Merkwürdig, aber zumindest etwas Ähnliches.

»Hör zu, Kumpel, wach endlich auf! Ich muss mit dir reden.«

»Na schön«, knurrte ich und rieb mir die Augen. »Ich bin wach. Wie geht es dir? Du bist sicher noch ganz schön kaputt.«

»Ja, ein bisschen. Aber das ist nicht das Problem.« Erst jetzt bemerkte ich, dass Henry sich nachdenklich die Stirn rieb.

»Fühlst du dich nicht wohl? Soll ich den Arzt holen?«

»Nein, ich bin nicht krank. Mir geht's gut, aber . . .« Er schien nach den passenden Worten zu suchen. »Ich meine, so etwas wie gestern passiert einem nicht alle Tage, Noah. Es macht einen nachdenklich, weißt du?«

»Klar, verstehe ich gut.«

»Als ich gestern unterging, als ich begriff, dass ich nicht mehr die Kraft haben würde an Land zurückzuschwimmen, dachte ich plötzlich: ›Oh Gott, war das schon alles?‹ Und da wurde mir klar, wie sinnlos ich mein Leben verplempert habe.«

Ich legte Henry eine Hand auf die Schulter. »Du hast dein Leben nicht verplempert. Himmel, dein Leben hat doch erst begonnen – wie könntest du es da verplempert haben?«

Doch Henry schüttelte den Kopf. »Ich bin völlig durcheinander. Sie hat ihr Leben riskiert, um mich zu retten, begreifst du das?«

»Ich hab's gehört, ja.«

»Warum tut ein Mensch so etwas?«

Ich wusste, dass Henry die Antwort, die ich ihm geben konnte, bereits kannte, hatte aber nicht die Absicht sie laut auszusprechen.

»Ich meine, wie soll ich mich jetzt fühlen? Wenn jemand dir unter Einsatz seines eigenen Lebens das Leben gerettet hat?«

»Und – wie fühlst du dich?«

»Ich weiß nicht!« Henry boxte auf die Armlehne. »Natürlich bin ich ihr dankbar, aber das scheint so wenig zu sein.«

»Henry, du kannst nicht so tun, als würdest du sie lieben, nur weil sie dir das Leben gerettet hat.«

»Vielleicht würde ich nicht so tun müssen.« Henry hielt sich die Hände vor Augen und rieb so wild darin herum, als wolle er sich seines Augenlichts berauben. »Ich weiß nicht, was ich fühle. Als ich vorhin aufgewacht bin, lag Miyoko in meinen

Armen und zum ersten Mal in meinem Leben fühlte ich mich total glücklich und zufrieden. Ob du es glaubst oder nicht – zuerst wusste ich nicht, ob ich wirklich wach war oder vielleicht tot oder so. Und dann fiel mir die ganze Sache wieder ein, die von gestern und davor und da bin ich ausgeflippt. Ich sprang aus dem Bett und rannte davon. Ich glaube, ich weiß gar nicht mehr, was ich tue.«

»Henry, du hattest gestern ein traumatisches Erlebnis. Natürlich wird es dir noch eine Weile zu schaffen machen. Versuch dich wieder zu beruhigen. Wie ich Miyoko kenne, wird sie nichts von dir fordern.«

»Vielleicht sollte sie es aber tun. Ich wünschte, sie würde es tun. Ich wünschte, sie würde mich anbrüllen oder ohrfeigen oder sonst etwas.«

»Was?«

»Was ist mit mir los, Noah? Ich habe panische Angst.«

14 | CAT

Die Reise würde nur noch fünf Tage dauern. Ich musste Noah sagen, dass ich die Sache mit Vincent erfunden hatte. Was hatte ich zu verlieren? Wenn er mich für schwachsinnig hielt, nun ja, dann würden es fünf grässliche Tage werden, aber zumindest würde ich erfahren, wie die Dinge zwischen uns standen – ohne diese dumme Lüge.

Die ganze Nacht träumte ich von Miyoko und hörte sie mit ihrer ruhigen, rhythmischen Stimme sagen: »Ich aufpassen auf Henry. Ich sein stark.« In meinem Traum sah ich, wie sie Henry rettete, sah, wie sie ihn auf ihren Armen trug, was sie in Wirklichkeit natürlich niemals tun könnte, sah sie bei der Mund-zu-Mund-Beatmung, aber das Ganze sah mehr nach einem Zungenkuss als nach einer lebensrettenden Maßnahme aus. Und dann plötzlich verwandelten sich Henry und Miyoko in Noah und mich, gerade als der Kapitän seine fürchterlichen Gutenmorgengrüße über die Bordsprechanlage bellte. Ich fragte mich, wie lange ich das noch aushalten würde.

Als wir uns für die Panga-Fahrt nach Floreana aufstellten, war ich nervös, aber nicht so nervös wie Diego.

»Mit etwas Glück können wir heute Flamingos in der Lagune bei Punta Cormoran bei ihrem Balzritual beobachten, ein Anblick, den Sie nie vergessen werden.« Der Typ wirkte so nervös, dass er kaum die Worte aus seinem Mund gepresst bekam. Dauernd zupfte er an seinem Hemd herum oder strich sich über die Haare, als könne er seine Hände keine Sekunde ruhig halten.

Sofia stand auf der anderen Seite des Decks und sprach mit ihren Delfinen und Diego blickte immer wieder verstohlen zu ihr hinüber. Schließlich schritt sie wortlos und hoch erhobenen Hauptes an ihm vorbei. Betreten blickte Diego ihr nach.

»Sie ist sauer auf ihn, obwohl sie noch gar nicht weiß, was er auf dem Kerbholz hat«, sagte Noah, der plötzlich hinter mir aufgetaucht war.

»Ich finde, er wirkt heute sehr schuldbewusst«, sagte ich.

»Vielleicht hat er mit den Schildkröten auch etwas ganz Legales vor«, flüsterte Noah. Er stand so dicht hinter mir, dass ich seinen Atem an meiner Wange spürte. Meine Haarwurzeln begannen zu prickeln.

»Wenn es etwas Legales wäre, hätte er die Schildkröten nicht bei Nacht und Nebel an Bord geschmuggelt«, flüsterte ich zurück und versuchte nicht allzu atemlos zu klingen. »Aber keine Angst, ich werde ihn im Auge behalten.«

»Du willst ihn im Auge behalten? Hältst du dich für Nancy Drew, die berühmte Kriminalschriftstellerin? Vielleicht sollten wir endlich jemanden einweihen.«

»Noah! Dafür ist es noch zu früh. Ich möchte Diego keine Scherereien machen, falls er doch nichts Verbotenes vorhat.«

»Eben warst du noch vom Gegenteil überzeugt.«

»Bitte, überlasse es mir.«

»Ach so, dabei dachte ich, ich hätte auch mit der Sache zu tun.« Noah hörte sich enttäuscht an.

»Natürlich hast du auch damit zu tun.« Es fiel mir verflixt schwer, diesem Kerl nicht zu zeigen, wie sehr ich ihn mochte. Wir stiegen in das Panga und sahen, wie Henry hinter Miyoko die Stufen herunterkam. Beide sahen etwas bleich und mitgenommen aus. Schweigend nahmen sie nebeneinander Platz.
»Wie geht es Henry heute?«, fragte ich Noah. »Er sieht nicht übermäßig glücklich aus.«
»Ich weiß nicht. Er ist völlig durcheinander. Wegen Miyoko und so. Es will ihm nicht in den Kopf, weshalb sie ihr Leben für ihn aufs Spiel gesetzt hat.«
»Weiß er nicht, weshalb?«
»Nun, er glaubt es zu wissen, aber er weiß nicht, wie er damit umgehen soll.«
»Arme Miyoko!«
»Warum gilt deine Sympathie immer ihr?«, fragte Noah erbost. »Das alles macht Henry ganz schön zu schaffen.«
»Ich weiß. Ich meinte vielmehr die Armen.« Am liebsten hätte ich gesagt »Ich Arme«, weil ich mich demnächst dazu durchringen musste, Noah die Wahrheit zu sagen oder es für den Rest meines Lebens zu bereuen.
Wieder eine Wasserlandung. Während wir herumsaßen und uns die Füße abtrockneten, damit wir wieder in die Schuhe schlüpfen konnten, bemerkte ich, dass sich innerhalb der Gruppe eine gewisse Kameradschaft entwickelt hatte. Wir waren nicht mehr nur eine bunt zusammengewürfelte Truppe, sondern eine Gruppe, die das Beste daraus machen wollte. Kathy und Brian Fogarty, Gott segne sie, hatten sich mit Jeremy angefreundet. Als ich sah, wie sie zu dritt Hand in Hand gingen und sich über seinen Kopf hinweg anlächel-

ten, fragte ich mich, ob ihre Auseinandersetzungen etwas mit Kindern zu tun gehabt hatten. Das ältere Ehepaar hatte sich mit Sachiko und Tomoko angefreundet; ich hörte, wie sie die beiden einluden, bei ihrem Rückflug nach Japan in Toronto eine Zwischenlandung einzulegen. Und Mom und Dad – die Frischverliebten von Benson River – berichteten Mr und Mrs McNuff, die sichtlich gelöster waren, seit sie Jeremy nicht mehr ständig am Hals hatten, mit großer Begeisterung von allen Vogelabenteuern, die sie je erlebt hatten.
Es war eine sympathische Gruppe geworden, mit Ausnahme von Diego, der barfuß und sichtlich nervös hin und her schritt, während er auf uns wartete.
»Wie schön, wir haben tatsächlich Glück heute«, sagte Diego ohne die geringste Begeisterung, als wir bei der Lagune ankamen. »Die Flamingos sind auf dem Weg hierher. Sehen Sie sie? Die Männchen sind alle beisammen, es sind die mit den ausgestreckten Hälsen.«
Alle lachten über die Geräusche, die sie von sich gaben, eine Art kreischendes Bellen. Sie sahen albern aus, wie sie zuerst in die eine Richtung gingen, sich dann umdrehten, alle fünfzehn oder zwanzig auf einmal, und in die andere Richtung marschierten.
»Ist das bei den Flamingos so etwas wie bei uns Mädchen aufreißen?«, fragte Brian Fogarty.
»Nicht direkt«, erklärte Diego. »Die Männchen stellen sich zur Schau und hoffen, dass sie auserwählt werden. Aber die Entscheidung liegt bei den Weibchen.«
»Dank Gloria Steinem haben sie das in ihre Verfassung aufgenommen!« Ich hatte geglaubt alle Witze darüber, wie sehr das

menschliche Verhalten dem der Vögel ähnelte, gehört zu haben, besonders wenn es darum ging, Frauen als herrisch darzustellen, aber offensichtlich hatte Brian noch ein Ass im Ärmel gehabt. Ich war froh, dass wenigstens Henry keine dummen Witze mehr machte.

Die Vögel kamen immer näher und ich schoss etwa ein halbes Dutzend Bilder, die vermutlich recht gut werden würden. Ich bemerkte, dass auch Noah fotografierte, mit der automatischen Kamera seines Bruders.

»Falls du gerne fotografierst, zeige ich dir, wie man die Janus benutzt«, erbot ich mich. »Die Bilder werden sehr viel besser.« Ich gab ihm einen kurzen Überblick über Belichtungsprogramme und Blenden und ließ ihn ein paar Aufnahmen machen.

»Das Fotografieren ist ein weites Feld«, erklärte ich, »aber die Grundkenntnisse sind schnell gelernt.«

»Ich bin echt überrascht, wie viel Spaß das macht. Vielleicht kaufe ich mir auch einen anständigen Fotoapparat, wenn ich wieder zu Hause bin, und vielleicht mache ich einen Kurs oder so.«

Wie konnte er diese Worte so gelassen aussprechen: Wenn ich wieder zu Hause bin. Als wäre es völlig nebensächlich, dass wir uns in ein paar Tagen nie mehr wieder sehen würden. Ich hingegen dachte ständig daran, und das brachte meine Stimmung immer sofort auf den Nullpunkt.

»Okay, wenn Sie genügend Aufnahmen gemacht haben, gehen wir diesen Weg hinunter. Es gibt dort einen wunderschönen weißen Sandstrand, wo Sie schwimmen gehen können, falls Sie möchten.« Diego stürzte davon, die meisten unserer Gruppe schlossen sich ihm an.

Ich legte die Kamera beiseite. »Diese Vögel sehen wirklich dämlich aus.«

Noah lächelte. »Es ist das erste Mal, dass ich aus deinem Munde Vorurteile über die Vogelwelt höre.«

»Sie erinnern mich an ein Basketballteam, diese hoch gewachsenen Typen, die in Rudeln herumstolzieren, als wollten sie sagen: ›Schaut uns an! Sind wir nicht cool?‹«

»Ja, aber du hast Diego gehört. Die armen Kerle sind völlig machtlos. Die Weibchen treffen die Entscheidung.«

Die anderen waren alle schon weg. Ich blickte mich vorsichtig um. Dann holte ich tief Luft. Jetzt oder nie!

»Aber was ist, wenn das Weibchen keinen dieser üblichen Typen will? Wenn sie jemand ganz anderen haben möchte?«

Bravo, ich hatte den Stier bei den Hörnern gepackt.

Noah zuckte mit den Schultern. »Dann muss sie sich eben auf die Suche machen, bis sie findet, was sie sucht. Es liegt an ihr.«

Ich versuchte noch mal Luft zu holen, aber ich hatte das Gefühl keine Luft mehr zu bekommen. »Wenn es an mir läge, würde ich dich nehmen«, sagte ich so leise und zittrig, dass ich nicht einmal wusste, ob Noah mich überhaupt verstanden hatte.

»Was?« Ungläubig starrte er mich an.

Glaubte er etwa, ich könnte diese Worte noch ein zweites Mal über die Lippen bringen? Verlegen wich ich seinem Blick aus und wünschte mir, ich könnte überhaupt noch etwas sagen.

»Das mit Vincent war gelogen. Es gibt keinen Vincent. Ich meine, natürlich gibt es ihn, aber er ist nur mein Nachbar, nicht mein Freund. Ich bin seine Vertraute. Er erzählt mir von den Mädchen, mit denen er ausgeht, und das finde ich überhaupt nicht witzig, aber ich liebe ihn nicht und ich habe ihn nie geliebt.«

Noah löste sich aus seiner Erstarrung und trat dicht hinter mich. »Warum hast du es mir dann erzählt?«

Himmel, warum hatte ich überhaupt zu dieser Beichte angesetzt? »Weil . . . weil ich nicht wollte . . . weil ich dachte, du würdest bemerken . . . weil du mir gefällst.« Den letzten Teil meines Gestammels brachte ich wirklich kaum über die Lippen. Wie zum Teufel konnte man so tief sinken und einem Jungen solche Sachen sagen? In meiner Dummheit hatte ich das ruiniert, was mich mit Noah verband, eine wunderschöne Freundschaft, selbst wenn sie in wenigen Tagen zu Ende sein würde. Ich wollte weglaufen, so weit weg wie möglich. Aber wohin sollte ich gehen? Etwa zu den anderen Albatrossen?

Du lieber Himmel, er legte mir die Hände auf die Schultern und drehte mich zu sich um.

»Hey«, sagte er in vollem Ernst. »Wenn es an mir läge, würde ich dich nehmen.«

Und dann bekam ich meinen ersten Kuss. Eines ist sicher: Das Warten hatte sich definitiv gelohnt.

15 | NOAH

So etwas sagt man nicht. Das sage ich nicht nur aus eigener Erfahrung. Ich habe mich schon mit meinen Freunden über dieses Thema unterhalten, auch mit ein paar Mädchen. Man sagt nicht solche Dinge wie »Wenn es an mir läge, würde ich dich nehmen«.

Cat ist ein erstaunlicher Mensch. Und selbst auf die Gefahr hin, dass ich mich wie mein neuerdings verwirrter Halbbruder anhöre, muss ich zugeben, dass ich so etwas noch nie empfunden habe.

Nach unserem ersten Kuss hielten wir uns eng umschlungen. Es war keine lässige Umarmung wie beim Tanzen, sondern eine innige, liebevolle Umarmung, aus dem Wunsch heraus dem anderen so nahe wie möglich zu sein. Natürlich hatte ich bereits einige Erfahrung mit Mädchen; ich bin ihnen schon ziemlich nahe gekommen, rein körperlich, meine ich, aber noch nie habe ich mich einem Menschen so nahe gefühlt wie Cat, als ich sie nach unserem ersten Kuss in den Armen hielt. Ich weiß nicht, wie lange wir uns so festhielten; ich weiß nur, dass ich mir wünschte, es würde nie aufhören, aber irgendwann kommt man sich dann doch dämlich vor. Ich meine, wir hatten uns geküsst und umarmt, aber was nun?

Als wir uns voneinander lösten, lächelte Cat zu mir hoch. Sie sah etwas verlegen aus und ich spürte, dass ich etwas sagen müsste. Was das Zugeben von Gefühlen betraf, so hatte sie wahrlich die Hauptlast getragen; ich hatte nur zustimmen müssen. Aber was sollte ich sagen?

Okay, ich fühlte mich ihr sehr nahe, ich mochte sie sehr gern. Aber was nützte das? Ich meine, klar, wir könnten noch ein paar Tage lang herumknutschen, aber das würde nur dazu führen, dass wir immer mehr voneinander wollten, und da das unmöglich war, war es sinnlos, sich erst großartige Hoffnungen zu machen. Ich würde genug Probleme haben, wenn ich wieder in Brookline war, da hätte mir Liebeskummer gerade noch gefehlt.

Was sollte ich sagen, was konnte ich ihr versprechen? Nichts. Trotzdem, ihre großen braunen Augen blickten direkt in mein Innerstes und ich konnte ihnen nicht entkommen. Den Arm um die Hüften des anderen geschlungen, gingen wir zum Strand hinunter.

Natürlich hatte Henry nichts Besseres zu tun als laut zu applaudieren, als er uns so sah, weshalb sämtliche Albatrosse auf uns aufmerksam wurden. Er verkniff sich jedoch jegliche anzügliche Bemerkung und lächelte nur wehmütig. Echt, ich erkannte ihn kaum wieder.

Aber natürlich fiel dem Rest der Gruppe nichts anderes ein als die Daumen hochzustrecken und gönnerhaft-verständnisvoll zu grinsen.

Cat war das auch ziemlich peinlich und wir trennten uns, um uns bis auf unsere Badeklamotten auszuziehen. Es war der bisher schönste Strand dieser Reise, in einer geschützten kleinen Bucht, und der Sand war fein und weiß wie Puderzucker.

Ich stöhnte innerlich auf, als ich Jeremy tropfnass und mit einer Hand voll Seetang auf uns zurennen sah. Anfangs hatte mir der Kleine Leid getan, weil sein Vater manchmal so streng mit ihm war, aber als die Fogartys ihn in ihr Herz schlossen, war ich heilfroh gewesen.

»Wo warst du, Noah? Schau, was ich habe!«, brüllte Jeremy und warf mir den stinkenden Seetang ins Gesicht.

»Super«, sagte ich gequält.

»Im Wasser gibt's jede Menge davon«, rief er strahlend. »Ich baue mir eine Sandburg und mache das Dach aus Seetang.«

»Gute Idee.«

Jeremys Begeisterung kühlte etwas ab und er beäugte mich enttäuscht. Sein Blick wanderte zu Cat und dabei machte er ein Gesicht, als habe er auf seinem Lieblingsjoghurt in der hintersten Ecke des Kühlschranks Schimmel entdeckt.

»Warum bist du eigentlich ständig mit der da zusammen?«, fragte er pikiert. »Ist sie deine Freundin oder so?«

Himmel, kleine Kinder konnten manchmal wirklich Nervensägen sein. Cat verstaute hastig ihre Shorts und ihr T-Shirt unter einem Busch und rannte ins Wasser, damit ich nicht etwa annahm, sie wäre erpicht darauf, meine Antwort zu hören. Warum siehst du nur so großartig aus, dachte ich, als sie unbekümmert in die Wellen rannte, als wüsste sie nicht, welch herrlichen Anblick sie bot.

»Ja, irgendwie schon«, sagte ich zu Jeremy, obwohl mir klar war, dass diese Antwort ihn nicht befriedigen würde.

»Sie kann nicht ›irgendwie‹ deine Freundin sein. Entweder sie ist es oder sie ist es nicht.«

»Tja, das stimmt nicht ganz. Sie ist es und sie ist es auch nicht.

Sie ist es noch für ein paar Tage, aber danach ist sie es nicht mehr, weil wir uns dann trennen müssen.«
»Warum? Ihr könnt euch doch besuchen!«
»So einfach ist die Sache nicht. Also, was ist? Soll ich dir helfen deine Sandburg zu bauen?« Ich musste den Kleinen wohl oder übel ablenken, damit mir weitere peinliche Fragen erspart blieben.
»Okay. Aber ich verstehe nicht, warum du überhaupt eine Freundin brauchst. Jungen sind doch viel lustiger. Mädchen brüllen einen bloß an, und wenn nicht, dann wollen sie, dass man sie küsst und so.«
Ich musste lachen. »Der Gedanke ist gar nicht so abwegig, Jeremy. Wenn man älter ist, findet man das Küssen allerdings gar nicht so schlecht.«
Jeremy machte ein angewidertes Gesicht.
Cat und ich gingen uns an diesem Nachmittag aus dem Weg. Ich glaube, wir mussten beide das Vorgefallene erst einmal verdauen. Immer, wenn ich an unseren Kuss zurückdachte, stellte sich dieses wunderschöne Gefühl wieder ein, und je mehr ich mich bemühte nicht in ihre Nähe zu kommen, desto öfter dachte ich daran.
Wenn man mit einem Mädchen zuerst nur befreundet ist und es dann zu Zärtlichkeiten kommt, ist es schwer, sich vorzustellen, dass die Freundschaft immer noch dieselbe ist. Zwischen Cat und mir hatte anfangs nur eine platonische Freundschaft bestanden und jetzt, wo es mehr geworden war, wusste ich nicht, wie ich mich ihr gegenüber verhalten sollte.
Beim Abendessen lächelten wir uns zwar an, saßen allerdings weit auseinander. Henry nahm mich ins Gebet. »Noah, sieh

die Sache nicht so kompliziert. Sie sitzt am längeren Hebel. Ich weiß, wovon ich rede.«

»Seit wann? Heute Morgen noch wusstest du nicht, was hinten und vorne ist.«

»Du bist nicht wie ich. Du kannst dich verlieben . . .«

»Ich kann? Verflixt, ich bin erst sechzehn. Wieso zum Teufel ich ja und du nicht?«

Henry goss sich Mineralwasser nach und schüttete das Glas in sich hinein, als wolle er sich ertränken. »Vielleicht würde ich mich ja gerne verlieben«, flüsterte er aufgebracht, »und weiß nur nicht, wie das geht. Aber du weißt es. Also lauf nicht vor deinen Gefühlen davon!«

Noch nie hatte ich Henry so aufgewühlt erlebt. »Henry, ich glaube nicht, dass man wissen muss, wie es geht. Es passiert ganz einfach.«

Henry seufzte und blickte zu dem Tisch, an dem Miyoko saß. Ihre beiden Freundinnen schienen sie ins Gebet zu nehmen, während sie mit gesenktem Kopf dasaß.

»Irgendetwas hält mich davon ab«, sagte Henry wieder etwas ruhiger. »Das ist mir früher nie bewusst geworden. Ich hatte ständig alle möglichen Ausreden parat: Ich wollte nichts anbrennen lassen, mir aber auch nicht die Finger verbrennen. Aber das war doch Mist! Ich habe eine Mauer um mich herum errichtet. Aber in Wahrheit hatte ich einfach panische Angst davor, mich auf jemanden richtig einzulassen.«

»Weshalb panische Angst?«

Henry zuckte mit den Schultern. »Vielleicht davor, dass die Betreffende sehen könnte, wie ich wirklich bin.«

Miyoko blickte auf und warf einen verstohlenen Blick auf

Henry. »Ich glaube, Miyoko hat schon begriffen, wie du wirklich bist«, sagte ich.

Henry nickte. »Mag sein. Und dasselbe gilt für Cat und dich.«

»Mit dem Unterschied, dass ich mich nicht versteckt habe.«

Henry lächelte. »Bruderherz, wir sind beide Dads Söhne. Wir haben das Versteckspielen vom Meister gelernt.«

Ich wusste, dass Henry die Wahrheit sagte. Ich gehe genauso mit Menschen um wie er, lasse sie nur bis zu einem gewissen Punkt an mich herankommen und ziehe mich dann zurück. Weil ich mir einbilde, es gehe um meine Privatsphäre; muss man nicht jedem seine innersten Gefühlen zeigen. Ich kannte auch die Mauer, von der Henry gesprochen hatte. Aber dadurch schloss man nicht nur andere Menschen aus; gleichzeitig schloss man sich selbst ein.

»Und ich bin gerade der Richtige, um solche Weisheiten zu predigen, hm?«, sagte Henry lachend. »Hey, kann Liebe schlimmer sein als dieses quälende Gefühl? Wohl kaum.« Er stand auf und streckte sich. »Mann, ich bin echt bettreif heute Abend.«

Plötzlich stand Miyoko hinter ihm. »Wir können sprechen kurz, Henry?«

Henry nahm sie an der Hand und verließ mit ihr den Speisesaal. Erstaunlich, was Miyoko und die Beinahe-Begegnung mit dem Tod aus Henry gemacht hatten. Er war plötzlich jemand, der sich Gedanken machte, der über Dinge redete, die sich nicht auf Stammtischniveau bewegten; er war erwachsen geworden.

Aber ich noch nicht. Und dieses ganze Gerede über Liebe hatte mich nur noch mehr verwirrt. Ich hatte schon genügend

Probleme und musste mir nicht freiwillig noch ein weiteres aufhalsen.

Diego erhob sich und sprach zu den versammelten Passagieren. »Wenn ich kurz um Ihre geschätzte Aufmerksamkeit bitten dürfte. Wie Sie wissen, sind wir zu unserem nächsten Bestimmungsort unterwegs: Isabela Island. In wenigen Stunden werden wir unseren Ankerplatz erreichen. Der Tag morgen wird anstrengend werden, da wir den langen Fußmarsch zum Vulkan Alcedo machen und Proviant mitnehmen müssen. Wir werden erst am Abend zurück sein. Ich möchte Sie daher bitten heute möglichst wenig Alkohol zu trinken und früh zu Bett zu gehen.« Alle lachten höflich, aber mir fiel auf, dass Diego noch nervöser war als sonst.

Ich beschloss Diegos Rat zu folgen und früh zu Bett zu gehen. Cat muss dasselbe vorgehabt haben. Sie war wenig später von der Bildfläche verschwunden.

Aber natürlich konnte ich lange nicht einschlafen. So etwas wie heute passiert schließlich nicht jeden Tag. Henrys Worte gingen mir durch den Kopf. Ein Teil von mir wünschte sich sehnlichst die Mauer endlich einzureißen. Andererseits jedoch hatte ich das dumpfe Gefühl ein oder zwei weitere solcher Küsse und Umarmungen würden ausreichen alle Tore in mir einzureißen, ob ich nun dazu bereit war oder nicht.

Irgendwann muss ich dann wohl doch eingeschlafen sein. Es war schon spät, bestimmt weit nach Mitternacht, als ich durch ein Klopfen geweckt wurde. Zuerst dachte ich, es sei Henry, weil er noch nicht da war. Offensichtlich hatte die Unterredung mit Miyoko länger gedauert.

»Noah, wach auf!« Jemand rüttelte am Türgriff. Ich ließ Cat herein.

Sie zitterte am ganzen Körper und zuerst dachte ich, ich wüsste, weshalb sie gekommen war. Ich geriet in Panik. Doch sie begann wie ein Wasserfall zu erzählen. »Er bringt sie vom Schiff! In diesem Moment. Er stiehlt die Schildkröten. Noah, wir müssen etwas tun! Hilf mir!«

16 | CAT

Nach allem, was passiert war, konnte ich natürlich nicht einschlafen. Ich hatte einen wunderschönen, traumhaften Moment mit Noah erlebt, aber danach ging alles irgendwie schief. Zuerst Henry und die anderen, die uns hänselten, dann Jeremy mit seiner blöden Frage – ich merkte, dass sie Noah peinlich war. Er wollte nicht, dass die anderen mich für seine Freundin hielten.
Und genau das, was ich befürchtet hatte, trat ein. Er wollte plötzlich nicht mehr mit mir reden, wir waren nicht einmal mehr gute Freunde. Als ich im Bett lag, fragte ich mich verzweifelt, warum ich die Sache so forciert habe. Wenn nicht, hätte ich die letzten paar Tage mit Noah verbringen können statt ihn schon zu vermissen, bevor wir das Schiff verlassen haben.
Ich hörte, wie die Schiffsmotoren verstummten. Vermutlich hatten wir vor Isabela Island Anker geworfen. Schade, das sanfte Schaukeln würde mich nun nicht mehr in den Schlaf wiegen können. Während ich so dalag und mich ruhelos hin und her warf, fiel mir plötzlich ein, dass Diego uns ermahnt hatte frühzeitig zu Bett zu gehen, damit wir morgen für die lange Wanderung ausgeruht waren. Warum war mir das so merkwürdig vorgekommen? Ich überlegte. Seine Stimme hatte gezittert, ähnlich wie damals, als Noah und ich gehört

hatten, wie er zu Sofia sagte, sie solle ohne ihn zu der Party gehen, weil er noch zu arbeiten hätte. Er hatte . . . einfach gelogen!

Plötzlich bekam ich eine Gänsehaut. Was wäre, wenn er uns nur so früh zu Bett geschickt hatte, um in aller Ruhe die Schildkröten auszuladen? Das ergab einen Sinn. Er musste sie vor Freitag loswerden, wenn die Feier auf Casanova Island stattfand. Ich hatte keinen Zweifel mehr: Bestimmt traf er sich auf Isabela Island mit jemandem, an den er die Tiere verkaufen wollte!

In aller Eile zog ich mich an und hastete auf das hintere Oberdeck. Wäre ich damals an dieser Stelle gestanden, hätte ich alles gesehen. Ich hängte mich über die Reling wie ein Leguan über einen Felsen und spähte hinunter. Hier waren zwar mehrere Pangas vertäut, aber weit und breit war kein Mensch zu sehen.

Aber ich wusste, dass ich mich nicht irrte, und deshalb wartete ich geduldig. Mindestens eine halbe Stunde war vergangen und mir wurde allmählich kalt. Gerade als ich beschloss wieder zu Bett zu gehen, hörte ich etwas, ein Keuchen. Es dauerte nicht mehr lange und Diego tauchte im Schein der Lampe auf, mit einer Schildkröte in den Armen. Bingo!

Ich sah, wie er sich abmühte. Einmal rutschte er auf den Stufen aus und ich befürchtete schon, er würde die Schildkröte ins Wasser fallen lassen oder gar selbst hineinstürzen. Aber er blieb nur kurz stehen, um wieder ins Gleichgewicht zu kommen, hielt die Schildkröte weiter umklammert und fluchte. Danach sagte er etwas, das wie ein Stoßgebet klang. Schließlich gelang es ihm, das Tier heil in das Panga zu verfrachten, dann holte er erst mal tief Luft und ging wieder ins Schiff zurück, um die nächste zu holen.

Ich konnte nur eines tun. Noah hatte gesagt, er stünde auf meiner Seite, und das konnte er jetzt beweisen. Ich schlich mich auf die andere Seite des Schiffes und rannte dann, so schnell ich konnte, zu Noahs Kabine.

Er hatte natürlich geschlafen. Klar, dass ihn ein Kuss und eine Umarmung nicht um seine Nachtruhe brachten. Er war so verschlafen, dass es eine ganze Weile dauerte, bis ich ihm klargemacht hatte, was los war. Hastig zog er sich an. Ich ging diesmal nicht nach draußen, sondern schaute ihm zu, als er sich Jeans und Pulli überzog, und wünschte mir sehnlichst ihn wenigstens noch einmal berühren zu dürfen.

»Du hast gesehen, dass er eine der Schildkröten in ein Panga verladen hat?«, fragte er, wobei er meinem Blick bewusst auswich.

»Ja. Beeil dich, sonst verpassen wir das Ganze.«

»Cat«, sagte er, »wir sind nicht in einem Film. Es wird 'ne Weile dauern, bis er vier große Schildkröten in ein kleines Boot verfrachtet hat.« Er hörte sich irgendwie sauer an, aber ich hatte keine Zeit mir darüber den Kopf zu zerbrechen.

Wir hasteten über das Deck, bis wir im hinteren Teil des Schiffs angekommen waren. »Runter!«, befahl ich und Noah gehorchte ohne Widerspruch. Wir krochen bis ganz nach hinten. Dann endlich konnten wir unter uns die Pangas sehen. In einem davon lagen bereits drei Schildkröten. Diego musste gerade unterwegs sein, um die vierte zu holen.

»Himmel, es sind tatsächlich die verwaisten Schildkröten!«, flüsterte Noah.

Wütend funkelte ich ihn an. »Das sage ich doch schon die ganze Zeit! Hast du nicht behauptet, dass du mir glaubst?«

»Natürlich! Aber sie mit eigenen Augen zu sehen ist noch mal etwas anderes.«

Ich hörte, dass Diego zurückkam, und stieß Noah in die Seite, damit er still war. Wir kauerten Seite an Seite, während Diego sich mit der vierten Schildkröte abmühte. So schrecklich die ganze Situation auch war, ich konnte nicht vergessen, wie nahe Noah mir in diesem Augenblick war. Ich hätte nur den Arm ausstrecken müssen, um ihn zu berühren. Aber natürlich würde ich nicht so dumm sein noch einmal die Initiative zu ergreifen.

Schließlich hatte Diego auch die letzte Schildkröte in das Panga verfrachtet und packte die beiden Ruder, die im Boot lagen. Fast lautlos entfernte sich das Panga von der »Santiago«.

»Er kann den Motor nicht anlassen«, sagte ich, »sonst weckt er jemand auf.«

»Komm, wir sagen dem Kapitän Bescheid!«, sagte Noah und wollte aufstehen. Ich packte ihn am Ärmel.

»Nein! Wozu soll das gut sein? Außerdem ist es ›unser‹ Abenteuer.« Die Sache mit den Schildkröten war das Einzige, was nur uns beiden gehörte. Und jetzt wollte er den blöden Kapitän mit hineinziehen!

»Cat, das ist kein Abenteuer. Der Kerl ist ein Verbrecher. Wir müssen etwas tun.«

»Ich möchte den Kapitän nicht wecken. Warum nehmen wir nicht einfach ein anderes Panga und fahren ihm nach? Sobald wir wissen, was los ist, kommen wir zurück und wecken die anderen.«

Noah starrte mich entsetzt an. »Spinnst du? Du willst, dass wir ihm nachfahren?«

Ich sprang auf und rannte zur Treppe. »Komm schon! Wenn wir uns nicht beeilen, verlieren wir ihn aus den Augen.«

Noah folgte mir zwar, rief aber: »Das können wir nicht machen! Wir wissen doch gar nicht, wohin er fährt.«

»Wahrscheinlich nach Isabela. Die Insel liegt direkt vor uns. Wir sehen nach, was los ist, dann kehren wir um. Das dürfte doch kein Problem sein. Ich dachte, du kennst dich mit Booten aus.«

»Klar kenne ich mich aus. Aber du kannst nicht schwimmen.«

Das bremste mich eine Sekunde. »Gut, dann zieh ich mir eben 'ne Schwimmweste an, wie immer. Wir fahren schließlich nicht weit, Noah!«

»Wir fahren überhaupt nicht, Cat!«

Wütend starrten wir einander an. »Na schön«, sagte ich, »dann fahre ich eben allein.«

Ich schnappte mir eine Schwimmweste und marschierte entschlossen die Stufen zum Panga-Deck hinunter. Ich muss zugeben, dass ich nicht gewusst hätte, was ich tun sollte, falls Noah mir nicht gefolgt wäre, denn ich habe noch nie im Leben ein Ruder in der Hand gehabt. Ich wollte ihn nur zwingen Farbe zu bekennen. Es war unser gemeinsames Abenteuer und er würde mich nicht im Stich lassen. Ich hoffte, dass wir zumindest das noch zusammen erleben würden.

Unten angekommen, machte ich mich am Knoten des Seils zu schaffen, mit dem ein Panga an der »Santiago« befestigt war.

»Ich an deiner Stelle«, hörte ich da Noahs Stimme leise hinter mir, »würde zuerst in das Panga steigen, bevor ich das Seil losbinde.«

Trotzig kletterte ich in das Panga. Zum Glück folgte mir Noah und bekam den Knoten mühelos auf. Ich setzte mich wie immer bei unseren Ausflügen seitlich an den Bootsrand, aber Noah befahl mir mich in die Mitte zu setzen.

»Sonst bringst du das Boot aus dem Gleichgewicht.« Er zog sich ebenfalls eine Schwimmweste an und legte die beiden Ruder in die Halterungen. Dann erst blickte er mich stirnrunzelnd an.

»Du bist total übergeschnappt, weißt du das? Was wir hier machen, ist der totale Wahnsinn. Wenn ich nur wüsste, warum ich dabei mitmache!« Er schüttelte den Kopf, ehe er sich endlich in die Ruder legte. Wie durch Zauberhand glitt das Panga von der »Santiago« weg hinaus ins offene Meer.

»Ich kann Diegos Boot kaum noch sehen«, sagte ich. »Es muss dort drüben sein.« Noah steuerte unser Panga auf das Bug der ›Santiago‹ zu, wo die Wasseroberfläche im Schein der Lichter des Schiffes gespenstisch grün schimmerte. Aber zumindest konnten wir wenigstens etwas sehen.

»Jetzt dreht er ab. Er fährt nicht auf Isabela zu«, sagte Noah plötzlich.

»Das kann nicht sein. Vielleicht fährt er auf die andere Seite. Folge ihm.«

»Ay, ay, Sir!«

Nachts auf einem kleinen Panga unterwegs zu sein war wesentlich ungemütlicher als tagsüber unter der heißen Sonne mit zwei Ruderern und einem Reiseleiter. Nachts war es kalt und windig und das Wasser wirkte dunkel und bedrohlich.

»Was, meinst du, was wohl unter uns schwimmt?«, sagte ich und starrte in die dunkle Tiefe.

»Haie«, antwortete mir Noah mit zusammengebissenen Zähnen.
»Warum bist du so fies? Meinetwegen hättest du nicht mitkommen müssen.«
»Stimmt. Ich hätte dir dabei zusehen können, wie du in das Panga kletterst und immer im Kreis paddelst.«
Ich hütete mich ihn darauf aufmerksam zu machen, dass ich es ohne seine Hilfe vermutlich nicht einmal geschafft hätte, den Knoten zu lösen. »Ich dachte, du wolltest mitkommen«, sagte ich trotzig. »Oder interessiert es dich nicht, wie die Sache weitergeht?«
»Nicht besonders. Ist dir klar, wie viel Ärger wir bekommen werden, wenn wir wieder zurück sind?«
»Nicht, wenn wir einen Verbrecher überführt haben«, sagte ich.
Noah schwieg für einen Moment, dann seufzte er und lächelte schließlich. »Cat, du bist unmöglich. Echt unmöglich.«
»Ich mag dich auch«, sagte ich. Manchmal kann ich meine Zunge nicht im Zaume halten.
»Rutsch mal rüber«, sagte er.
»Würde das das Boot nicht aus dem Gleichgewicht bringen?«, fragte ich besorgt.
»Nö, das hab ich nur gesagt, um dich herumzukommandieren«, gestand mir Noah mit einem Grinsen.
Ich rutschte so nah an ihn heran, dass ich meine Beine unter seine schieben konnte. Es war wärmer, wenn wir so nahe beieinander saßen, aber irgendwie peinlich, sich aus dieser Nähe in die Augen zu sehen, weshalb wir beide angestrengt auf die Wasserfläche starrten.

»Ist er dort hinten? Ich kann ihn kaum noch sehen«, sagte ich.
»Ja, das ist er. Aber er fährt garantiert nicht nach Isabela.«
»Gibt es hier noch andere Inseln?«
Noah schüttelte den Kopf. »Vielleicht ein paar kleinere, die nicht auf der Karte sind. Hör mal, Cat, ich finde, wir sollten umkehren. Ich habe das Gefühl, wir fahren direkt auf das offene Meer hinaus, und außerdem kann man kaum noch etwas erkennen.«
Es war mir nicht so vorgekommen, als wären wir sehr weit gerudert, aber als ich zurückblickte, sah ich, dass die »Santiago« in weiter Ferne lag, wie ein weißer Stern in der Dunkelheit. Ein leichter Nebel hatte sich zwischen uns und das Schiff gelegt, das jetzt fast wie eine Fata Morgana aussah. Diego zu verfolgen war ein Spiel, ein spannendes Abenteuer gewesen, aber plötzlich wurde mir klar, wie gefährlich die ganze Sache war.
»Okay, fahr zurück, Noah. Wir sind schon zu weit vom Schiff entfernt.«
»Keine Bange. Ich mache den Motor an, dann sind wir schnell wieder zurück. Danach wecken wir den Kapitän und erzählen ihm, was Diego angestellt hat.«
Noah stand auf und zog an einer Schnur, um den Motor anzuwerfen. Dieser gab ein surrendes Geräusch von sich, das jedoch rasch wieder erstarb. »Er springt nicht an. Hoffentlich haben wir überhaupt Benzin im Tank.« Noah zog erneut. Wieder nichts.
Während Noah noch versuchte den Motor zu starten, kam plötzlich Wind auf. Die Wellen wurden höher und das Panga wurde zunehmend heftiger hin und her geworfen. Wir schie-

nen nun doch auf Isabela Island zuzutreiben, aber ich konnte keinen Strand sehen. Nur felsige Klippen.
»Noah!«, rief ich entsetzt und zeigte auf die Klippen.
»Der Motor springt nicht an!«, knurrte er. »Ich muss wieder rudern.« Er legte sich mit seinem ganzen Gewicht in die Ruder und wir entfernten uns wieder ein Stück von den Felsen. Ich begann zu begreifen, dass er bei dieser stürmischen See niemals die Kraft haben würde uns den ganzen Weg zurück zur »Santiago« zu rudern.
Als wir einen gewissen Abstand von den Klippen hatten, rief ich: »Ruh dich kurz aus. Es ist alles okay.«
»Nein, nichts ist okay, Cat. Zieh deine Schwimmweste zu!«
Mit zitternden, nassen Fingern zog ich den Reißverschluss hoch. Dann kroch ich auf Noah zu und zog auch seinen Reißverschluss hoch. »Noah«, stammelte ich, »es tut mir Leid, dass ich dich gezwungen habe mitzukommen.«
Nur etwa eine Sekunde lang legte er seinen Kopf an meine Schulter. »Es dürfte dir klar sein, dass ich dir überallhin folgen würde.« Hätte ich nicht so fürchterliche Angst gehabt, hätte mich diese Bemerkung unheimlich glücklich gemacht.
Er setzte sich wieder auf und ruderte weiter, aber ich sah, wie erschöpft er war. »Lass mich mal machen«, sagte ich.
»Kannst du nicht. Ist zu schwer.«
»Dann versuchen wir es gemeinsam. Ich will dir helfen!«
Er überlegte kurz. »Okay, dreh dich um und setz dich genau vor mich. Ja, so. Leg deine Hände neben meine und zieh, wenn ich es sage.« Er holte Luft. »Jetzt, ziehen!«
Noch nie im Leben habe ich so hart gearbeitet. Wir ruderten gemeinsam, mindestens eine halbe Stunde lang, aber als wir

aufblickten, hatten wir das Gefühl der »Santiago« keinen Millimeter näher gekommen zu sein. Wir hatten lediglich verhindern können, dass unser Panga gegen die Klippen geschleudert wurde.

Schließlich sackte ich zusammen. Meine Arme waren gefühllos, meine Beine völlig verkrampft und ich schlotterte am ganzen Körper. »Noah, ich kann nicht mehr!«, jammerte ich. »Ich kann nicht mehr!«

Verzweifelt wandte ich ihm den Kopf zu. Er war ebenfalls erschöpft. »Wir dürfen nicht aufgeben, Cat. Ruh dich 'ne Minute aus. Wir schaffen es!«

Ich wusste, dass es unmöglich war, aber ich versuchte ihm zu glauben. »Klar«, flüsterte ich. Sein Gesicht war tropfnass und ich hatte das dumpfe Gefühl, dass es sich nicht um Salzwasser aus dem Pazifik handelte. Er brauchte jedes Fünkchen Energie und Willenskraft, um unser Panga von den Klippen fern zu halten.

Dann, gerade als ich meine Hände wieder auf die Ruder legte, um Noah erneut zu helfen, hörten wir einen Ruf über das Wasser schallen: »Haltet durch! Wir kommen!«

Da begriff ich, dass das summende Geräusch, das mir in den letzten Minuten in den Ohren geklungen hatte, vom Motor eines anderen Pangas stammte.

17 | NOAH

Kann sein, dass die Leute vom Rettungsboot etwas gebrüllt haben, aber ich hörte es nicht. Ich konzentrierte mich darauf, an den Rudern zu ziehen. Ihr Rhythmus war ein Teil von mir geworden. Selbst als Cat aufhörte zu rudern und ihre Arme um mich schlang, verstand ich nicht, was sie sagte. Ich bemerkte nur, dass sie weinte, und das ließ mich noch verzweifelter rudern.

Als das Boot seitlich von uns war, konnte ich es kaum glauben. Es kam mir vor wie ein Traum. Ohne zu begreifen, sah ich, wie einer der Männer die beiden Pangas zusammenband, aber ich saß reglos da wie unter Schock. Erst als ich sah, wie sie Cat in ihr Boot zogen, kam wieder Leben in mich. Ich versuchte aufzustehen, schaffte es aber nicht. Ich war wie gelähmt, für ewig in dieser Ruderposition erstarrt. Zwei Männer mussten mich schließlich von einem Panga ins andere ziehen.

Cat und ich wurden auf den Boden des Pangas gelegt und mit Decken und einer Plane zugedeckt. Aber wir froren und waren so durchnässt, dass wir zitterten wie Espenlaub. Wir hielten uns in den Armen, was an sich tröstlich war, aber als unsere Erstarrung nachließ, tat uns alles weh und wir jammerten wie kleine Kinder.

Noch nie im Leben hatte ich solche Angst verspürt wie vorhin in dem Panga. Nicht nur weil ich hätte ertrinken oder aufs offene Meer hinaustreiben können – es war nicht das erste Mal, dass ich bei rauer See in Seenot war, sondern weil Cat mich brauchte und mir vertraute und ich sie würde enttäuschen müssen. Und ich begriff, dass Cat von allen Menschen, die ich kannte – meine Mutter, mein Vater oder Henry oder sonst jemand, diejenige war, die ich am wenigsten enttäuschen wollte.

Georg, der deutsche Reiseleiter, gehörte auch zur Rettungsmannschaft und irgendwann bekam ich mit, dass er auf mich einredete.

». . . nur noch ein paar Minuten, dann sind wir auf dem Schiff . . . der Sturm legt sich«, sagte er. »Wir haben eine halbe Stunde nach euch gesucht, gleich nachdem die Eltern des Jungen uns alarmiert hatten. Aber in dieser Richtung haben wir zuerst nicht gesucht. Wir nahmen an, ihr wärt nach Isabela gefahren. Ihr wart so weit draußen, dass ihr von Glück sagen könnt, dass wir euch vor die Suchscheinwerfer bekamen.«

Ich begriff gar nichts. »Junge?«, fragte ich. Mehr bekam ich im Moment nicht über die Lippen.

»Ja, der kleine Junge. Er muss gesehen haben, wie ihr in das Panga gestiegen seid. Ich weiß nicht, warum er um diese Zeit nicht im Bett war oder warum seine Eltern nicht besser auf ihn aufgepasst haben, aber zum Glück hat er euch gesehen. Andernfalls . . .« Was andernfalls passiert wäre, überließ er unserer Phantasie.

Cat flüsterte: »Jeremy! Es war Jeremy!« Ich nickte.

Jetzt, wo wir in Sicherheit waren und uns der »Santiago« näherten, ließ Georg seinem Ärger etwas mehr Luft. »Ihr werdet ganz schön Ärger bekommen. Es ist noch nie passiert, dass sich jemand mitten in der Nacht ein Panga schnappt und davonfährt.«

Cat stützte sich auf den Ellbogen. »Wir haben Diego verfolgt. Wir wollten sehen, wohin er die Schildkröten bringt«, versuchte sie zu erklären.

»Diego? Wovon sprichst du?«

»Diego hat die verwaisten Schildkröten von Casanova Island gestohlen«, pflichtete ich ihr bei. Damit war ich auch schon wieder am Ende meiner Kräfte.

»Woher wollt ihr wissen, dass –«, fragte er bestürzt.

»Ich habe ihn gesehen«, erklärte Cat. »Er und André brachten sie in Santa Cruz an Bord und versteckten sie in Diegos Kabine. Heute Nacht verfrachtete er sie in ein Panga und fuhr sie weg. Wir versuchten ihm zu folgen, aber . . .«

»Wenn das wahr ist!« Georg war außer sich. Wir waren mittlerweile an der »Santiago« angekommen und er musste mithelfen die Pangas zu vertauen und unsere steifen Körper die Treppen an Deck hochzugeleiten, wo ein Empfangskomitee auf uns wartete.

»Gott im Himmel! Ihr seid gerettet!«, rief der Kapitän erleichtert, als wir an Deck torkelten. »Sobald ihr wieder bei Kräften seid, möchte ich eine Erklärung hören. Ich habe eure Familien nicht geweckt, um sie nicht unnötig in Aufregung zu versetzen, bevor wir Näheres wussten.«

Georg kam herbeigeeilt. »Kapitän Bolmeier, sie haben mir unterwegs eine ganz merkwürdige Geschichte erzählt.«

Wir wollten noch zuhören, wie Georg die Geschichte von Diego und den Schildkröten wiedergab, aber die McNuffs, die von Jeremy geweckt worden waren und natürlich nicht wieder ins Bett gegangen waren, brachten uns in unsere Kabinen. Frau Dr. McNuff nahm Cat unter ihre Fittiche. Ihr Mann schien weniger erpicht darauf, mich zu begleiten, aber Jeremy war so aufgedreht und wollte unbedingt bei mir bleiben, weshalb sein Vater notgedrungen mitkam.

»Mann, ich dachte, mich trifft der Schlag, als ich euch in das Panga steigen sah!«, sprudelte Jeremy los. »Ich war auf dem Oberdeck, aber ihr habt mich nicht gesehen. Zuerst wollte ich es keinem sagen, aber als ich euch dann nicht mehr gesehen habe, bekam ich doch Angst.«

Ich wollte meine durchnässten Sachen ausziehen, aber die Tür war sperrangelweit auf und Mr McNuff lehnte im Türrahmen, während Jeremy aufgeregt um mich herumhüpfte.

»Hör mal, Jeremy, ich würde jetzt gern 'ne heiße Dusche nehmen, okay?«, sagte ich mit einem Hilfe suchenden Blick auf seinen Vater.

»Komm, wir gehen endlich schlafen, Jeremy«, sagte Mr McNuff und unterdrückte ein Gähnen.

»Gleich«, sagte Jeremy und wandte sich wieder an mich. »Sag mal, ist es okay, dass ich meinen Eltern Bescheid gesagt habe?«, wollte er wissen.

»Oh ja, das war toll von dir. Wenn du es ihnen nicht gesagt hättest, wären Cat und ich um diese Zeit vermutlich schon tot.« Ich sank auf das Bett, um mir die tropfnassen Schuhe und Socken auszuziehen. Das konnte ich mir auch vor Publikum erlauben.

»Echt?« Jeremy fielen fast die Augen aus dem Kopf. »Soll das heißen, dass ich euch das Leben gerettet habe?«

»Ja, mein Freund. Und dafür bin ich dir sehr dankbar.« Ich

streckte meine Hand aus und Jeremy schlug seine mindestens zehnmal dagegen und sprang dabei jedes Mal in die Luft.
»Jeremy, jetzt gehen wir!«, sagte sein Vater zum wiederholten Male.
»Mann, ich hab noch nie jemandem das Leben gerettet!«, krähte Jeremy begeistert.
Ich zerrte mir den Pullover vom Leib. Ich würde jetzt duschen und wenn der Kleine mich bis ins Bad verfolgte. »Hör mal, Jeremy, wir sehen uns morgen. Dann reden wir in Ruhe darüber.«
»Ja, das muss ich gleich meiner Mom erzählen!«, rief Jeremy und sauste endlich davon. Aus Leibeskräften »Mom!« rufend, rannte er durch den Gang, um auch die wenigen zu wecken, die bei diesem Spektakel noch nicht aufgewacht waren. Kopfschüttelnd trabte sein Vater hinter ihm her.
Das heiße Wasser tat tierisch gut. Meine Armmuskeln hatten sich verkrampft, sobald ich mit dem Rudern aufgehört hatte, aber das heiße Wasser taute sie irgendwie wieder auf. Ich war so müde, dass ich fast im Stehen eingeschlafen wäre, wollte aber noch nicht ins Bett. Ich musste zuerst zu Cat. Ich wusste, dass sie mich auch sehen wollte.
Und tatsächlich, noch bevor ich die Schuhe angezogen hatte, stand sie auch schon in der Tür.
»Komm, schauen wir, was los ist«, sagte sie.
Und dann, direkt in der Tür meiner Kabine, nahm ich sie in die Arme und gab ihr einen Kuss, einen richtigen Kuss diesmal, einen Kuss, der den Panzer unter meiner Haut ein Stück weit öffnete. Ich tat nicht mehr so, als ob, auch wenn mich die Angst vor möglichen Konsequenzen fast umbrachte. Ich

wollte, dass Cat es wusste, ob wir uns nun für weitere fünf Tage oder fünf oder fünfzig Jahre sehen würden – sie war das erste Mädchen, das ich wirklich liebte.

Eng umschlungen gingen wir danach zum Panga-Dock hinunter, wo ein paar Leute mit grimmigen Gesichtern herumstanden. Die McNuffs waren endlich dabei, ihren aufgeregten kleinen Sohn zu Bett zu bringen. Der Kapitän hatte sich per Funk mit der Darwin-Forschungsstation in Verbindung gesetzt, um sich nach dem Schicksal der verwaisten Schildkröten zu erkundigen. Der zuständige Mann sagte erst, André hätte nichts gemeldet und folglich sei er sicher, dass die Schildkröten noch da seien. Aber als unser Kapitän ihm mitteilte, dass es allen Grund gab, zu glauben, dass auch André in die Entführung verwickelt sei, schickte er jemanden zum Nachsehen und tatsächlich – die Schildkröten waren verschwunden.

Die Leute von der Forschungsstation wollten André gleich befragen, während Georg mit den anderen nochmals mit dem Panga hinausgefahren war, um nach Diego Ausschau zu halten.

»Aber deswegen seid ihr noch lange nicht entschuldigt«, sagte der Kapitän zu uns. »Wenn ihr gewusst habt, dass etwas Verbotenes im Gange war, hättet ihr mir Mitteilung machen müssen. Oder habt ihr etwa geglaubt die Sache auf eigene Faust klären zu können?«

Darauf fiel uns keine vernünftige Antwort ein, weshalb wir nur mit den Schultern zuckten und betreten zu Boden blickten. Dass es einfach nur die Lust auf ein Abenteuer war, hätte er uns ohnehin nicht abgenommen.

Der Kapitän musterte mich. »Sind Sie nicht der Bruder des jungen Mannes, der neulich beim Schnorcheln fast ertrunken wäre?«

Ich nickte.

»Es ist das erste Mal, dass ich mit einer Gruppe so viel Ärger habe!«, knurrte er aufgebracht. »Aber ihr beide solltet endlich schlafen gehen«, fuhr er dann besänftigt fort.

Wir wollten lieber noch bleiben, um zu sehen, wie die Sache zu Ende ging, aber wir waren wirklich hundemüde. Deshalb holten wir unsere Decken und machten es uns auf einem Liegestuhl bequem, ganz dicht aneinander geschmiegt, und trotz der Stimmen um uns herum schliefen wir schnell ein.

Das Letzte, was ich hörte, bevor ich eindöste, war die Stimme des Kapitäns. »Ich begreife nicht, wohin er fahren wollte. Die einzige Insel in dieser Richtung ist Lorenzo!«

18 | CAT

Wir erwachten, als sich eine Sturzlawine spanischer Wörter aus dem Mund der erbosten Sofia auf ein nasses Häuflein Elend ergoss, das eine vage Ähnlichkeit mit Diego aufwies. Mein Schulspanisch reichte nicht sehr weit, aber ich verstand zumindest »Ay, por Diós! Qué te pasa, idiota?«, was so viel heißt wie »Mein Gott, was ist in dich gefahren, du Idiot«.
Die Sonne hatte sich gerade über den Horizont geschoben und ein paar mit ihrem Fernglas an der Reling stehende Frühaufsteher fragten sich bestimmt, was hier los war. Ich hoffte von ganzem Herzen, dass meine Eltern erst auftauchen würden, nachdem ich mich verzogen hatte.
Das Problem war nur die Fortbewegung. Als ich mich aufzurichten versuchte, explodierten in meinen Armen und meinem Rücken mehrere Schmerzsalven gleichzeitig. Mein Stöhnen weckte Noah auf.
Verzweifelt suchte ich nach Worten. Sein Kuss gestern Nacht bedeutete so viel für mich, hatte so viel gesagt. Er hatte die Schrecken der Panga-Fahrt und alle Streitigkeiten von früher einfach weggewischt. Doch was, wenn er ihn vergessen oder über Nacht seine Meinung geändert hatte? Was, wenn er nur für mich von Bedeutung war?
Noah setzte sich auf, offensichtlich unter denselben Schmerzen wie ich, und legte einen Arm um meine Taille.

»Guten Morgen«, sagte er und strich mir die Haare aus dem Gesicht. Diesmal gab er mir nur einen kurzen Kuss, aber ich spürte, dass es bei passender Gelegenheit eine Fortsetzung geben würde. Ich war mir ganz sicher.

Der Kapitän versuchte inzwischen Sofia zu besänftigen. »Bitte, meine Liebe, das nützt doch nichts.« Ängstlich blickte er zu den Passagieren in der Nähe und lächelte entschuldigend. »Wir müssen vernünftig bleiben. Ich würde vorschlagen, wir gehen in meine Kabine und hören uns in aller Ruhe an, was Diego zu sagen hat.«

Also verzog sich die ganze Gruppe nach unten: Diego, der Kapitän, Georg, Sofia, Noah und ich. Mir war klar, dass der Kapitän auf die Anwesenheit von uns beiden keinen großen Wert legte, aber um nichts in der Welt hätte ich mir Diegos Erklärungen entgehen lassen.

Die Kabine des Kapitäns war um einiges größer als die Kabinen der Passagiere. Es gab sogar Stühle und alle setzten sich, mit Ausnahme von Diego, der zu durchnässt, und von Sofia, die zu aufgebracht war.

Der Kapitän ergriff als Erster das Wort. »Diego, bevor Sie versuchen uns eine lächerliche Geschichte aufzutischen, möchte ich Ihnen sagen, dass die Forschungsstation das Verschwinden der vier verwaisten Schildkröten bestätigt hat und dass die beiden jungen Leute hier gesehen haben, wie Sie die Schildkröten vom Schiff auf ein Panga verladen haben und damit davongerudert sind. Sie sind ihnen sogar in einem zweiten Panga gefolgt, das allerdings kein Benzin im Tank hatte, weshalb die beiden von Glück sagen können, dass sie noch leben und nicht gegen die Klippen von Isabela geschleudert wurden. Auch Sie können von Glück sagen, dass Sie diese beiden jungen Leute heute Morgen nicht noch zusätzlich auf dem Gewissen haben.«

Diego schlug sich die Hände vor das Gesicht. »Oh nein! Wie hätte ich auch ahnen können, dass ich beobachtet und auch noch verfolgt wurde! Ich weiß gar nicht, was ich sagen soll!« Hilflos blickte er Noah und mich an. »Ich fühle mich schrecklich. Alles in Ordnung mit euch beiden?«

»Ja«, bestätigte Noah. »Aber wo sind die Schildkröten geblieben?«

Diego nickte. »Ich schulde Ihnen allen eine Erklärung. Das Ganze begann damit, dass ich zu feige war mit der Wahrheit herauszurücken. Es wäre eine Kleinigkeit gewesen, wenn wir es schon vor Jahren getan hätten, aber André und ich haben schweigend mit angesehen, wie die Sache ihren Lauf nahm.« Er seufzte und lehnte sich erschöpft gegen die Badezimmertür.

»Vor vier Jahren trat ich meine Stelle in der Forschungsstation an. Auch André war damals neu dabei. Wir wurden beauftragt einige der kleineren Inseln nach Knochen oder sonstigen Überresten von Schildkröten zu durchforsten, die frühere Suchtruppen vielleicht übersehen hatten. Wir hatten nicht im Entferntesten damit gerechnet, lebende Schildkröten oder gar Eier zu finden, da die früher dort lebenden Spezies als ausgestorben galten.«

»Ist uns alles hinlänglich bekannt«, rief Sofia ungeduldig. »Auf Casanova habt ihr die Eier gefunden, in die Station gebracht und die Schildkröten aufgezogen. Aber jetzt hast du sie gestohlen! Bedeuten dir deine frühere Arbeit und diese Inseln hier so wenig?«

»Ich habe sie nicht gestohlen, Sofia. Lass mich zu Ende erzählen. Ich kam aus Quito und André aus Guayaquil. Diese Inseln waren uns fremd. Natürlich hatten wir Landkarten, aber sie waren weder vollständig noch waren die ganz kleinen Inseln darauf verzeichnet. Casanova zum Beispiel fehlte . . . und ebenso Lorenzo.«

»Klar, natürlich. Lorenzo ist eine sehr kleine Insel. Dort legt kein einziges Schiff an«, sagte der Kapitän ungeduldig.

»Aber wir legten dort an. Und auf Lorenzo Island haben André und ich die Schildkröteneier gefunden.«

»Was? Auf Lorenzo? Aber –« Plötzlich redeten der Kapitän, Sofia und Georg gleichzeitig. Diego hob abwehrend die Hände.

»Bitte, ich sage es doch. Wir fanden die Eier auf Lorenzo, aber damals dachten wir, es handle sich um Casanova.«

»Casanova liegt hundert Kilometer nordwestlich von hier, in der Nähe von Isabela«, warf Sofia ein.

»Ja, aber das wussten wir damals nicht. Erst ein Jahr später bemerkten wir unseren Irrtum. Nachdem wir die Eier gefunden hatten, waren wir kaum noch unterwegs. Wir blieben in der Forschungsstation und kümmerten uns um die verwaisten Schildkröten. Es gab großes Aufheben um diese Tiere, unsere Fotos waren in den Zeitungen, unsere Namen wurden bekannt. Die verwaisten Schildkröten von Casanova waren berühmt geworden und wir mit ihnen.«

Diego holte kurz Luft.

»Dann, eines Tages, als wir wieder einmal mit dem Boot unterwegs waren und eine neue Karte hatten, auf der Casanova verzeichnet war, fanden wir uns besser zurecht und begriffen, dass wir die Schildkröteneier nicht auf Casanova, sondern auf Lorenzo gefunden hatten. Irgendwie war es uns peinlich, die Sache jetzt richtig zu stellen und unseren Irrtum zuzugeben. Das hätte so ausgesehen, als wären wir blutigen Neulinge nicht in der Lage gewesen eine Insel von einer anderen zu unterscheiden.«

»Das ist das Lächerlichste, was ich je gehört habe!«, fauchte Sofia. »Ihr hättet doch nur sagen müssen: ›Hey, wir haben uns geirrt.‹ Und fertig. Und was tut ihr stattdessen? Die Schildkröten stehlen? Sie umbringen oder was?«

»Sie umbringen? Diós mio, Sofia, so etwas käme mir niemals in den Sinn! Wir haben einen Plan geschmiedet, André und ich. Er würde sich weiterhin um die Schildkröten kümmern, während ich als Reiseleiter auf einem Kreuzfahrtschiff, der ›Santiago‹, anheuerte. Und sobald die Schildkröten groß genug sein würden, um sie wieder auf ihre Heimatinsel zu bringen, würden wir sie auf diesem Schiff dorthin bringen. Kapitän Bolmeier, Sie wissen, wie wichtig es ist, dass jede Subspezies in ihrer ursprünglichen Umgebung lebt. Sonst wäre die ganze Aufzucht umsonst gewesen. Sie wissen, was wir den Passagieren beibringen: weder eine Muschel noch eine Feder oder ein Stein darf von einer Insel auf eine andere gebracht werden. Wir durften es nicht zulassen, dass die Schildkröten auf einer falschen Insel ausgesetzt würden. Das wäre Verrat an ihnen gewesen!«

»Und zu all diesen Lügen kam es nur, weil es euch damals peinlich war, euren Irrtum einzugestehen?«, fragte Sofia kopfschüttelnd. Ihre Wut war noch lange nicht verraucht.

»Die Sache ist uns entglitten, Sofia. Zuerst war es uns einfach nur peinlich, aber dann, als so viel Aufhebens um die Schild-

kröten gemacht und die große Feier geplant wurde und so weiter – da bekamen wir es mit der Angst zu tun, unsere Jobs zu verlieren.«
»Das geschähe euch nur recht!«, rief sie zornig und wandte sich zur Tür.
»Sofia! Warte!«
»Oh nein! Ich persönlich nehme meine Arbeit sehr ernst. Und mit einem Lügner und Dieb möchte ich nichts zu tun haben!« Und schon knallte sie die Tür von außen zu.
Diego sank wieder gegen die Badezimmertür.
Der Kapitän schüttelte den Kopf. »Auch ich muss zugeben, dass ich noch nie etwas Derartiges gehört habe. Die Geschichte ist zu lächerlich, um erfunden zu sein. Aber verraten Sie mir noch eines: Was haben Sie gedacht, was passieren würde, wenn man das Verschwinden der Schildkröten bemerkt?«
»Darüber haben wir uns anfangs keine großen Gedanken gemacht. Wir hofften die Sache irgendwie vertuschen zu können. Dann erfuhren wir von der großen Feier mit wichtigen Leuten und suchten nach einer Lösung. Aber wir fanden keine und so beschlossen wir die Schildkröten einfach auf ihre Heimatinsel zu bringen und zu sehen, was danach passieren würde.«
»Tja, Sie sehen, was danach passiert ist«, sagte der Kapitän vorwurfsvoll. »Nicht nur das Leben der Schildkröten stand auf dem Spiel.« Mit hochgezogenen Augenbrauen blickte er uns an, während Diego betreten auf den Fußboden starrte.
»Es tut mir schrecklich Leid«, sagte er leise.
»Georg, Sie können jetzt gehen. Sagen Sie dem Rest der Crew, sie soll sich für den heutigen Ausflug fertig machen«, befahl der Kapitän.

»Ihr beide auch«, wandte er sich dann an Noah und mich. »Ich möchte unter vier Augen mit Diego reden.«
»Sie werden ihn doch nicht feuern, oder?«, fragte ich besorgt. »Weil . . . eigentlich war es ja meine Schuld. Wenn ich mich nicht eingemischt hätte, wäre alles in Ordnung. Und zum Glück sind die Schildkröten jetzt wohlbehalten auf ihrer Heimatinsel.«
»Nein, nein. Es ist nicht deine Schuld, Cat«, widersprach Diego. »Ich bin verantwortlich für euch beide. Wenn euch etwas passiert wäre . . .« Fassungslos schüttelte er den Kopf.
»Soll ich mit Sofia reden?«, fragte ich.
»Cat«, unterbrach mich Noah, »glaubst du nicht, dass wir uns schon mehr als genug eingemischt haben?«
»Das würde nichts nützen«, sagte Diego leise. »Sofia lässt sich nicht umstimmen. Sie hat einen Dickschädel. Sie wird mich nie wieder eines Blickes würdigen.«
Der Kapitän räusperte sich. »Gut, ich habe nicht vor Sie zu feuern. Diese Aussage kann ich auch vor Zeugen machen. Sie waren stets ein zuverlässiger Reiseleiter und ich möchte Sie nicht wegen eines einzigen Fehlverhaltens verlieren. Natürlich werden Sie mit einer Strafmaßnahme rechnen müssen. Aber vielleicht gestatten es Ihre beiden Verbündeten, dass wir uns unter vier Augen darüber unterhalten.«
»Selbstverständlich«, sagte Noah. »Entschuldigen Sie, dass wir Ihnen so große Scherereien gemacht haben.« Er zog mich zur Tür.
»Scherereien!«, sagte der Kapitän, als er die Tür hinter uns schloss. »Auf dieser Fahrt gab es nichts als Scherereien.«
»Ich wusste gleich, dass Diego ein patenter Kerl ist«, sagte ich,

sobald wir draußen waren. »Warum habe ich meinem ersten Eindruck nicht vertraut?«

»Mir tut die Sache auch sehr Leid«, sagte Noah. »Wenn wir ihm nur irgendwie helfen könnten.«

»Und was hält uns davon ab?«, fragte ich provozierend.

»Cat, glaubst du nicht, dass wir schon genug Mist gebaut haben?«

»Aber Noah«, sagte ich mit einem nachsichtigen Lächeln, von dem ich wusste, dass es seine Wirkung auf ihn nicht verfehlen würde, »genau deshalb müssen wir jetzt dafür sorgen, dass alles wieder in Ordnung kommt.«

19 | NOAH

Eine Achtstunden-Wanderung konnten Cat und ich uns natürlich nicht zumuten. Nach unserem kurzen nächtlichen Nickerchen auf Deck fühlten wir uns müder und erschlagener als zuvor. Aber wir waren schrecklich hungrig, weshalb wir zum Frühstück gingen und dabei überlegten, wie wir Cats Eltern und Henry erklären sollten, warum wir auf die Inselwanderung verzichteten.

Der Kapitän hatte beschlossen den Passagieren nichts von dem nächtlichen Ereignis zu erzählen, weil er sonst wie ein Dummkopf dagestanden wäre, der nicht weiß, was auf seinem Schiff vor sich geht. Und wenn er nichts sagte, dann würden wir uns erst recht davor hüten.

Cat erzählte ihren Eltern, sie befürchte einen Schnupfen zu bekommen, was nach dieser nassen, kalten Nacht durchaus im Bereich des Möglichen lag, und ich überließ es Henry, sich einen Reim auf meine bruchstückhaften Informationen zu machen.

»Das wird eine tolle Wanderung, Mensch«, sagte Henry, während er seinen Toast mit Guavengelee bestrich. Er schaufelte das Essen fast schneller in sich hinein, als der Kellner es auftischen konnte. »Warum kommst du nicht mit?«

»Ich bin echt fix und fertig. Ich habe die Nacht in einem Liegestuhl an Deck verbracht.«

»Wieso denn das?«
»Na ja, Cat und ich haben ewig geredet . . . du weißt ja, wie es ist«, sagte ich achselzuckend.
»Was? Du und Cat, ihr habt die Nacht in einem Liegestuhl an Deck verbracht?«, brüllte Henry begeistert.
»Und wo warst du letzte Nacht?«, fragte ich meinen Stiefbruder grinsend.
Er grinste ebenfalls. »Ich habe etwas Ordnung in mein Leben gebracht.«
»Aha. In Miyokos Kabine?«
»Ja. Wir haben fast nur geredet. Kannst du dir das vorstellen? Ich, eine ganze Nacht im Zimmer mit einem wunderschönen Mädchen, und nur reden?«
»Und?«
»Und . . . ich weiß nicht. Ich glaube . . .« Er geriet ins Stottern und plötzlich breitete sich ein glückliches Lächeln auf seinem Gesicht aus. »Ich glaube, ich liebe sie.«
»Du glaubst?«
»Ich tu's. Ja, ich glaube, ich tu's. Mann, es ist echt schrecklich.« Ratlos schüttelte er den Kopf. »Aber es ist auch toll.«
»Ich weiß.«
»Tatsächlich?«
Wir saßen da und grinsten uns an wie zwei Schwachköpfe, bis Miyoko auftauchte und sich neben Henry setzte.
»Hier«, sagte Henry, schaute ihr tief in die Augen und reichte ihr seine Toasthälfte. »Hab ich für dich aufgehoben. Willst du auch etwas von meinem Saft?«
»Hm, der beste Saft ich je trinken«, flüsterte Miyoko.
»Hab ich dir nicht gleich gesagt, dass es eine tolle Reise werden

würde?«, sagte Henry zufrieden. »Aber wie toll, das habe ich nicht geahnt!«

»Ja, Henry, echt toll.« Ich stand auf. Ewig hält kein Mensch den Anblick zweier Erwachsener aus, die sich gegenseitig Brothäppchen in den Mund stecken!

Cat und ich winkten den unerschrockenen Wanderern zu, als sie in die Pangas stiegen. Der arme Diego musste vor Erschöpfung fast zusammenbrechen, aber es blieb ihm nichts anderes übrig, als die Albatrosse die ganze Strecke auf den Vulkan zu führen.

Als alle fort waren, kam zwischen Cat und mir eine gewisse Verlegenheit auf. Natürlich war uns beiden klar, dass wir schlafen gehen würden. Wir waren so müde, dass wir uns kaum noch auf den Beinen halten konnten. Und im Prinzip hätte nichts dagegengesprochen, dass wir zusammen in eine Kabine gingen und uns aneinander kuschelten.

Aber mir schien, als wäre es zu viel des Guten gewesen, und ich glaube, Cat erging es ähnlich. Uns blieben nur noch vier Tage, ein Zeitraum, in den man natürlich keine vollständige Beziehung hineinpacken konnte. Einerseits wollte ich jede Minute mit ihr zusammen verbringen. Andererseits musste ich mich daran gewöhnen, dass sie mir bald schrecklich fehlen würde. Wir waren bereits dabei, in einem Meer von Gefühlen zu ertrinken, und nun auch noch Sex hinzuzufügen würde alles noch schlimmer machen.

Ich begleitete sie zu ihrer Kabine. »Ich hole dich dann zum Dinner ab«, sagte ich, ehe ich sie vorsichtig in die Arme nahm. Wir standen eine Weile einfach nur da, umarmten uns und wollten uns niemals wieder loslassen.

»Noah, du weißt ja, wie deine Mutter über Männer denkt. Dass sie alle gleich sind und man ihnen nicht trauen kann.«
Oje, musste ausgerechnet jetzt, wo ich mich so wohl fühlte, die Rede auf meine Mutter kommen?
»Ich wollte dir nur sagen, dass sie Unrecht hat«, sagte Cat, während sie ihren Kopf hob und mir in die Augen blickte. »Sie ist sauer auf deinen Vater, aber du bist nicht er. Ich weiß, dass du nicht bist wie er, denn du bist anders als alle anderen; du bist absolut einmalig und großartig. Und ich vertraue dir voll und ganz.«
Ich drückte sie ganz eng an mich. Da ich einen Kloß im Hals hatte, sagte ich nichts. Ich hatte das Gefühl das schönste Geschenk der Welt bekommen zu haben, das einzige, das ich mir jemals wirklich gewünscht hatte. Ich hoffte, dass sie auch ohne Worte begreifen würde, was ich fühlte.
»Verflixt, Noah, warum kannst du nicht mit mir nach Oregon gehen?«, flüsterte Cat.
»Ich wünschte, ich könnte. Ich wünschte es wirklich.«
»Vielleicht gibt es irgendeine Möglichkeit. Vielleicht . . .«
»Cat, ich glaube nicht, dass wir das einfach so planen können.«
»Noah, gib doch nicht gleich auf!«, rief Cat stürmisch.
Ich musste lächeln. »Na schön, ich gebe nicht gleich auf.« Ich küsste sie und wünschte ihr einen tiefen, erholsamen Schlaf. Doch die Trennung und sei sie auch nur für Stunden war nicht so leicht. Wir sahen auf unsere Hände und auf unsere Finger, die sich nicht voneinander lösen wollten. Wie würde es sein, wenn wir uns in nur vier Tagen für immer Lebewohl sagen mussten?

Als ich wenig später zu meiner Kabine ging, überlegte ich mir, wie unfair es war, jemanden wie Cat zu treffen und dann nur so wenig Zeit zu haben. Aber als ich mich unter der dünnen Decke ausstreckte, dachte ich: Zumindest habe ich sie getroffen, zumindest weiß ich jetzt, wie großartig sie ist, zumindest weiß ich, dass sie dasselbe für mich empfindet. Beim Einschlafen stellte ich mir vor Cats Arme um mich zu spüren, ihre Haare an meinem Hals.

Ich wurde wie üblich von Cat geweckt. Sie schien nicht viel Schlaf zu brauchen.

»Das Abendessen ist doch erst in ein, zwei Stunden«, sagte ich vorwurfsvoll, während ich sie auf das Bett zog, um ihr einen Begrüßungskuss zu geben.

»Hmm. Ich weiß, Noah. Aber ich habe einen Plan.«

Ich zog mir das Kissen über den Kopf. »Hilfe, nicht schon wieder!«

»Eigentlich zwei Pläne«, fuhr sie unbeirrt fort.

»Cat! Im Ernst, können wir uns nicht einfach erholen und die nächsten vier Tage genießen?«

Diese Zahl laut auszusprechen war verboten, ich wusste es. Cats Gesicht verfinsterte sich. »Aber je mehr wir unternehmen, desto länger wird uns auch die Zeit vorkommen. Und . . . umso mehr Erinnerungen haben wir dann . . . für später.«

Ich setzte mich auf und legte einen Arm um ihre Taille. »Okay, worin besteht Plan A?«

»Gehen wir. Ich erzähle es dir auf dem Weg zur Kabine des Kapitäns.«

Da wir den Kapitän in der Lounge antrafen, noch ehe Cat mir

sämtliche Einzelheiten unterbreitet hatte, überließ ich das Reden ihr. Ich hätte sie ohnehin nicht davon abhalten können.

Der Kapitän zuckte zusammen, als er uns kommen sah, doch dann war er so freundlich uns an einen Tisch in der Ecke zu begleiten.

»Kapitän Bolmeier«, begann sie mit einem charmanten Lächeln, »es geht um die Feier am Freitag, wenn die verwaisten Schildkröten nach Casanova gebracht werden sollten . . .«

»Nun, die Feierlichkeiten wurden selbstverständlich gestrichen«, brummte der Kapitän. »Die Leute von der Darwin-Station sind ziemlich aufgebracht wegen dieser Sache. Es wurden bereits jede Menge Reden vorbereitet und der örtliche Bäcker hat schon alles für eine riesige Schildkrötentorte vorbereitet.«

»Also ist im Grunde allen daran gelegen, dass die Feier doch stattfindet«, sagte Cat strahlend.

Der Kapitän starrte sie an, als habe sie einen Sprung in der Schüssel. »Mein liebes Kind, die Schildkröten sind bereits wieder auf ihrer Heimatinsel, hast du das vergessen?«

»Das ist doch nicht so wichtig, oder? Sie sind auf der richtigen Insel. Natürlich war die Feier von langer Hand geplant , aber wenn alles nach Plan gelaufen wäre, wären die armen Schildkröten auf der falschen Insel gelandet! Ich finde, es ist im Sinne der Allgemeinheit, wenn die Feierlichkeiten trotzdem stattfänden, und zwar auf Lorenzo Island und auch am Freitag, genau wie ursprünglich geplant.«

»Jetzt noch eine Feier veranstalten?«

»Sie sagten doch, es sei schon alles vorbereitet! Auf welcher Insel die Feierlichkeiten stattfinden, ist doch Nebensache.

Und ich finde, Noah und ich sollten durchaus ein Wörtchen mitzureden haben. Wenn wir nicht gewesen wären –«

»Wenn ihr nicht gewesen wärt«, brummte der Kapitän ungnädig, »hätte ich etliche graue Haare weniger!« Er griff nach seinem Glas, trank es mit einem Schluck aus und stellte es geräuschvoll wieder auf den Tisch. Zuerst starrte er Cat an, dann wanderte sein Blick zu mir.

»Sie lässt nicht so schnell locker, hm?«, sagte er ernst, aber seine Mundwinkel zuckten verräterisch.

»Ich weiß«, sagte ich.

»Nun ja, ich könnte ja mal in der Forschungsstation anrufen und fragen, was sie davon halten.«

»Super! Sie sind gar nicht so übel!«, rief Cat.

Der Kapitän schüttelte den Kopf und sah etwas verwirrt aus. »Vielen Dank für das Kompliment!« Er erhob sich.

»Darf ich Sie noch etwas fragen?«, sagte Cat. »Wie sieht's mit Diegos Strafe aus?«

»Keine Bange. Er ist noch mal glimpflich davongekommen. Er und André bekommen ein Jahr lang keine Gehaltserhöhung. Das ist eine geringe Strafe für eine Lüge, aber allen war klar, dass die beiden nur das Wohl der Schildkröten im Auge hatten.«

Als der Kapitän davonstolzierte, rief Cat ihm noch nach: »Und halten Sie uns bitte wegen der Feier auf dem Laufenden!« Er würdigte sie keiner Antwort, sondern schüttelte nur genervt den Kopf.

»Er wird es tun«, sagte ich.

»Gut, dann nehmen wir nun Plan B in Angriff«, sagte Cat und deutete auf Sofia, die mit einem Teller aus der Küche geeilt kam. Cat zögerte keine Sekunde. Sie rief »Sofia!« und eilte der jungen Frau nach.

»Was?«, knurrte Sofia unwillig und drehte sich so abrupt um, dass etwas Suppe aus ihrem Teller schwappte. »Aua! Ich habe mich verbrannt!« Vorwurfsvoll starrte sie uns an.

Ich hatte das dumpfe Gefühl zu wissen, wie Plan B aussah, rechnete Cat aber keine großen Chancen aus.

Sogar Cat ließ sich von Sofia etwas einschüchtern. »Ich . . . wir würden gerne . . . hätten Sie eine Minute Zeit für uns?«

»Nein, ich bin müde. Ich möchte nur noch diese Suppe essen und dann zu Bett gehen«, antwortete Sofia resolut, wandte sich ab und marschierte davon.

»Cat«, sagte ich leise, »ich glaube nicht, dass das, was du vorhast, klappen wird.«

»Oh doch!«

»Vielleicht solltest du es allein in Angriff nehmen«, schlug ich vor. »Von Frau zu Frau. Ich wüsste ohnehin nicht, was ich sagen sollte.«

»Noah, ich brauche dich!«, sagte Cat bittend. Ich bezweifelte zwar, dass dies stimmte, aber wie hätte ich Cat widerstehen können? Also eilten wir Sofia nach.

»Sofia! Warten Sie! Es dauert wirklich nicht lange. Wir fühlen uns verantwortlich für das, was gestern passiert ist, und wir möchten kurz mit Ihnen darüber reden. Es dauert nur eine Minute.«

Sofia, dachte ich insgeheim, es ist besser, wenn du gleich nachgibst, sonst hast du Cat für den Rest der Reise auf der Pelle.

Das muss Sofia geahnt haben. »Na schön«, sagte sie seufzend,

»kommt mit in meine Kabine. Ich gebe euch genau fünf Minuten, danach will ich schlafen gehen.«
Sofias Kabine war nur wenig größer als unsere und ich fragte mich, wie sie Monat für Monat auf so engem Raum leben konnte. Cat und ich ließen uns nebeneinander auf dem Bett nieder. Sofia setzte sich uns gegenüber und schlürfte ihre heiße Suppe.
»Diego sagte –«, begann Cat.
»Ahh! Wenn ihr nur gekommen seid, um über Diego zu reden, könnt ihr gleich wieder gehen! Ich habe schon viel zu viel Zeit mit ihm verschwendet!«
»Warum sind Sie nur so sauer auf ihn? Okay, er hat einen Fehler gemacht, aber er hat doch nur das Beste für die Schildkröten im Sinn gehabt.«
Sofia schnalzte mit der Zunge und aß schweigend weiter.
»Selbst der Kapitän hat ihm mittlerweile verziehen«, warf ich ein. Wenn ich schon hier war, konnte ich Cat ruhig unterstützen. »Wahrscheinlich finden die Feierlichkeiten doch statt, und zwar auf Lorenzo Island!«
»Was? Diego wird gefeiert? Der Mistkerl. Das hat er nicht verdient!« Sie schmetterte ihren Löffel in den halb leeren Teller und knallte ihn auf ihren Schreibtisch.
»Ich verstehe nicht, warum Sie ihm nicht verzeihen können! Alle anderen haben es bereits getan«, sagte Cat eindringlich.
»Weil er mich angelogen hat«, erklärte Sofia. »Mehr als einmal. Wie könnte ich ihm da jemals wieder Glauben schenken? Nein, nein und nochmals nein!«
Bei diesen Worten musste ich unweigerlich an Dad denken. Wie oft hat er Mom wohl angelogen, während er sich längst

mit der anderen traf? Bestimmt hatte er Mom früher geliebt. Davon war ich überzeugt. Und wenn er sie früher geliebt hatte – was war inzwischen passiert, dass er sie jetzt nicht mehr liebte?

Und der schrecklichste Gedanke: Ich liebte Cat hier und jetzt, aber würde ich sie immer lieben oder würde dieses Gefühl einmal einschlafen, einfach weg sein? Wie wenn man Grippe hat und eines schönen Tages aufwacht und weiß, dass einem am Vortag noch sämtliche Glieder wehtaten, aber man erinnert sich kaum noch daran? Ich wollte Cat nie vergessen.

»Aber Sofia«, sagte Cat mit Nachdruck. »Diego hat doch nur gelogen, um die Schildkröten zu schützen.«

Energisch schüttelte Sofia den Kopf. »Er hat nur gelogen, um nicht als Dummkopf dazustehen.«

»Aber ist das wirklich so ein unverzeihlicher Fehler?«, sagte Cat kopfschüttelnd.

Sofia schwieg einen Moment. »Wie könnte ich ihm nach allem, was vorgefallen ist, jemals wieder vertrauen? Egal, was er sagt, wie kann ich ihm wieder glauben?«

»Doch, das können Sie. Ich spüre es, wenn ich einen vertrauenswürdigen Menschen vor mir habe. Und Diego ist einer.«

Cats Inbrunst entlockte Sofia ein Lächeln. Dann schaute sie mich an. »Stimmt das? Spürt deine Freundin solche Sachen?«

Cat wurde leicht rot, als sie als meine Freundin bezeichnet wurde, aber ich wollte ihr zeigen, dass ich mit dieser Bezeichnung durchaus einverstanden war. »Ja, es stimmt. Meine Freundin ist etwas ganz Besonderes.«

20 CAT

Während die Leute von der Forschungsstation die letzten Vorbereitungen für das große Fest trafen, segelte die »Santiago« nach Rabida Island. Noah und ich genossen den Aufenthalt von ganzem Herzen. Der Sand auf Rabida war ziegelrot und der Strand mit Seelöwen übersät, was aussah, als wären sie alle an Land gespült worden wie Seegras. Wir fotografierten einander inmitten dieser wunderschönen braunen Tiere und ich brachte Noah alles über das Fotografieren bei, was er wissen wollte.

Henry machte ein paar Bilder von uns, über die ich mich später bestimmt unheimlich freuen würde, das war mir klar, aber immer, wenn ich ihn dabei ertappte, hätte ich Henry am liebsten an die Pelikane verfüttert. Ständig nervte er damit, uns auch beim Küssen fotografieren zu dürfen, aber ich lehnte das entschieden ab. Hey, das ist alles noch so neu für mich. Ich möchte es nicht auf Zelluloid gebannt haben.

Noah und ich hatten eine Vereinbarung getroffen. Wir wollten nicht darüber sprechen, wie wenig Zeit uns noch blieb, sondern nur versuchen diese Zeit so schön wie möglich zu gestalten. Und obwohl ich glaube, dass keiner von uns beiden verdrängen konnte, wie kurz diese Zeitspanne noch war, machte dies jede Stunde, alles was wir sagten oder taten,

umso vieles wertvoller und wichtiger, als wenn wir noch viele Jahre vor uns gehabt hätten.
Diego freute sich natürlich, dass die Feier nun doch stattfand, und nahm Noah und mich beiseite, um sich bei uns zu bedanken.
»Wie ich gehört habe, habt ihr El Capitan dazu überredet«, sagte er. »Das freut mich sehr. Es war mit am schlimmsten an der ganzen Sache, dass alle sich um diese Feier betrogen fühlten. Es wird ein tolles Fest werden.« Aber irgendwie sah er nicht ganz glücklich aus.
»Redet Sofia wieder mit Ihnen?«, erkundigte ich mich vorsichtig.
Diego seufzte. »Wenn Sofia erst einmal sauer ist, dann ist nichts mehr zu machen.«
»Vielleicht braucht sie einfach noch etwas Zeit«, versuchte Noah ihn zu trösten. Diego lächelte wehmütig und zerzauste Noahs Haare, als wäre er ein kleiner Junge. Echt ätzend, wenn man mit sechzehn noch wie ein Kleinkind behandelt wird!
An diesem Morgen setzten alle Pangas nach dem Frühstück nach Lorenzo Island über. Bis das Boot von der Forschungsstation mit den Festrednern und Ehrengästen auftauchte, würden wir genügend Zeit haben die kleine Insel nach den vier ausgesetzten Schildkröten zu durchkämmen. Nach dem offiziellen Teil würde für alle ein Festessen auf der »Santiago« stattfinden, mit der riesigen grünen Schildkrötentorte als Nachtisch.
Wir waren noch keine fünf Minuten auf der Insel – die Hälfte von uns saß noch da und trocknete sich die Füße ab –, als wir

Tomoko und Sachiko quietschen hörten. »Wir finden erste Schildkröte! Alle kommen schauen!«
Tatsächlich, direkt neben dem Hauptpfad, inmitten einiger hoher Sträucher, war das erste Waisenkind zu sehen. Diego kam angerannt.
»Ay, Diós mío! Du scheinst dich wohl zu fühlen, mi amigo!«
Auf Händen und Füßen kroch er auf seinen früheren Schützling zu und inspizierte vorsichtig alle vier Beine. Aus gegebenem Anlass trug Diego seine Sonntagsuniform, die danach an den Knien etwas schmutzig war, aber ich glaube, nichts hätte ihm in diesem Moment gleichgültiger sein können.
Einer der Delfine, ein Ecuadorianer, entdeckte die zweite Schildkröte und innerhalb einer Dreiviertelstunde waren alle vier aufgestöbert und von Diego auf ihr Wohlbefinden überprüft worden. Diego strahlte, als hätte er seine lang vermissten Kinder wieder gefunden.
Wenig später traf das Boot der Darwin-Forschungsstation ein und jede Menge wichtig aussehender Männer strömte von Bord und nickte allen zu. Nachdem Kapitän Bolmeier sie begrüßt hatte, wurden sie von Diego und André zu ihren ehemaligen Schützlingen geführt. In der Zwischenzeit kamen etliche Pangas mit Klappstühlen an Bord an, die am Strand aufgestellt wurden, und einer großen Plane, die über einem kleinen Podium angebracht wurde.
Als alle Vorbereitungen getroffen waren, bat der Kapitän die Gäste Platz zu nehmen. Die Sonne knallte gnadenlos vom Himmel und wir beneideten die Ehrengäste, die im Schatten der Plane sitzen durften.
Der Kapitän sprach als Erster und er erwähnte nur kurz die

»Verwechslung der beiden Inseln«. Er versicherte seinen Zuhörern, dass die verwaisten Schildkröten von Casanova in Wirklichkeit die verwaisten Schildkröten von Lorenzo waren und dass sie jetzt glücklich in ihrer ursprünglichen Heimat ausgesetzt worden seien.

Am Schluss seiner Rede bat er Diego und André ebenfalls ein paar Worte zu sagen. Man sah den beiden an, wie verlegen sie waren, aber auch erfreut darüber, im Rampenlicht zu stehen, obwohl sie einiges Durcheinander angerichtet hatten. Sie schilderten nochmals, wie sie die Eier gefunden und die Schildkröten in der Forschungsstation aufgezogen hatten und wie froh sie seien, dass die Schildkröten nun in Freiheit leben konnten.

Danach stellte der Kapitän eine Reihe von Leuten von der Forschungsstation vor, die alle ein paar freundliche Worte über Diego und André loswurden, dazu aber leider schrecklich viel Zeit brauchten. Wir gingen währenddessen fast ein in der Hitze.

Als Letzter kam Señor Romero zu Wort, der Direktor der Darwin-Forschungsstation.

»Nachdem ich mich heute früh kurz mit Diego unterhalten habe«, sagte er, »möchte ich eine personelle Änderung ankündigen. Ich habe stets gewünscht, dass Diego wieder als Forscher in unserer Station tätig ist. Und heute hat er dem zugestimmt.«

Alle applaudierten und jubelten; offensichtlich wussten sie, dass Diego sich mehr zur Forschung berufen fühlte als dazu, ständig Touristen über die Inseln zu führen. Ich suchte Sofia, um zu sehen, wie sie reagierte. Sie stand im Hintergrund, fast verdeckt von einem Gebüsch. Zuerst stand sie reglos und mit vor der Brust verschränkten Armen da und funkelte Diego zornig an. Aber als alle anderen ihm zujubelten, sah ich, dass auch ihr Widerstand zu schmelzen begann. Der Anflug eines Lächelns huschte über ihr Gesicht.

Danach teilte uns der Kapitän mit, dass wir mit den Pangas zur »Santiago« zurückfahren würden, wo uns ein Festessen erwartete. Als alle davonströmten, packte ich Noah am Arm und flüsterte ihm zu: »Warte mal kurz. Ich möchte sehen, was Sofia macht.«

Wir saßen auf einem Felsen, ließen uns viel Zeit dabei, unsere Schuhe wieder anzuziehen, und taten so, als interessierten wir uns für eine bestimmte Meerechse. Alle möglichen Leute schüttelten Diego die Hand und gratulierten ihm. Sofia wartete, bis sich die Menge verzogen hatte, ehe sie Diego zu sich herüberwinkte. Typisch für sie, dass sie nicht auf ihn zuging! Noah und ich hatten unsere Schuhe mittlerweile angezogen und schlenderten unauffällig in ihre Nähe, damit wir etwas verstehen konnten. Noah wurde immer besser in solchen Dingen.

»Glückwunsch«, sagte Sofia in einem Ton, als müsse sie dieses Wort förmlich herauspressen. »Ich weiß, dass das schon immer dein Wunsch war.« Sie streckte ihre Hand aus.

Diego umschloss sie mit beiden Händen. »Sofia, ich hoffe, du wirst mir irgendwann verzeihen können. Gleich an dem Tag, an dem du auf die ›Santiago‹ gekommen bist, habe ich mich in dich verliebt. Du hast mir in den letzten Tagen sehr gefehlt.«

Sofia ließ sich ein wenig erweichen. »Du mir auch. Aber bald wirst du nicht mehr auf der ›Santiago‹ sein.«

»Aber vielleicht kommst du mich besuchen, wenn das Schiff vor Puerto Ayora liegt?« fragte Diego schüchtern.
»Durchaus möglich.« Sofias Mundwinkel zuckten verräterisch.
Irgendwie schien es den beiden nicht ganz wohl in ihrer Haut zu sein. Noch eine Minute und sie würden in entgegengesetzten Richtungen davonlaufen.
»Kann ich ein Bild von Ihnen beiden machen?« fragte ich mit Unschuldsmiene, nachdem ich wie zufällig hinter dem Palo-Santo-Baum hervorgeschlendert kam, an den wir uns gelehnt hatten. Sofia verdrehte die Augen und schnalzte missbilligend mit der Zunge, doch als Diego lachte, stimmte sie mit ein. Ich schoss ein paar Aufnahmen von den beiden und sie legten sogar die Arme umeinander (allerdings erst auf meinen Vorschlag hin).
Auf einem der Bilder kauerten sie neben einer der verwaisten Schildkröten – ich fotografierte von unten, sodass ihre Gesichter schemenhaft über dem Schildkrötenpanzer zu schweben schienen. So langsam werde ich richtig gut im Fotografieren.
Wieder zurück auf der »Santiago«, verschlangen Noah und ich Unmengen der grünen Torte – wir fütterten uns sogar gegenseitig, was doof aussieht, wenn man anderen dabei zusieht, aber ganz lustig ist, wenn man es selbst tut.
Den Rest des Nachmittags verbrachten wir am Strand, wo wir uns unterhielten, während alle anderen im Wasser waren. Es war, als müssten wir unbedingt noch alles voneinander erfahren, solange wir noch die Möglichkeit dazu hatten.
Ich erzählte Noah von Benson River, dass es bei uns so warm ist, dass man schon im Februar mit der Gartenarbeit anfangen

kann und dass im April das ganze Tal mit Apfel- und Birnbaumblüten übersät ist. Dass unser Haus am Stadtrand am Fuße der Siskiyouberge steht und dass meine beste Freundin Pferde hat, auf denen wir in die Berge reiten.

Noah erzählte, dass es in Brookline fast nur Hochhäuser und teure Läden gibt. Dass er gern nach Boston fährt, aber am liebsten in Maine ist, wo es Felsküsten und jede Menge kleiner Inseln gibt, zu denen man segeln kann. Er verriet mir auch, dass er sich Sorgen mache nach der Scheidung seiner Eltern nicht mehr nach Maine fahren zu können.

Wir redeten über alles Mögliche, über dumme, schreckliche und traurige Dinge. Wir wollten uns alles erzählen und alles voneinander wissen. Ich habe ihm nicht gesagt, dass ich ihn liebe. Natürlich hätte ich es aussprechen können, kein Problem, aber ich hatte Angst, es würde ihn erschrecken. Er ist nicht der Typ, der die Dinge geradeheraus sagt. Wenn er sagen würde, dass er mich liebt, würde ich es nur zu gerne auch sagen, aber ich weiß, dass er das nicht kann. Aber das macht nichts, ich weiß es trotzdem.

Bevor wir wieder auf die »Santiago« zurückkehrten, überredete mich Noah dazu, ins Wasser zu gehen. Ich bekam meinen ersten Schwimmunterricht. Er sagte, wenn er das Fotografieren lernen konnte, würde ich auch schwimmen lernen können. Ich war mir da nicht so sicher. Ich fand es schrecklich, Wasser in die Nase zu bekommen. Aber ich fand es wunderschön, wie Noah mich hielt, als ich auf dem Rücken trieb. Glücklich blickte ich in sein lächelndes, von der Sonne umrahmtes Gesicht hinauf.

Und schon war wieder ein Tag vorüber. Morgen würden wir

nach Fernandina fahren und dort die einzigen Pelikane zu Gesicht bekommen, die nicht am Südpol lebten. Und dann noch ein weiterer Tag . . . lieber nicht daran denken.

Echt unglaublich, wie viel in nur zwei Wochen passieren kann. Vor zwei Wochen noch war ich ein naives, ungeküsstes Mädchen aus Benson River, Oregon, gewesen, das mit seinen sechzehn Jahren hoffnungslos in einen Typ verknallt war, der es gar nicht wert war. Wer hätte gedacht, dass diese Reise zu den Galapagos-Inseln mein Leben so einschneidend verändern würde? Dass ich einen Jungen mit einem angeberisch klingenden Doppelnamen treffen würde, der in Brookline, aber nicht in Brooklyn, New York, lebte? Und dass ich mich verlieben würde.

Das Leben ist manchmal ganz schön witzig. Aber auch spannend.

21 | NOAH

Bis Quito saßen Cat und ich nebeneinander im Flugzeug. So schweigend hatte ich Cat bisher nur am ersten Abend am Tisch der »Santiago« erlebt. Damals hatte ich sie für schüchtern gehalten; jetzt wusste ich, dass sie einfach nur Zeit zum Nachdenken gebraucht hatte, um sich geistig auf die neuen Umstände einzustellen.

Wir hielten uns an den Händen. Ich blickte immer wieder auf unsere verschlungenen Finger. Ich konnte es nicht fassen, dass wir in wenigen Stunden nicht mehr zusammen sein würden. Ich hatte mich so sehr an Cat gewöhnt. Sie war ein Teil von mir geworden und doch würden uns bald Tausende von Meilen trennen.

Henry war bereits in der Trauerphase. Miyoko und ihre beiden Freundinnen waren in Guayaquil ausgestiegen, um von dort aus nach Japan zu fliegen. Ich hörte, wie Henry, der direkt hinter uns saß, lange und laut seufzte. Einmal stöhnte er sogar. Ich hätte ihm gerne etwas Tröstliches gesagt, aber ich fühlte mich selbst viel zu mies, als dass ich jemand anderen hätte trösten können.

Als Henry sich nach vorne beugte, zog er meine Rückenlehne nach hinten. »Du, Noah!«, flüsterte er mir ins Ohr. Ich drehte den Kopf.

»Was ist?«,

»Ich werde ihr einen Heiratsantrag machen«, verriet er mir mit funkelnden Augen.

»Echt?«

»Ja, morgen rufe ich sie an. Sobald sie zu Hause ist.«

»Tatsächlich? Ich weiß nicht recht, Henry. Du kennst sie doch erst seit zwei Wochen.«

»Du kennst Cat auch erst seit zwei Wochen.«

»Klar, aber wir wollen auch nicht gleich heiraten.«

»Ich wette, du würdest es dir überlegen, wenn du älter wärst und nicht erst sechzehn.«

Überrascht blickte Cat mich an und errötete. Stimmt, vielleicht würde ich es tun. Ich konnte mir nicht vorstellen, dass ich jemals jemanden kennen lernen würde, mit dem ich glücklicher wäre. Aber trotzdem, heiraten! Schon das Wort jagte mir eine Gänsehaut über den Rücken.

»Henry, du bist doch auch erst zweiundzwanzig«, gab ich zu bedenken. »Du weißt, dass Dad bei seiner ersten Hochzeit auch so jung war, und was ist daraus geworden?«,

»Klar, aber was ist aus Dads zweiter und dritter Ehe geworden? Damals war er schon älter. Noah, wir müssen endlich aufhören uns mit Dad zu vergleichen. Wir sind nicht er. Nur weil er gewisse Fehler gemacht hat, bedeutet das noch lange nicht, dass wir zwangsläufig dieselben machen.«

»Das weiß ich!«, zischte ich.

»Ich bin mir nicht sicher. Du dachtest immer, Dad wäre fehlerlos und perfekt, und dann plötzlich stellte sich heraus, dass dem nicht so ist. Und nun denkst du, dass wenigstens du perfekt sein musst, um ihm zu beweisen, dass es möglich ist. Aber auch du wirst irgendwann Fehler machen, Kleiner.

So einfach ist das Leben nicht!« Henry ließ meinen Sitz wieder los und ich flog nach vorne.
Wie lustig! Bisher hatte ich Henry nicht viel mehr zugetraut als toll Slalom fahren zu können, aber in diesem Moment donnerte er nicht über die Piste. Er sagte mir die Wahrheit, wie ich plötzlich erkannte.
Vielleicht müsste ich Dad dann irgendwann nicht mehr hassen oder wütend auf ihn sein. Er hatte ein paar Fehler gemacht, das war alles. Wenn ich auf dieser Reise etwas gelernt habe, dann das, dass Menschen manchmal Fehler machten. Mit etwas Glück konnten sie diese hinterher wieder beheben oder zumindest den Schaden einigermaßen im Rahmen halten.
Vielleicht war Dad einfach ein Typ, der sich Hals über Kopf verliebt, und ich hatte erfahren, wie übermächtig Gefühle sein können und wie schwer man sich ihnen entziehen kann. Vielleicht würde ich ihm eines Tages verzeihen können, wie sehr er Mom und mich verletzt hat. Und wer weiß, vielleicht würde Mom mir eines Tages verzeihen können, dass ich ein Mann war, obwohl sie Dad vermutlich niemals verzeihen würde.
Ich lehnte mich zu Cat hinüber und küsste sie. »Und, was hältst du von Chicago?« Das war die Fortsetzung eines Gesprächs, das wir seit nunmehr vierundzwanzig Stunden führten.
»Tja, hört sich an, als wär's kein schlechter Plan, Mr Barker-Lowell«, sagte sie und bemühte sich um ein Lächeln.
»Gestern hast du noch gemeint, es sei zu früh, zwei Jahre im Voraus zu planen. Du hast noch mit einem College in Kalifornien geliebäugelt«, sagte ich provozierend.

»Das war gestern. Da hatten wir noch etwas Zeit vor uns.« Ihre Stimme hörte sich an, als habe sie einen Golfball verschluckt. »Verdammt, ich will nicht heulen«, sagte sie und entzog mir ihre Hand, um sich über das Gesicht zu wischen.

Ich zog Cat zu mir herüber, sodass ihr Kopf an meiner Schulter lag. »Denk über Chicago nach. Da gibt es die Northwestern-Universität, die Universität von Chicago, die Universität von Illinois und wahrscheinlich noch ein paar mehr. Wir erkundigen uns nach jedem einzelnen College im Mittleren Westen. Und wenn nichts hinhaut, suchst du dir eine Uni aus, an die du gehen möchtest, und gibst mir Bescheid. Es ist mir ernst. Es braucht nicht auf halbem Weg zu sein. Mein Dad wird zahlen – und er schickt mich auch nach Kalifornien, falls du unbedingt dorthin willst. Ich komme mit dir!«

»Ach, Noah. Es geht mir nicht darum, was in zwei Jahren sein wird. Ich vermisse dich schon jetzt!«

Cat hatte eine Art direkt auf den Punkt zu kommen, bei der es mir manchmal die Sprache verschlug. Ich machte ihren Sicherheitsgurt los und zog sie zu mir herüber, sodass ich sie ganz fest halten konnte.

Heute früh war ich zu dem Schluss gekommen, dass ich nicht in der Lage sein würde, die Worte auszusprechen, die in meiner Familie als tabu galten. Die Worte, von denen ich gedacht hatte, ich könne sie niemals über die Lippen bringen. Aber jetzt, wo Cat so vertrauensvoll in meinen Armen lag und die Trennung unmittelbar bevorstand, spürte ich, wie sich diese Worte in meiner Brust zusammenballten, und ich wusste, ich würde sie einfach aussprechen müssen.

»Cat«, flüsterte ich. »Weißt du . . . weißt du . . .« Verdammt, war es denn so schwer?

Cat richtete sich ein bisschen auf und ich blickte direkt in ihre kummervollen Augen. »Was ist?«

»Weißt du . . . ich liebe dich.« Als ich diese Worte endlich über die Lippen gebracht hatte, kam es mir vor, als sei ein Fluss über den Damm getreten. Ich verspürte einen Stich in der Brust und hatte das Gefühl, mein Panzer habe einen tiefen Riss bekommen. »Ich liebe dich wirklich, Cat.«

»Ich weiß«, sagte sie leise und küsste mich voller Zärtlichkeit. »Ich liebe dich auch, Noah.«

Für die nächsten Minuten versanken wir in einem tiefen, leidenschaftlichen Kuss. Schließlich setzte Cat sich auf, griff nach ihrer Handtasche und zog eine Packung Papiertaschentücher heraus.

»Ich weine nicht wirklich«, sagte sie, während sie sich die Augen betupfte und danach auch mir über das Gesicht wischte. »Du auch nicht.«

»Natürlich nicht«, sagte ich schniefend. »Du weißt, dass Männer niemals weinen.«

»Klar, es ist nur dieses Feuer in deinem Inneren, das die automatische Sprinkleranlage in Gang gesetzt hat.«

»Genau.«

Sie stieß einen tiefen Seufzer aus. »Ist dir klar, was mir ab morgen außerdem fehlen wird?«

»Außer mir?«

Sie nickte. »Die Galapagos-Inseln. Sie sind so märchenhaft. Wenn wir uns irgendwo anders kennen gelernt hätten, hätten wir uns vielleicht gar nicht ineinander verliebt.« Ich hätte ihr

stundenlang zuhören können, aber diese Bemerkung musste mit einem weiteren Kuss belohnt werden.
»Hey Leute«, hörten wir da Henrys Stimme von hinten. »Ihr könnt ja in zehn Jahren eure Flitterwochen dort verbringen.«
»Hast du uns etwa belauscht?«, rief ich empört.
»Selbstverständlich. Was sonst könnte mich von meinem Kummer ablenken? Ich bin verliebt, ich bin allein und mir geht's hundsmiserabel.«
»Plane lieber deine eigene Hochzeit, Junge!«
»Hab ich schon. Jetzt ist eure an der Reihe.«
In zehn Jahren würden Cat und ich sechsundzwanzig sein. Wo würden wir wohnen? Wer würden wir sein? Bestand eine Möglichkeit, dass wir uns dann immer noch lieben würden?
Das Flugzeug landete viel zu früh. Wir hatten uns noch längst nicht alles gesagt. Aber das hätten wir ohnehin niemals geschafft. Die Mancinis würden schon in einer Stunde ihr Flugzeug nach Dallas besteigen. Henry und ich mussten noch drei Stunden auf unseren Weiterflug nach Miami warten.
Wir standen mitten in der Abflughalle, unser Ausgang lag in einer Richtung, der von Cat in der entgegengesetzten. Henry drückte Cat einen Kuss auf die Wange und zwinkerte ihr verschwörerisch zu. Doch zum Glück war er so rücksichtsvoll sich nach ein paar Minuten zu verziehen.
Mr und Mrs Mancini schüttelten mir die Hand und versicherten mir, wie schön es sei, meine Bekanntschaft gemacht zu haben, und wie froh sie seien, dass Cat und ich uns so gut verstanden hatten. Ich nehme an, dass es für Eltern nicht

leicht ist, sich einzugestehen, dass ihre Kleinen allmählich erwachsen werden, auch wenn die Wahrheit so offen vor ihnen liegt.

Cat weinte nicht mehr. Sie drückte mich an sich, auf ihre rippenzerschmetternde Art, und sagte: »Danke, Noah. Das war der schönste Urlaub meines Lebens.«

Über ihre Schulter hinweg sah ich ihre Eltern verständnisvoll lächeln. Wahrscheinlich fanden sie uns ganz niedlich oder sonst etwas Beleidigendes. Sie hielten das Ganze für eine Teenie-Beziehung, aber das war es nicht.

Ich dachte mit Schrecken daran, dass wir – sobald wir uns getrennt haben würden – vielleicht denken könnten, das Ganze sei nie wirklich passiert. Ich wollte etwas sagen, an das sie sich erinnern würde, auch wenn fast ein ganzer Kontinent zwischen uns lag, aber vor ihren Eltern ging das nicht.

Ich sah, dass sich Henry an einem Kiosk schräg gegenüber Postkarten aussuchte, und wahrscheinlich formulierte er im Geiste schon seinen Heiratsantrag an Miyoko. Er hielt eine Postkarte hoch, damit ich das Bild darauf sehen konnte. Es zeigte zwei Albatrosse, die ihre flaumigen, weißen Köpfe aneinander geschmiegt hatten.

Was hatte Diego über diese Tiere gesagt? »Diese beiden werden sich für ein ganzes Leben zusammentun. Wenn die Brutsaison vorüber ist, fliegt vielleicht jeder in eine andere Richtung, aber im nächsten Frühjahr werden sie sich wieder hier auf dieser kleinen Insel treffen.« Ich griff nach Cats Hand.

»Vergiss unseren Plan nicht«, sagte ich. »In genau zehn Jahren fliegen wir wieder auf die Galapagos-Inseln, gemeinsam, für zwei weitere Wochen im Paradies.«